ALFREDO BRYCE ECHENIQUE

La amigdalitis de Tarzán

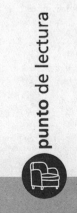

punto de lectura

© 1999, Alfredo Bryce Echenique
© Grupo Santillana de Ediciones, S. A.
© De esta edición: junio 2000, Suma de letras, S. L.

ISBN: 84-95501-57-0
Depósito legal: M-34.254-2001
Impreso en España – Printed in Spain

Portada: MGD
Diseño de colección: Ignacio Ballesteros

Impreso por Mateu Cromo S.A.

Segunda edición: septiembre 2000
Tercera edición: noviembre 2000
Cuarta edición: julio 2001

ALFREDO BRYCE ECHENIQUE

La amigdalitis de Tarzán

Allá en USA:

A Lady Ana María Dueñas
Siempre.
Sin olvidar jamás.

También a Claudia Elliot y Julio Ortega,
generosos amigos en el tiempo y la distancia.

Y en la Lima de mis temblores:

A Luz María y Manuel Bryce Moncloa,
fraternalmente.
Con un abrazo de Bryce a Bryce.

Con todo mi afecto, mi más sincero agradeci-
miento a mis primos Inés García Bryce y Alfredo de
Toro, y a mis sobrinos María Elena Harten y Alfredo
de Toro García, por la generosidad con que varias veces
me invitaron a sus hoteles Victoria Eugenia, de la Pla-
ya del Inglés, y Reina Isabel, de Las Palmas, en Gran
Canaria. Ahí encontré la tranquilidad para empezar,
continuar, o terminar, algunos de los últimos libros que
escribí en Europa.

Estas damas dadas a escribir que creen
que con su pluma pueden abrir
nuevos horizontes.

VIRGINIA WOOLF, *Diario*

Tú no estarás aquí,
porque aquí todo presagia distancia.

NURIA PRATS, *Deep south*

Muchas veces, sólo el humor nos permite
sobrevivir al espanto.

MARGUERITE YOURCENAR[*]

Y más no escribo porque tengo flojérica en
los riñones, en los zapáticos y en el corpíñico.

VIOLETA PARRA[*]

Experimentó la angustia y el dolor,
pero jamás estuvo triste una mañana.

ERNEST HEMINGWAY,
A través del río y entre los árboles

[*] Citadas por Nilda Sosa en *Esas damas dadas a escribir*. (N. del A.)

Prehistoria de amor

Diablos... Tener que pensar, ahora, al cabo de tantos, tantísimos años, que en el fondo fuimos mejores por carta. Y que la vida le metió a nuestra relación más palo que a reo amotinado, también, claro. Pero algo sumamente valioso y hermoso sucedió siempre entre nosotros, eso sí. Y es que si a la realidad se la puede comparar con un puerto en el que hacen escala paquebotes de antaño y relucientes cruceros de etiqueta y traje largo, Fernanda María y yo fuimos siempre pasajeros de primera clase, en cada una de nuestras escalas en la realidad del otro. Esto nos unió desde el primer momento, creo yo. Y también aquello de no haberle podido hacer daño nunca a nadie, me imagino.

¿Qué nos faltó, entonces? ¿Amor? Vaya que no. Lo tuvimos y de todo tipo. Desde el amor platónico y menor de edad de un par de grandes tímidos hasta el sensual y alegre y loco desbarajuste de los que a veces tuvieron sólo unas semanitas para desquitarse de *toda una vida, pasaría contigo,* desde el amor de un par de hermanitos nacidos para quererse y hacerse el bien eternamente hasta el de un par de cómplices implacables en más de un asalto de delincuentes, y desde el de un par de jóvenes enamorados incluso del amor y de la luna hasta el de un par de veteranos capaces de retozar aún en alguna remota isla bajo el sol, *no me importa en qué forma, ni dónde ni cómo, pero junto a ti...* O sea que vaya que tuvimos amor de todo tipo y tamaño, pero siempre del bueno, esto sí que sí.

Cierto también es que nuestra lealtad fue siempre limpia y total, aunque aquí hay que reconocer, cómo no, que muy a menudo actuamos como dos jugadores en la misma cancha que juegan dos juegos diferentes con la misma pelota. Y quién puede negar ya, a estas alturas de la vida, que lo que nos faltó siempre fue E.T.A., es decir, aquello que los navegantes de aire, mar y tierra suelen llamar en inglés *Estimated time of arrival*. Porque la gran especialidad de Fernanda María y la mía, a lo largo de unos treinta años, fue la de nunca haber sabido estar en el lugar apropiado ni mucho menos en el momento debido.

O sea que jode, realmente jode, y cómo, tener que reconocer que fuimos mejores por carta. Con lo cual, por supuesto, también lo mejor de mí ha desaparecido para siempre, en gran parte. Sí, que quede muy claro: encima de todo, desapareció para siempre, casi una década de lo mejor de mí mismo. Y es que me morí un montón y por los siglos de los siglos desde el día aquel en que unos negros jijunas te asaltaron en Oakland, California, Fernanda Mía, y entre otras joyas de la corona alzaron en masa con unos quince años de lo menos malo que hubo en mí, según me contaste tú misma, Mía, en esta carta que me enviaste desde Oakland, sabe Dios en qué fecha pues olvidaste ponerla, porque en aquel momento no sabías ni el día en que vivías, pero que a juzgar por el contexto, o nuestro contexto, mejor dicho, debe ser de principios de los ochenta:

Querido Juan Manuel,

Se ha interrumpido por completo el circuito. Debido a varias cosas. En primer lugar, me robaron tus cartas. Bueno, me las robaron porque guardo la colección entera en un bolso inmenso y unos espantosos gorilas (tamaño y color, quiero decir) me asaltaron en la calle, quitándome el bolso, mi lindo anillo de brillantes que era de mi abuela, unos collares de oro que tenía puestos, y un reloj. ¡Imagínate qué barbaridad! Me dio tanta cólera que salí corriendo tras ellos, y por suerte, porque mientras ellos corrían se les cayó mi billetera que tenía mis documentos. Por lo menos no perdí los documentos. Pero me quitaron bastantes cosas. Llamé a la policía pero no han podido encontrar nada. Esto desde hace ya meses. Lo único que me dijeron es que estaba loca de correr detrás de ellos y que por suerte no los alcancé. Efectivamente no hubiera podido hacer gran cosa contra tres negrotes horribles. Pero ya tú sabes que con cólera no piensa una en eso. Sólo tenía ganas de pegarles.

Bueno, por lo menos no me pasó nada, personalmente, aunque perdí bastante. Hay gente que sale peor, o sea que además de robarles también les pegan o algo. En este caso, más bien era yo la que tenía ganas de pegar. En esto pasó el mes de agosto, y entre todas las cosas que se perdieron se fueron tus cartas. Me desconsolé tanto que me quedé muda, por lo menos epistolarmente.

Ahora, para comenzar de nuevo, quisiera saber si al fin te llegó a Lima un libro de poesía de D. H. Lawrence que te mandé con una pareja de gringos. Por tu silencio al respecto, parece que eso también se perdió. Lástima grande porque era un lindo libro y muy completo y que por ahí, muy como quien no quiere la cosa, terminaba hablando de nosotros, como si el señor Lawrence nos hubiera conocido desde niños. Fíjate nomás que nos compara con los elefantes, mi querido Juan Manuel. Y fíjate también que tiene un montón de razón, porque nos describe igualitos, ya sólo nos falta la trompa. Con qué derecho y con qué sabiduría, aunque esto último es más bien un reconocimiento a don David Herbert.

¿Cómo terminó tu estadía en Lima y cómo fue tu regreso a Francia? ¿Y en qué caminos andas? Estoy atrasadísima de noticias. Te cuento lo mío, que no ha variado mucho desde que te escribí la última vez, salvo por lo de tus cartas adoradas y adorables y las últimas joyas que quedaban en la desgraciada historia de mi familia, creo.

Todavía estoy aquí en California. Con trabajo ahora y los niños ya hablando inglés, pero siempre con grandes dificultades de adaptación y una soledad de la puta madre. Hace ya tanto tiempo que no le veo la pálida cara a la soledad que casi la había olvidado, pero ella siempre la espera a una a la vuelta de la esquina.

Sin embargo, no tengo mucho tiempo para pensar en todo esto. Corro y corro y corro todo el día. En la mañana corro a dejar a los niños al colegio, corro a la oficina, corro en el trabajo, corro para almorzar, recoger a los niños en la tarde, llegar a casa, bañarlos, hacer la cena, limpiar o medio limpiar la casa, acostar a los niños. Y entonces ya estoy tan cansada que corro y me acuesto a leer y a dormir. Realmente, no es un panorama de lo más exaltante, y como podrás imaginarte, no sé si va a durar mucho este asunto de la Gran Independencia. Es más bien una Gran Joda, pero en cierta manera me siento más tranquila, y a veces me divierto mucho también de ver cosas nuevas y por un momento me siento ya casi tan bien como Tarzán en el momento de tirarse al agua.

Pero, hoy por hoy, pienso seriamente si no sería mejor simplemente volver a casa en San Salvador, con o sin guerra. O incluso volver con y donde Enrique en Chile, con o sin Pinochet. Por qué diablos termino saliendo siempre yo disparada de todas partes si en Chile el de izquierda —y apenas— era Enrique y en El Salvador el platudo de derechas —y del todo, ahora sí— era sólo un tío mío, antipático e invisible en la familia, además.

Enrique sigue en Chile, ya sabes que tuvo que volver cuando se enfermó su mamá, que sigue mal y en tratamiento. Él hizo una exposición de sus fotografías, hace poco, y dice que está buscando empleo en la universidad pero que todavía no se le presenta nada. Parece que quisiera recuperarnos. El pobre. También ha de sentirse solo, aunque allá en su país tiene a su familia y muchos de sus amigos y exposiciones y aprecio. Todo eso cuenta y estoy feliz de que haya regresado a su tierra, adonde las cosas tienen siempre más sentido.

Escríbeme por favor. Me gustaría mucho recibir tus cartas y verte si vienes de nuevo por aquí pronto. Decías que en febrero vas a viajar a Texas. ¿Todavía está en pie ese viaje? Porque lo que es tú y tus canciones siempre acaban en los lugares más insólitos.

Vieras, hermano y amor mío, cómo he estado de bien y de optimista y de repente todo cambió hace muy poco, hace como diez días que se me desinfló el ánimo y no logro salir de lo que parece ser una depresión, yo que creía que estaba exenta de esos males. Me gustaría correr y encontrar un lugar seguro, en vez de correr y correr para estar siempre en ningún lugar.

Ahora estoy viviendo en Oakland, donde ocurrió el asalto, pero busco un lugar mejor y espero encontrarlo. Mejor escríbeme a la oficina, porque por lo menos en este trabajo sí que voy a seguir. Ojalá que se me quite pronto esta horrible mufa.

No te me pierdas, por favor. Te abrazo y te recuerdo,

Fernanda Tuya

Esto de Fernanda Tuya viene de que, cuando niña, a ella le decían Fernanda Mía, en vez de Fernanda María. Y como yo, sin saber nada de eso, la llamé Fernanda Mía, la única vez que fuimos realmente nuestros, en París, ella inmediatamente se convirtió en Fernanda Tuya, al final de cada carta, y a medida que fue regresando a los brazos de Enrique y alejándose de los míos, sin el más mínimo *Estimated time of arrival*, por supuesto, y sin que ahí nadie se alejara nunca de nadie, la verdad, tampoco, aunque al final los tres terminamos absolutamente solos y cada uno en un punto cardinal opuesto, cómo no. El correo y alguno que otro viaje demencial hicieron el resto y todos seguimos así de unidos, engriéndonos y tratándonos cada vez más como a reyes naufragados. Me revienta, eso sí, que tres orangutanes de Oakland se quedaran con esas cartas en las que, sin duda, siempre fui bastante mejor que en la vida real, y estoy seguro de que sólo lo hicieron para luego arrojarlas, hechas añicos, al primer basurero que encontraron. Y lo único que se conservó de tanta correspondencia y amor y amistad, de toda la bondad y el cariño y el entendimiento con que yo quise tratar siempre a una mujer tan adorable como Fernanda María, Fernanda Maía, o simplemente Fernanda Mía, y Mía, lo único que se ha conservado es una suerte de antología de parrafillos y frases sueltas que ella había ido subrayando en mis cartas y anotando luego en un cuaderno, pero sin fecha alguna y, lo que es peor, sin su contexto tampoco. Conservo una copia de ese cuaderno que Maía me envió una vez, como quien dice qué linda el habla de tu tierra o de donde sea, o sólo a ti se te ocurren estas cosas tan increíbles y divertidas que me escribes.

Y así, a la carta de ella que acabo de citar, y que acababa como siempre con los nuevos teléfonos y direcciones de casas y empleos a los que podía escribirle —no conozco a nadie en el mundo que se haya mudado tanto como Fernanda María, nadie que haya cambiado tanto de empleos y de destino, sí: de DESTINO—, puedo haber respondido, ahora que abro la copia del dichoso cuaderno que contiene restos de alguien que fue siempre mejor por carta, con esta migaja de mí mismo:

Como si uno tuviera que volverlo a escribir todo de nuevo, así renace a veces la esperanza, Fernanda Mía. Acuérdate. No bien pueda cruzo Atlánticos para llegar a Pacíficos y meterme en tu cariño y en tu casa (etcétera), siempre con ese amor nuestro que el tiempo va convirtiendo en un sabio pincelado por las nieves del *as time goes by*. No temas, que no te abrumaré. Antes bien aplicaré aquello de "cariño, sí, conchudez, no". Lamento muchísimo que hayas perdido, gorilas mediante, lo mejor de mi repertorio. Al mal tiempo, buena cara, lo cual, allá en Oakland salvaje, seguro que se dice así: *You can't shit upwards*.

Ya me llegará tu D. H. Lawrence. No olvides que nosotros encarnamos como nadie aquello de "Todo llega en esta vida". Tus amigos gringos deben haberse enterado de que había dejado ya Limatambo, de retorno a Paríspascana. O sea que me lo habrán enviado por avión, Vía Láctea, o sea la que va echando leche.

Entretanto, mi afecto se eleva y serpentea por horizontes transatlánticos y llega a ti para aplastarte (provisionalmente) en un poderoso abrazo. Orden y calma, Su Majestad. Y bese y abrace a sus niños, como si fueran míos, también. No creo que lo habría hecho tan mal, en este caso. Y ello, sin aludir a santo varón y dilectísimo amigo chileno, Mr. Henry Kodax. Pero bueno, dice el anónimo popular: "La fotografía, como la filosofía, se desarrolla en un cuarto sumamente oscuro".

París te adora, y chau,

Juan Manuel

Como nuestra historia, o más bien la historia de Fernanda Mía y la mía, casi siempre revueltos pero casi nunca juntos, jamás tuvo lo que en el tiempo convencional de los hombres se suele llamar Un principio, ni ha tenido, muchísimo menos, algo que me permita hablar de Un final, de ningún tipo, y menos aún convencional, voy a empezar bastante antes del principio, en una suerte de Nebulosa o de Prehistoria en la que llegan a mis oídos las primeras noticias de una chica educadísima y superingenua y salvadoreña de ilustre familia. No me queda otro remedio, la verdad, al hablar de una Mía objetiva y prehistórica, que ser subjetivísimo y legendario y hasta mitológico y, en verdad en verdad os digo, contarlo casi todo de oídas.

Y estoy seguro de que así también tendré que acabar. En una suerte de Posmundo o de Encuentros del Tercer Tipo, en el que un hombre recuerda a una mujer muy fina, siempre alegre y positiva, adorable y Tarzán, sumamente Tarzán, sí. Aunque Fernanda María tiene, para mí, muchísimo más valor que Tarzán, pues éste fue educado por monos y gorilas para actuar como tal, en un ambiente ad hoc, mientras que Mía fue educada para niña bien en lo Universal Sin Selva, que diría don Alejo Carpentier, o sea en un internado bien caro que las monjas del Sagrado Corazón tienen en San Francisco, y luego en su equivalente posgrado y jet set junior, en la blanca, esquiante, chalet-suizo, neutral, aburridísima y políglota Lausanne. Y, claro, después, no bien asomó Fernanda María su aguileñita nariz posgraduada, al valle de lágrimas y gases lacrimógenos en que vivimos, le empezaron a pasar una serie de cosas para las cuales nadie, ni tampoco ninguno de sus diplomas, la había preparado, pobrecita, y además siendo demasiado ingenua aún.

Yo acababa de regresar de Roma, en 1967, de una interminable gira para la cual tampoco nadie me había preparado, y durante la cual había cantado con aplausos y algún bis, al comienzo, con alimentación y hotel de tercera comprendidos, después, también con gorro extendido, muy poco

23

después, y hasta sin guitarra ni palabras, sólo con un triste tararear mientras lavaba platos y copas en un restaurante romano, al final. Pero era joven, componía las canciones más lindas del mundo, aún incomprendidas, eso sí, y tenía una maravilla de esposa esperándome siempre en París. Ella se llamaba Luisa, era hija de inmigrantes italianos, limeña como yo, y a ella iban dirigidas todas y cada una de mis tristísimas canciones de amor, fruto indudablemente de esa indispensable distancia en que tenía que mantenerme —razón de mis frecuentísimas giras—, para que no sólo sonaran sino que fueran sinceras y tristísimas mis estrofas de amor. Luisa no me entendía. Yo sí.

Ella estudiaba administración de empresas. Tal vez por eso no me entendía Luisa y yo sí. Me enamoré de ella, de su piel de melocotón bronceado todo el año, de su siluetón de armas tomar, de su larga y rubicunda cabellera, y de sus cejas y ojos muy negros, en Lima, cantando en una fiesta de la Universidad Católica en que ella era Miss Facultad, o algo así, y yo una suerte de Nat King Cole en castellano, que a punta de *acércate más*, *y más*, *y más*, *pero mucho más*, me la terminé acercando tanto que aún no he logrado apartarla del todo, y eso que ya pasaron *más de mil años*, *muchos más*, por lo cual al autor de aquel bolero creo poderle responder que sí, que parece que sí tiene amor, la eternidad.

Éramos una pareja de recién casados en París, Luisa y yo, la noche en que por primera vez escuché algo que, digamos, me encantó tierna y entrañablemente, conmovedoramente, acerca de una chica llamada Fernanda María. Fue en una fiesta y en alguna embajada latinoamericana, tal vez una sede *banana republic*, pero la verdad es que nunca lograré recordar cuál. Me habían contratado en mi calidad de artista y Luisa estaba ahí conmigo en calidad de mi esposa. Y pasó lo de siempre con los ricos. Lo ven a uno de artista y cantándose el sustento, micro en mano, y se aprovechan para meterse con Luisa con mis propias palabras de amor, susurraditas por mí y todo, mientras le piden a ella su dirección y Luisa les da la mía, pobre pero decente, y tremendo papelón el que los hace hacer, tanda de viejos verdes y habráse visto cosa igual. Pues sí, y a cada rato.

Pero bueno, aquella noche las aguas del Sena se mantuvieron en su cauce y fue un simpatiquísimo y joven diplomático salvadoreño el que nos hizo reír reconciliantemente a todos, con la escenita que acababa de presenciar esa misma tarde.

—Fernanda María de la Trinidad del Monte Montes, un nombre tan de nuestros países, como verán, hija de gente muy bien de allá, sí, sí, de la capital, del mero San Salvador, como quien dice, se graduó hace apenas unos días en el internado más chic de Lausanne, con cinco idiomas, los mejores modales, y sabiendo cosas tan inútiles como que a un taxi se le para así.

El salvadoreño, que se llamaba Rafael Dulanto, se empinó sobre el pie izquierdo, alargó torso, cuello, y brazo y mano y pulgar izquierdos, casi hasta el medio de una avenida tan ancha como imaginaria, y sólo dio por concluida su explicación cuando el taxi se detuvo del todo y fue el taxista quien entonces se alargó íntegro para abrir la puerta trasera como le habían enseñado a Fernanda María de la Trinidad del Monte Montes, en Lausanne.

—¿Y con un ómnibus, o con el metro, cómo hace la pobre niña? —le preguntó un invitado delicadamente antiguo y hondureño.

—Pues ignorarlos, vea usted. Una señorita graduada en una escuela como la de Fernanda María, simple y llanamente no *usa* transportes colectivos de masas, caballero.

—Entiendo, sí, ya entiendo, Rafael. Y disculpe usted la interrump*i*ción.

—Y mejor que no los use —continuó éste—, porque la que se arma, cuando los usa. La que se arma, sí. Y miren ustedes, damas y caballeros, lo que he presenciado yo, con mis propios ojos, y nada menos que por orden de mi señor embajador.

Fue entonces cuando Rafael Dulanto nos soltó el cuento de la llegada a París en tren de Fernanda Mía. Y, la verdad, que bueno, que Mía dice que Rafael exagera un poquito, pero también es cierto que hasta hoy se pone colorada cuando se acuerda de su primera llegada a París, solita su alma y recién posgraduada de todo y de nada, en Suiza. Fernanda Mía bajó del tren, seguida por el cargador de sus dos tremendas maletas del más fino cuero de chancho, aunque ya un poquito fatigadas de tanto trajín hereditario, avanzó por el andén sin mirar absolutamente a nadie, como debe ser, cruzó sin perderse un solo segundo en la sala de pasos perdidos, y nada la detuvo hasta llegar a la ventanilla de Información-París, con la seguridad esa que da la educación esa.

Mucho, muchísimo, pareció extrañarle a la señora que la atendió que la pelirroja y espigada señorita de ojos verdes y perfecto acento insistiera tanto, pero bueno, qué podía hacer ella, le pagaban un sueldo por informar y no por preguntar. O sea que buscó direcciones de Residencias para jovencitas y, al llegar a lo de Residencias de, efe, ge, hache, i, etcétera, se encontró con algo que sólo podríamos calificar de muy Dupont, en francés, de muy Pérez, en castellano, y de muy Smith, en inglés, en fin que se encontró con toda una diarrea de RESIDENCIAS PARA SEÑORITAS.

—¿Tiene preferencia por algún barrio, señorita? —le preguntó, ya casi con piedad, la Informadora.

—Con uno bien frecuentado bastará —le respondió Fernanda María, con la sonrisa pertinente en estos casos y la educación esa.

Realmente muerta de pena, ya, porque por *bien frecuentado* se puede entender también todo lo contrario, la Informadora del Servicio Nacional de Ferrocarriles de Francia le entregó un papelito a Fernanda María, con nueve pésimas direcciones y sus trágicos teléfonos correspondientes.

—Me suena esto de Pigalle —fue todo lo que comentó Mía, cuando le echó una ojeadita al papelito, con la sonrisa pertinentemente agradecida y un *Merci beaucoup, madame... Et bonsoir, madame, merci.*

Luego hizo feliz con la propina a un cargador parisino, por primera y última vez en esta vida, y se empinó y alargó integérrima a la izquierda (como Rafael Dulanto, cuando la imitó en una embajada banana), aunque por completo inútilmente, en vista de que el suyo era ya el primer lugar en la cola y el taxi que tenía a sus pies era también el primero en la cola de taxis y el suyo, *jeune fille*.

Y, como momentos antes la señora de la ventanilla Información-París, el viejo taxista, que de todo había visto en esta vida de conductor *by night, et à Paris on voit de ces choses, merde,* casi se muere de pena cuando la *jeune fille*, tan pecosita y jovencita y ojos verdes y flaquita, le dijo que sí, con pertinentísima insistencia y trocito de sonrisa amable, que cualquiera de esas nueve direcciones le convenían perfectamente, y que así se lo habían enseñado a ella en sus largos años de internado suizo.

O sea que ya muerto de pena, la dejó el viejo taxista, que hasta esta noche habría jurado que ya lo había visto todo en esta vida, porque eso de *internado* le resultó ser una forma muy cruel y eufemística de referirse al pan y al vino con nada menos que una muy pecaminosa dirección, en la que acababa de depositar diríase que a un ángel tan femenino y delgaducho y pelirrojo y niñita...

—*Eh oui, on finit jamais d'apprendre, à Paris, merde... Et on aura tout vu... Et vaut mieux prendre sa retraite... Ah, merde, ça oui, et ce soir même, que je te dis* —le concluyó, al cabo de un rato, el conductor nocturno a su esposa, muriéndose de pena mientras le pedía otro aguardiente muy seco y sus pantuflas para siempre, *putain*.

Y, aunque dice que exagero, pero que, en fin, ella entiende que así es la libertad en el arte, Fernanda Mía nunca ha negado por completo, digamos, el contenido de aquella extensísima canción-protesta, con música e ideas mías pero con experiencias y letra suyas (el disco se vendió bastante bien en España y México, sobre todo, y repartimos ingresos que, en más de una oportunidad, a Mía la ayudaron una ñizquita en sus mudanzas mil), según la cual tardó, de puro decente y burguesita podrida y niña bien tenía que ser, íntegra una semana en darse cuenta del lugar tan dramático en que se había metido, algo así como una mezcla de Ejército de Salvación, burdel arrepentido *ma non troppo*, Amnistía Internacional, y Centro No Lucrativo de Rehabilitación Juvenil La Recaída. Y ya empezaba a llenarse de amigas bastante exageradas en el vestir y pintarrajearse, esto sí que es verdad, Juan Manuel, cuando a la que peor gusto tenía de todas, a la más pintamonos, pobrecita, con lo buena que era en el fondo, se le descubrió tremenda recaída en lo prohibido y en plena *Résidence de jeunes filles*, nada menos, donde había montado toda una trata femenina de blancas para fetichistas de la recaída clandestina, con pías oraciones y todo. Fernanda María de la Trinidad del Monte Montes, recién entonces, pensó que tal vez no sería mala idea llamar a su embajada y consultar, por un si acaso.

La sacaron de las orejas, por supuesto, y fue el propio Rafael Dulanto quien, por orden de su señor embajador, y con la más estricta reserva diplomático-policial, se encargó de recoger el equipaje de Fernanda María y de dejarla comodísimamente instalada en la residencia de la embajada, donde la señora embajadora lloró de pena y todo por los padres de Fernanda María, gente tan como nosotros, como debe ser, y se ocupó personalmente de vigilar día y noche, sobre todo de noche, a la párvula esta, no vaya a ser que, encima de lo que debe haberle costado su educación en Estados Unidos y Suiza a una gente que ya no está para esos sacrificios económicos y sobre todo que, si mal no recuerdo, son cuatro o cinco sus hermanas, o sea que con ella cinco o seis mujeres y ningún varón y es una fortuna ya muy dividida la de los del Monte Montes, no pues, no vaya a ser que encima de todo reincida Fernanda María en equivocarse, que así dice ella que ha sido todo, un error entre el francés de su internado y el más actualizado del mundo actual, aunque yo prefiero ver, para creer.

Pocas semanas después, Fernanda María resultó ser tan buena e inteligente y hacendosa, y haber estado tan pero tan equivocada, que el todo París centroamericano ya sabía la historia de la señorita del Monte Montes, en todo tipo de versiones e interpretaciones, pero siempre con felicísimo final de perdices mil, como en unas *Mil y una noches*, pero tan expurgaditas todas ya que tuvo que ser la propia Fernanda María la que les devolvió lo que de tremendo tuvieron sus siete noches entre el bien y el mal, con toditita su sal y su pimienta, para que fuera asimismo tremendamente divertido el asunto aquel tan feo en que se vio envuelta, de puro imbécil que la dejan a una esas buenas educaciones.

"Aunque ponga usted Fernanda del Monte, y punto, señor. Y aquí entre usted y yo, dejémonos ya de tanta joda de María de la Trinidad, de nombre, y de apellidos del Monte Montes, para colmo de males, porque así es la gente allá en mi pueblo, y a mucha honra, aunque aquí estamos en otro pueblo y yo lo que necesito es que mi nombre quepa en algún formulario..." A medio mundo le repetía esto Mía, mientras buscaba trabajo en cinco idiomas leídos y hablados que ni se nota cuál no es el suyo. Y todo el mundo quedaba como encantado de la vida con lo pelirroja y ojos verdes y narizudita linda que era la flaquita pecosa y tan despierta y vivaracha. ¿Qué era lo que buscaba exactamente Fernanda del Monte y punto, laboralmente? Pues cualquier cosa en la que pudiera ser muy útil y tomarse su tiempito libre para ir convalidando sus diplomas suizos y estudiar arquitectura pero sin costarle un centavo más a nadie nunca jamás, esto es lo que busco, señoras y señores, y se nombra In-de-pen-den-cia.

Y así, entre señoras y señores fue pasando una entrevista y un examen de prueba tras otro, Mía, y de la noche a la mañana y nuevamente como en *Las mil y una noches*, aunque nunca mejor dicho, en este caso, se convirtió en Correctora de estilo en jefe de Julio Cortázar, que trabajaba de Corrector de estilo en subalterno, en la Unesco, y asimismo le corregía el castellano de sus transmisiones para América latina a Mario Vargas Llosa y el de su redacción del *Correo de la Unesco* a los poetas Jorge Enrique Adoum, al que adoraba, y a otro al que no debía querer mucho que digamos, porque siempre se refirió a él con el calificativo de *Argentino hasta la muerte*, con un tonito bastante sentencioso en una persona tan *per bene*, en todo, como Mía, para qué, y eso a mí no me gustaba.

Porque fue entonces cuando la conocí por segunda vez, en lo que para mí, valgan verdades, era literalmente un *mundo raro*, un mundo que me quedaba grande, demasiado elegante, un mundo que comía y bebía en los lugares en los que yo, con muchísima suerte, lograba terminar una canción antes de que me sacaran a empujones, y ni siquiera con una pasadita de gorra.

Pero creo que ya es hora de que me vaya presentando, al menos como era entonces, creo yo. De nombre Juan Manuel Carpio, limeño de segunda generación, tórax andino y lo demás también aindiado, pues mi abuelo paterno era andahuaylino con quechua como lengua materna, y puneña, también con quechua predominante, mi abuela materna, aunque salieron adelante en su inmigración capitalina mis abuelos, y ya mi padre fue vocal de la Corte Superior y todo, y a mí me envió a la ya entonces cuatricentenaria Universidad Nacional Mayor de San Marcos, Facultad de Letras, especialidad de literatura, con una vocación atroz, y, yo diría, casi renacentista, pues nada humano me era ajeno, cuando de escritura se trataba, o sea desde la Biblia hasta el *boom* latinoamericano, que es más o menos por donde andaba yo cuando zarpé a Europa con mi primera guitarra, tras haber ganado dos juegos florales y haberme convertido, ya con mi diploma en el bolsillo, en el poeta joven del año en que se nos va a París, como César Vallejo, pero con guitarra.

Porque también compongo la música para mis poemas, aunque esto sí que autodidactamente, pero con un espíritu tan abierto y unos horizontes tan vastos que realmente, buen conocedor del francés y el inglés, y también chamuscador de mi poquito de italiano y alemán, he logrado apretar casi tanto como he abarcado. A saber: desde la Canción de Rolando hasta el Mío Cid, pasando por Georges Brassens, Noel Coward, Cole Porter, Frank Sinatra, Drunky Beam, Tony Bennet, Dean Martin, Sammy Davis Jr., Edith

Piaf, Yves Montand, Aretha, Sarah, Billie, Ella y Marlene, Los Panchos, Nat King Cole bilingüe, México lindo y querido, Carlitos Gardel, Lucho Gatica, Daniel Santos, Beny Moré, Atahualpa Yupanqui, Raimon, Joan Manuel Serrat, Luis Llach, Paco Ibáñez, Pablo Milanés, Silvio Rodríguez, y un largo etcétera.

Y de mi país, en poesía, todo, desde Vallejo y Darío y Neruda y Martí y otra vez Vallejo y Darío y así todo otra vez, porque es una sola la patria de nuestra poesía desde Berceo y Quevedo y Cernuda (estoy hablando de 1967, por si acaso ignoro algo posterior) hasta Felipe Pinglo, el que después de laborar volvía a su humilde hogar, silbando valsecitos criollos como aquel en que hasta Dios amó, y, por lo tanto: *El amor siendo humano, tiene algo de divino, amar no es un delito, porque,* diablos, la que se armaría si de golpe Dios delinque con los tiempos que corren.

Pero Felipe Pinglo, por lo menos, era sastre, en Lima, mientras que yo en París usaba pal frío y la nieve y el otoño y la lluvia la misma gorra que usaba para las monedas, en el momento de capa caída laboral que Luisa escogió para abandonarme en el vuelo chárter número 1313 del 13 de junio de 1967, con destino a Lima, Perú, vuelo de ida, nomás, matándome en el acto.

Pude componer las canciones más tristes de mi vida, esa noche, y de hecho las compuse y fueron veinte, en total, de pura coincidencia, lo juro. Eran tan increíblemente tristes mis canciones que ni yo ni nadie las pudo cantar nunca, y por ahí andan todavía, según me ha seguido contando siempre Fernanda Mía, que me las arrancó de entre estas manos un día de celos mortales y que, ni cambiándolas un poquito, con lo genial que escribe ella, ni poniéndose con todo su charm en el lugar de Luisa, ha logrado encontrar intérprete alguno ni empresa discográfica, mucho menos, para lo que ella ya llama *sus derechos adquiridos*, a fuerza de fugas de derecha y deportaciones de izquierda y países, ciudades y mudanzas mil, y siempre con mis veinte tristísimas canciones a cuestas, mi Fernanda María.

En fin, que si yo, en vez de amor, y en vez de Luisa y de París, hubiese hablado de Troya y de Helena y Paris, Fernanda María de la Trinidad del Monte hubiese tenido mucho de agente literario de Homero, o algo así, pues la verdad es que mis versos los lleva paseando tanto que tienen ya su buen trozo de leyenda adherida, y por su verdadero autor ni siquiera se pregunta ya, muchas veces, como si aquellos versos provinieran de la noche misma del tiempo.

Así, si alguien dijera que aquel autor ignoto pidió limosna, cual aeda ciego, de cortezuela en cortezuela, a lo mejor hasta le creen y además aciertan en lo de ciego, por lo del amor, y en lo de aeda, por lo de mi gorra de desconocido de a de veras, yo sí, al menos, y no como otros, no como el soldado desconocido, por ejemplo, que a mí, la verdad, me suena a persona importantísima y archiconocida, porque jefe de Estado que llega a París de Francia, lo primero que hace es salir disparado a llevarle su ramote de flores al más reconocido de los soldados.

En cambio, a mí ni por la gorra me reconocían en aquellos Entonces prehistóricos en los que, al fin y al cabo, Fernanda María de la Trinidad del Monte Montes y Juan Manuel Carpio, se volvieron a encontrar, al fin y al cabo, y cómo y cuánto y hasta qué punto y también para qué, ya... La verdad, ni Fernanda María ni yo merecimos jamás habernos conocido en tan mal momento y lugar. Si siquiera la hubiera conocido la primera vez que la vi y que ella también me vio. Bueno, también era un pésimo momento, la verdad, y perdónenme el que me vaya así tan por las ramas. Pero recuerden, por favor, que ya antes les advertí que la historia de Fernanda María, a la que pertenezco y punto, desde Roma, el 12 de febrero de 1967, o desde París, el 24 de diciembre de ese mismo año, según nuestro estado de ánimo, tiene toda una Prehistoria, y tiene además cantidades industriales de humo en la mirada.

Empecemos, pues, por la noche cronológica de Roma, el 12 de febrero de 1967... Señoritas elegantísimas con aires multinacionales y fortunas únicas, basta con mirarlas. Ella es alta y pelirroja, entre delgada y ya casi flacuchenta, ojos tan verdes y otra vez alta y ya casi delgada, en vez de un poquito flaca para mi gusto. Y ahora, de nuevo: Ella es pelirroja, delgada, sí, muy delgada, pero ya no es flaca, esta vez... Ella es pelirroja, sus ojos son verdes, qué buena flaca era ella...

Su nariz... (él estaba lo suficientemente borracho como para darse cuenta de estos detalles mínimos)... No, su nariz no era... Su nariz lo que era es que pertenece a la más rancia y pelirroja y elegante oligarquía de mierda, tal vez de Santiago de Chile, tal vez de Buenos Aires... Pero tu nariz, entrañable flacuchenta, me encanta, como que me reconcilia con la vida, esta noche, y si supieras tú lo difícil que es eso, hoy por hoy, flacuchenta, entrañable flaquita...

Él está completamente borracho, cómo no me voy a dar cuenta, pero qué lindo canta, en plena Plaza España de la *città apperta*, capital del mundo, qué alegre, ay qué rico canta, y ahora cómo imita a Lucho Gatica cantando *Las muchachas de la Plaza España son tan bonitas*... Nomás que se equivocó por estarme mirando y dijo: *Son tan flaquitas*... Y, después (qué alegre, ella lo seguía observando), sí, qué alegre, él anunció el inmediato retorno de los años Gatica, perdón, *cinquecento*, perdón, *cinquanta*, años felices que *ritornerano súbito e presto prestissimo*, porque me voy por otra copa de vino pero ahorita regreso, *ragazze mie* de la Plaza España, ah sí, qué delgaditas y lindas están esta noche las muchachas pelirrojas de ojos verdes en este café, o sea que ahorita regresan los años cincuenta y a ella le temblaron los labios porque hacía rato que lo estaba observando y otra vez exclamó Qué alegre, al verlo desaparecer, porque Roma, *città apperta*, ella a ese hombre lo tenía que conocer, ¿chileno?, ¿argentino?, no, más bien boliviano o peruano o ecuatoriano por los rasgos tan andinos, Qué alegre...

Lo que él no sabía: que dentro de unos segundos esas muchachas en vacaciones tendrían que volver a su hotel porque mañana a primera hora regresaban a un internado en Lausanne.

Lo que ella no sabía: que el muchacho era casado con una mujer maravillosa pero que simple y llanamente se negaba a ver el mundo como un espectáculo tan conmovedor, sobre todo de noche, y con una copa de vino y una buena canción... Y que al muchacho como que no le iba muy bien en nada, últimamente, y que por las noches lloraba por los rincones de Roma, siempre pensando en Luisa y canturreando como un imbécil *I love Louisa, and Louisa she loves me*, hasta las mil y quinientas, y con una gorra extendida a la vida misma... Y que, muy a su manera, y sorprendiéndose sobre todo a sí mismo al hacerlo, el muchacho la había estado observando mucho más de lo que ella creía, y que para nada se equivocó, como ella pensó, cuando cantó eso de que *Las muchachas de la Plaza España son tan flaquitas*, con mucha intención lo hizo...

Lo que los dos supieron, y sabe Dios por qué, dadas las circunstancias de todo tipo que habían rodeado ese azaroso cruzarse romano, de los que deben ocurrir millones al día: que desde el primer instante estuvieron seguros de que terminarían por conocerse. Y que, pensando en el futuro ante un espejo, a cada rato se iban a encontrar repitiendo sonrientes aquella tan linda canción en la que ellos dos se vuelven a encontrar, al fin y al cabo, y que al mirarse segurísimo que les iba a dar tremendo vuelco el corazón, también...

El doble vuelco al corazón se produjo en París, en casa de Rafael Dulanto, el joven y brillante diplomático salvadoreño, autor del *rescate* de Fernanda María, el 23 de diciembre de 1967. Lugar: frente al Sena. Altura del Sena: Notre Dame. Situación de la catedral de París: frente al departamento con vistas maravillosas, por donde te asomes, de Rafael Dulanto, en el mero *quai*. Pesos pesados: un falso don Miguel Ángel Asturias, que resultó ser un espectacular e incomparable músico peruano, aunque con la emoción que le producía la presencia de Juan Manuel Carpio, fue completamente inútil que Fernanda María de la Trinidad del Monte Montes...

—Vaya, con que una Sacromonte y todo tenemos esta noche entre nosotros —se confundió el falso y espectacular don Miguel Ángel Asturias, entrañablemente enchapado en otra época.

En fin, que Mía se pasó la noche entera diciéndole señor don Miguel Ángel a quien era nada menos que don Julián d'Octeville, peruanísimo, gordo, músico sinfónico, inédito, *gourmet*, *gourmand* y *bon vivant*. Otros asistentes: mujeres de toda edad, bonitas y muy bonitas, o que lo habían sido y sabían padecerlo. Y Fernanda María, ayudando, haciendo de todo, en la cocina, para que no falle el más mínimo detalle. En fin, simpatiquísimas todas, porque Rafael Dulanto era un gran especialista en conocer seres exclusivamente encantadores.

Entre los caballeros figuraban: Edgardo de la Jara, ecuatoriano, nacido para gustar y ser libre, alias Maestro Bailarín, porque había bailado mejilla a mejilla con la princesa Paola de Lieja, en la más abril juventud de ésta, y se había ganado la fama de danzarín entrañable y pintor de barba y corazón caballerescos. Cosmopolitismo latinoamericano de altura, y un inolvidable invitado más, entre tantos: Charlie Boston, salvadoreño de pura cepa y Jefe de protocolo de la oficina de la FAO, en Roma, porque jamás en este mundo hubo un hombre que bebiese el whisky con tan prestidigitadora y misteriosa elegancia, sacando un vaso lleno de su anillo con el escudo de los Boston de d'Aubervilliers, arrojándose íntegro el contenido siempre en el mismo bolsillo de su elegantísimo vestir, a lo largo de toda una noche, sin mojar nunca nada, sin perder nunca un vaso, y muchísimo menos la compostura cuando bajaba la escalera a gatas.

Estado de ánimo: una forzada y forzosa alegría, en la que se mezclaban un muy latinoamericano *Vivimos sin vivir aquí* y *On trouve tout à la Samaritaine*, mi Buenos Aires querido, mi San Salvador, mi Lima, mi Santiago de Chile, mi y mi y Mimí, y estas fechas navideñas siempre son así, falsa felicidad y desasosiego de mierda. Cantante invitado: Juan Manuel Carpio, a quien, por cierto, los grandes amigos que eran Rafael Dulanto, Charlie Boston, don Julián d'Octeville y González Prada, Edgardo de la Jara, alias Maestro Bailarín, le habían tomado afecto, mucho afecto, y sentían profunda compasión por lo de Luisa, su esposa, hombre, eso se le hace a cualquiera menos a este muchacho. O sea que si quiere cantar que cante, pero aquí se le ha invitado a título de amigo. Invitado retrasadísimo: el escritor y flaco peruano Julio Ramón Ribeyro y su manera de llegar, como quien no tarda en irse.

Por fin regresada de la cocina, de ayudar en todo: Fernanda María de la Trinidad del Monte Montes.

No me pidieron que cantara, felizmente, e incluso Rafael Dulanto tuvo el gesto de pedirme algo que yo encontré cosa de amigos, simbólica, noble, generosa: que le entregara mi fatigado abrigo y mi gorra de andar cantando y estirando la mano por París. Y esto, y unos cuantos pasos más que di para llegar al centro de la sala y saludar a todos, coincidió cronométricamente con el instante en que Fernanda María salía de la cocina y era la chica que yo había visto en Roma, meses atrás, y con el instante en que también yo me convertí para ella en el cantante que se equivocaba con las bonitas tan flaquitas de la Plaza España.

41

—Qué alegre —exclamó ella, con tal refinamiento, que ni se le notaron siquiera los signos de exclamación.

—*It's the wrong time and the wrong place* —escuché que comentaba alguien, por algún lado, con una voz muy grave y melodiosa, como quien sigue el sonido de un instrumento sumamente triste.

—Es Frank Sinatra —me aclaró Fernanda María, agregando—: Te juro que lo puse sin saber siquiera que estabas por llegar, o sea que si quieres lo quito, ahoritita mismo.

—Hola, Plaza España —le sonreí, acercándome para besarla entre amigos, en París, en las dos mejillas y eso, y diciéndole al mismo tiempo que a lo hecho, pecho, y que hay golpes, en la Plaza España, tan fuertes, yo no sé...

—Tienes toda la razón del mundo, ahí fue —me dijo Fernanda María, anunciándome sólo esta parte de su nombre y aprovechándose de que estábamos entre amigos y era ya casi Navidad y París y Notre Dame y esas cosas de la Plaza España, para colocarme una mano en cada hombro, inclinarse, bañarme en su perfume, y ahogar su cabellera roja y sus ojos verdes y su nariz del diablo, maravillosamente en el cojín de mi pecho, lado izquierdo.

—*It's all right with me* —comentó, melodioso y grave, Sinatra, entre resignado, buena gente, y su poquito de *latin lover*, también.

—Qué alegre —exclamó Fernanda, con la sordina de mi solapa puesta en sus labios, y agregando—: Tú déjamelo a mí, y vas a ver lo alegre que es.

Después, me fui bebiendo, por Luisa, y uno tras otro, cada vaso de whisky que tuve a mi alcance, mientras Fernanda María continuaba llamándole señor don Miguel Ángel Asturias a don Julián d'Octeville y González Prada, limeñísimo hijo de un francés que llegó al Perú a fundar la bolsa de Lima y casóse con la hermana de nuestro ilustre don Manuel González Prada, histórico ciudadano y pensador que se pasó la vida furioso, por aquello de nuestro infame pacto nacional de decir las cosas a media voz, que asimismo mandó a los viejos a la tumba y a los jóvenes a la obra, y a su sobrino Julián lo mandó a París, a componer sinfonías, y mientras éste la llamaba a ella *mademoiselle* del Sacromonte, mientras una y otra vez el Maestro Bailarín intentaba bailar de nuevo con Fernanda María, y mientras ella intentaba inútilmente pasarse la noche pegadita al desastre que era yo por entonces.

Bailamos una sola vez, y por supuesto que con Frank Sinatra refiriéndose con su voz más grave a que aquel 23 de diciembre de 1967, y el departamento con vista maravillosa de Rafael Dulanto, no eran precisamente el momento ni el lugar más apropiados para conocernos, pero que bueno, habría que conformarse.

—*It's poignant and it's sad* —me dijo Fernanda María, alzando su cabellera roja de mi solapa izquierda y clavándome tal mirada de ojos

43

verdes, que sólo así entendí que *poignant*, en inglés, quiere decir amargo y algo más, y triste y algo más, e hiriente y algo más.

Y, desde esa noche, esta canción titulada *It's all right with me*, ha sido, para Fernanda María y para mí, eso que los seres que se aman llaman Nuestra canción, y bailan hasta que la muerte los separe, y aunque ya no controlen su orina y eso. En fin, que esta canción, que en castellano podría traducirse por otra que habla de una sombra de odio, o algo así, que se cruzó en el camino de *Dos almas que en el mundo, había unido Dios...*, siguió incluso después, cuando la voz de Frank Sinatra desapareció y la orquesta que lo acompañaba continuó pautándonos la vida con sus últimos compases, y tanto que Fernanda María y yo nos pusimos de acuerdo en que, para bien o para mal, nuestra historia había comenzado, esta vez sí, con nombres y apellidos, y en que, así como ella tenía su Prehistoria para mí, yo también la tenía para ella, porque hablándole de la gente que iba a asistir esa noche a su fiesta prenavideña, Rafael Dulanto le había dicho, hace unos días, y mostrándole una foto en la que estábamos Luisa y yo:

—Mira, a este muchacho también lo voy a invitar.

—Y esta mujer tan increíblemente bella que está a su lado, ¿quién es, Rafael? —le preguntó ella.

—Quién *era*, mejor dicho. Pues nada menos que la esposa del muchacho que voy a invi-

44

tar. Lo abandonó de la noche a la mañana, y el pobre anda que para qué te voy a contar.

—Qué extraño, Rafael...

—Qué extraño qué, Fernanda...

—Pues que siento como si a esa mujer la odiara con toda mi alma y de toda la vida.

—Ni que la conocieras, oye...

—Ni en pelea de perros, pero...

—Pero qué.

—Mira, Rafael. Óyeme bien, por favor. Óyeme como el hermano mayor que no tengo, y eso. Y como el hombre que hasta me ha rescatado de los bajos fondos...

—Bueno, digamos que...

—Dios mío, qué horror. Mejor no digamos nada.

Se mataron de risa, recordando lo de la Residencia de señoritas, en el café Old Navy, boulevard Saint Germain, pleno corazón del Barrio latino, Mía y Rafael, que pensar que ya murió, y:

—Bueno, sí, hermano mayor. Yo a este hombre que está en esta foto con esta rubia detes-ta-ble, lo conozco o lo quiero... Perdón...

—Mira, Fernanda. Explícate un poquito más lento y más claro, por favor. Porque como que tu hermano mayor te está resultando bien bruto.

—¡Que yo a este hombre lo conozco y lo quiero desde antes de conocerlo y de quererlo, carajo, Rafael! ¡Si es facilísimo!

—Eso mismo. Facilísimo. Y ahora sí que ya está todo requeteclaro, claro que sí. Pero yo sigo en Babia, con tu perdón...

—Y además lo conozco desde antes de conocerlo desde antes. ¿O no conoces tú el poema ese de Gertrude Stein: *A rose is a rose is a rose is a rose is a rose is...?*

—Basta ya, hermana mía, que me estás mareando.

—Y a mí también este vino tinto, pero pidamos otro y brindemos por...

—Juan Manuel Carpio. Peruano...

—Y trovador *globe trotter*, de gorra extendida y monedita... ¿No te acabo de decir que por ahí, por algún lado, como que lo conozco desde que nací?

—Pidamos otro tinto rápidamente, hermanita, por favor...

It's all right with me... Recuerdo —y aún se me bañan los ojos en lágrimas de amor, de amistad, de hermandad, de complicidad, de misterio y de confianza, y de tú y yo algo tenemos de todo eso, algo y mucho, Mía— que esto le dije, también yo, a Fernanda María, aquella madrugada del 23 de diciembre... Bueno, aquella madrugada ya del 24 de diciembre y tremendamente *jingle bells* y triste en que recorrimos abrazadísimos de frío y de mi borrachera el zigzagueante y breve camino que llevaba hasta su casa linda para mí, *mundo raro* para mí, mucha casa, mucho París, mucha muchacha flaquita y linda para mí, mucha pelirroja pecosa del alma para mí, en el número 17 de la rue Colombe, y cruzando el Sena sin mirarlo, porque también el agua que pasa bajo sus puentes se había llevado a Luisa, no sólo un avión...

Pero bueno, estaba también *all right with me*, y subimos a tomar la del estribo, como quien dice, y de alguna manera aún no he vuelto a bajar más de aquel cuarto, quinto, sexto piso, púchica que ya ni me acuerdo, pero qué manera de recordarlo y llevarlo en el alma siempre.

Y esto, muy precisamente esto, es lo que yo entiendo por llevar en el alma siempre. Consiste, para empezar, en sentirme verdaderamente querido por lo que valgo, o sea nada, esa noche de diciembre y Navidad de mierda de 1967 en París, en que mientras me hundía en el sofá más cómodo en que en mi vida había hundido mi naufragada humanidad, una muchacha ya casi doble te ayuda a quitarte el abrigo y te jura que esa mañana, no bien se despierte, va a correr a comprarte una gorra nueva y muy *Merry Christmas*, porque Dios mío, sólo a ti se te ocurre andar con una gorra tan revieja, aj, qué asco, Juan Manuel Carpio, y ahora déjame que te sirva algo y si quieres te caliento también algo de comer, porque en toda la noche no has probado un bocado... Debería estar ofendidísima, ahora que lo pienso, porque casi toda la comida la he llevado o la he cocinado yo.

—Caliéntame un whisky sólo con hielo, entonces...

47

—Oye, fui yo quien dijo primero que para mí estaba *all right*, pero...

—*All whisky*, por favor...

—Lo que el señor mande, sí.

Me quedé dormido con media botella del estribo, pero no sin antes haber andado con la carota medio hundida en el corazón delicioso y como delicadísimo de Fernanda María, medio como auscultando, en realidad, el asunto tan raro ese de que su nariz me encantase, de que en mi vida, ni siquiera en la canción al respecto, había visto unos ojos verdes como aquellos ojos verdes, de mirada Fernanda María, de que una cabellera tan roja y tan bella ni en el cine en tecnicolor-pantalla panorámica, la había visto jamás, de que estaba profunda, conmovedora, terrible, total, comodísima, somnolientísima, patética, y bostezadísimamente de acuerdo en quedarme dormido en aquel fuera de lugar y en el momento menos apropiado, también, y mientras desde aguas muy arriba del río Sena, no, tan feo no podía ser el río Sena, o sea que era desde las inmundas aguas del río Rimac muy arriba, cruzando el Atlántico y llegando a Lima, que me estaba haciendo ese adiós tan triste pero tan pelirrojo y tan cómodo y tan tierno, Luisa...

—Feliz Navidad —me contó, a la mañana siguiente, Fernanda María, que fueron las palabras con las que me quedé dormido encima de ella y que por eso había amanecido con este brazo todo acalambrado, mira tú qué bruto eres, Juan Manuel Carpio...

—Qué alegre —recordaba yo que había exclamado ella, sin signo de exclamación alguno, dulce, tiernamente, mientras notaba que algo llamado Vaso se me caía de la mano y me estoy quedando dormido en un *mundo raro... all right... me...* también...

Dos años después, todo seguía más o menos igual, diría yo, aunque estoy convencido de que, en mi lugar, Fernanda María, contraatacaría:

—No, señor. No, Juan Manuel Carpio...

—Llevo dos años rogándote que, ¡por favor!, te limites a llamarme Juan Manuel.

—Y yo llevo dos años diciéndote que el día en que te deje de llamar Juan Manuel Carpio me habré hartado de ti...

—Te encanta regodearte con lo de mi modesto origen y tu nariz en el aire, haciéndole ascos a...

—Imbécil.

—Oligarca.

—Mucho oligarca, sí. Pero la que trabaja aquí soy yo...

—Hija de puta...

—¡Perdóname, amor! ¡Juan Manuel Carpio, perdóname por favor! ¡Nadie, ni la Piaf, ni el Montand, ni el Aznavour, ni el Brassens, han cantado para mí tan lindo como tú!

—¿Y eso no es trabajar? ¿Y día y noche y sin horarios ni sindicatos, como tú? Y además corro a diario a la Sorbona para asistir de alumno libre a cuanta clase de literatura exista. Bueno, corría, porque el otro día le pregunté por Georges Brassens al huevonazo que dicta poesía francesa contemporánea, y me respondió que si quería hablar de Brassens me largara a cualquier bistró, cafetín o callejuela. Y, claro, me largué, tras haberlo mandado a él y su curso a la mierda, por supuesto. La Sorbona ha muerto, Fernanda María. Pero, bueno, todo esto ¿es o no trabajar?

—Sí y no...

—¿Cómo que sí y no? A ver si hablas un poquito más claro. Eso, para ti, ¿es trabajar o no?

—Es también cantarle a Luisa y eso es lo que me jode, Juan Manuel Carpio.

—¿Y Frank Sinatra y el *all right*?

—Pues sí y no, Juan Manuel Carpio, porque a una le gusta sentirse querida, también.

En fin, por todo esto, creo yo, contraatacaría Fernanda María, dos años después:

—Todo sigue más o menos igual, si quieres, de acuerdo, Juan Manuel Carpio. Pero, con sus más y con sus menos, diría yo.

Y razón no le faltaba, en el fondo, porque aparte de que su sueldo, por minuto trabajado, equivalía al producto mensual de mi gorra, más alguna embajada de las que ella me conseguía ahora, alguna noche Pro Víctimas de Algo Siempre en el Perú, en las que uno tenía que pagarse hasta la entrada, para luego escucharse cantar, y alguna función vestido de indio de Guatemala, de México, de

Paraguay, de Bolivia, del Perú, y alguno que otro país más en que los indios del sol son sinónimo de esperanza en el buen salvaje homogeneizado y pasteurizado para el futuro de la humanidad...

En fin, que entre la revolución cubana y *El cóndor pasa*, América Latina estaba más presente que nunca en París, a partir de aquel maravilloso Mayo del 68 en que, por más cansada que regresara Fernanda María de la Unesco, cada vez que yo salía disparado, guitarra e imaginación en mano, para llevarlas al poder, ella soltaba su eterno *It's all right with me* y nos íbamos corriendo a la revolución y la encontrábamos más linda todavía de noche que de día, con las hogueras y las barricadas y las cadenas humanas para alcanzarse el próximo adoquín antipoder policial, en medio de la solidaridad de los pueblos de la noche, según frase célebre de Malraux, que era ministro de Cultura del gobierno que nos íbamos a tumbar, en fin, qué se le va a hacer, ése era problema suyo...

Bueno, tampoco hay que olvidar que, entre los más importantes líderes espirituales de Mayo del 68, el Che Guevara (con su boina vasca, su puro a lo Winston Churchill, y su barba a lo latinoamericano, es decir, ralita) se llevaba la palma, y al final fue el único o lo único que sobrevivió en la memoria popular y el inconsciente colectivo, gracias a un póster posmortem que no cesaba de recordárselo a uno y que yo usaba, valgan verdades, como telón de fondo de mis sesiones de callejón del metro o de terraza de bistró en verano, para que la gente redoblara el esfuerzo de darme una propina, al sentir que, además de contribuir con el arte, estaba contribuyendo también con la más noble, derrotada y muerta de las causas, *e povrecitó le Shé*.

—Inmundo. Eres un inmundo, Juan Manuel Carpio.

—Es que no nací con agua corriente fría y caliente como tú, rica heredera.

—¿Quieres que te enseñe mi hoja de pago, inmundo?

—Asquerosa, tú. Que el otro día te acostaste con un cantautor realmente asqueroso, ése sí que sí.

—No me acosté con nadie, cretino. Lo que hice fue practicar el amor libre y las enseñanzas de Mayo del 68, con ese cantautor colombiano, y tú estás que te mueres de celos, inmundo y otra vez inmundo. Explotar así al pobre Che Guevara, que ha muerto tan solitito en Bolivia. Eso sí que es ser verdaderamente asqueroso.

—Sí, pero yo canto canciones en su honor, de metro en metro, mientras que tú te metes a la cama con un colombiano abyecto, moralmente incalificable y perverso. ¿Te parece poco?

—No me acosté con nadie. Practiqué el amor libre y basta. Y no me lo recuerdes, por favor.

—¿Qué pasa? ¿Tan arrepentida estás? ¿No funcionó bien la libertad, o qué?

—Mira, Juan Manuel Carpio. Y escúchame muy bien, por favor. Fernanda María de la

Trinidad del Monte Montes, la que viste y calza y es tremenda jefaza en la Unesco, por sus propios méritos, puede meter el culo en un pozo de mierda y sacarlo limpiecito. ¡Me oíste! ¡Me entendiste! ¡Me creíste! ¡O te me largas, para siempre, Juan Manuel y punto!

Hubo un prolongadísimo silencio, después de tanto alarido, y voy a aprovecharlo para contarles que, contra lo que ustedes, estoy seguro, están pensando, yo no vivía en casa de Fernanda María, ni a costa de ella, ni me aprovechaba tampoco de sus excelentes contactos por todo lo alto, para nada. Animé algunas fiestas cantando mis penas y mis tristezas, gracias a ella, es cierto, pero también era Rafael Dulanto el que a veces me conseguía alguna chambita cantante en salones palaciegos, de espejos biselados y alfombras silenciosas, como en el vals de Felipe Pinglo, pero esto no quiere decir que yo haya vivido *de* Rafael Dulanto, por el solo hecho de aceptarle un favor a un amigo, como tampoco quiere decir que le deba nada a Felipe Pinglo, salvo el citarlo, claro, por haber intentado al máximo, aunque sin el menor éxito, popularizar sus inefables valsecitos, en París, con o sin aguacero, cuando en aquella época 68 lo que el mundo pedía y hasta Simon y Garfunkel cantaban, en un inglés también del 68, era cóndores que pasan, comandantes aprendidos a querer, que al preso número 9 lo fusilaran, bis, pájaros campanas, y otros hermosos sufrimientos de unos pueblos originariamente rousseaunianos y uniformes, llamados *Le monde andin*.

Yo dormía donde me pescaba la noche, porque jamás quise regresar al departamento en que viví con Luisa, y hasta hoy sigo sin conservar ni siquiera una foto de ella —ya para qué hablar de la cama o de un sillón que compartimos—, en mi afán de inmortalizarla sólo con mis canciones, en verso de amor, con lo cual, me dicen, en más de una oportunidad ella se ha quejado de que, en alguno de mis regresos al Perú, yo no la haya reconocido siquiera. Y es que dicen que le dio por ganar muchísimo dinero administrando empresas, y que esto la hizo engordar a mares, cosa que a Fernanda María le encanta, por lo del bofetadón limeño...

Pero el capítulo "Bofetada limeña", de mi historia, dentro de la historia de Fernanda, viene después, y estábamos en que yo dormía donde me pescaba la noche, desde que Luisa...

Pues me pescaba, y a ustedes qué diablos les importa, generalmente en el lindo departamento estilo *mundo raro*, para mí, de Fernanda María. Y qué culpa tengo yo también de que a ella la noche la pescara en mis brazos, a cada rato, cuando yo llegaba agotado y sin haber ahorrado ni para un hotel sin estrellas, y cruzaba por la parte de atrás del *hôtel particulier* de la familia multimillonaria que le alquilaba una parte de ese caserón con zaguán y todo, entrando por el portalón de aquel patio de lujo inglés, más bien, y subiendo por esas maravillosas escaleras de piedra que me llevaban hasta el Qué alegre, Juan Manuel Carpio, con que me recibía siempre Mía, pelirroja, pecosita, flaquita deliciosa, con sus sonrientes ojazos verdes, sacando inmediatamente el whisky y el hielo a los que me había hecho acreedor por haberme trepado a lo loco tremenda escalera, para amanecer otra vez entre sus brazos. La bajábamos muy alegremente, también, la hermosa y amplia escalera de piedra con sus columnatas, en primavera, para organizar maravillosos cocteles, porque la familia multimillonaria casi nunca estaba, y además a Fernanda María de entrada le tomaron gran cariño y le prestaban su patio, sus bancas verdes, sus enredaderas, el millón de macetas floridas, sus mesas y sillas de terraza Finzi Contini, en fin, lo más primaveralmente lindo del palaciote ese de piedra que Fernanda María insistía en calificar de gótico muy tardío, y yo de *mundo raro*, para mí, y punto.

Que quede clarísimo, además, que yo nunca le cobré un centavo a Fernanda María por cantar en sus guateques primaverales o de principios de verano, a los que medio *boom* de la literatura latinoamericana llegaba, a veces, subordinadísimo y todo, en vista de que ella seguía siendo jefota de algunos tamaños escritorazos y de que estos algunos traían a los otros, siempre de paso por París. Y uno ahí canta que te canta lo mejor de la tristísima belleza de sus versos propios, pero ellos *boom* para arriba y *boom* para abajo, ni cuenta que se daban de nada, ni siquiera de que el cantautor peruano era uno de los suyos, con permiso de residencia caducado, difíciles comienzos, años duros, mítica búsqueda de las luces en la Ciudad Luz, corazón a la izquierda, profundo arraigo en el desarraigo, los pasos perdidos, realismo mágico, cara de pobre tercer mundo, por Dios Santo y Bendito, y otros indispensables atributos más. Pero nada, ni cuenta que se daban de que uno también era artista, los señores esos.

—Mejor para ti —me consolaba Fernanda María, ante cuyas plantas se postraba sin embargo medio *boom*, e incluso a pesar de que ella, a veces, justificaba el que yo me quedara y ellos no, presentándome como su novio y su compañero in-se-pa-ra-ble, cuando todos se tenían que marchar, ya es hora, caballeros, y algún don Juan *Boom* que se quería encamar con ella, me miraba de arriba abajo, como diciendo: "¿Y a qué horas se nos larga el cantautorcito?".

—¿Cómo que mejor para mí, Fernanda?

—Es que, con honrosísimas excepciones, como Cortázar, Rulfo y los que no son famosos, y poco o nada tienen de *boom*, por lo tanto, francamente cada año los encuentro más nuevo ricos a estos escritores.

—Con el sudor de su frente y el de la izquierda se lo han ganado, oye tú.

—De acuerdo, Juan Manuel Carpio. Pero, fíjate tú las cosas que enseña la vida. Mi familia, más venida a menos de lo que anda, ya no puede estar, la pobre, últimamente. Sin embargo, y perdóname por lo bruta que soy al decirte estas cosas, así, tan sin matices, bueno, tan brutalmente, nunca mejor dicho: Si hay algo que te enseña eso que en los radioteatros, antes, y en las telenovelas, hoy, se llama Alcurnia —Dios mío, perdona lo Corín Tellado que me he puesto, Juan Manuel Carpio, pero te juro que ahoritita acabo y que algo se me ha subido el vino, también—, es simple y llanamente a no poder soportar algo que huela a nuevo rico, por mínimamente que sea. Se puede amanecer multimillonario y haberse acostado mendigo, y no oler a nuevo rico. Y, sin embargo, cuando uno menos se lo espera, un tufillo por ahí... ¿Me entiendes?

—¿Y el *boom* qué tiene que ver con esto? ¿Te apesta, acaso?

—Ay, mi amor, qué bruto eres tú también, a veces. Yo te hablaba de un tufillo imperceptible, salvo en una corbata o en un par de zapatos, en una manera de entrar a este patio, o en una esposa, por ejemplo.

—A ver, Fernanda, por favor. Explícale a este retrasado mental, en qué se diferencia, por ejemplo, una corbata carísima y horrorosa, de una carísima, linda, y nueva rica. A ver si me voy enterando de algo, porque lo que es hasta ahora...

—¿Sabes en qué se diferencia, Juan Manuel Carpio? Pues en que lo único que deseo esta noche es que me cantes la más fracasada de tus canciones. Aunque pertenezca a la serie Luisa, cántamela, por favor. Y seré feliz y me sentiré limpia cuando te bese y te abrace, al acostarnos, por más que tú estés soñando con otros momentos y otros lugares. En cambio, si me hubiese metido a la cama con el galán ese traducido hasta al latín, creo, que me salió esta noche, me hubiera sentido sola, triste, perdida, abandonada, oligarca e inmunda.

Aquí se acabó aquel muy prolongado silencio, al que creo haberle sacado bastante provecho, en lo que a la relación entre Fernanda María y yo se refiere. Y como que fue mi turno, ahora, para soltar unos cuantos alaridos:

—¡O sea que tú prefieres acostarte con el más abyecto y miserable y corrompido de los cantautores, antes que con Juan Rulfo o Julio Cortázar! ¡Mira que hasta yo, puestos a acostarse con hombres, me acostaría con Cortázar o con Pedro Páramo! ¡Pero la señorita de la oligarquía, no! ¡Para ella el barro! ¡Para ella la inmundicia colombiana! ¡Para ella el fango que, por supuesto, jamás vio en las casas en que vivió ni en los colegios y posgrados donde se educó!...

—¡Lo que es para mí, tú ya te largaste, Juan Manuel y punto! ¡Y en mi vida nadie ni nada me ha embarrado tanto como tú! ¡Y en mi vida nada me ha aliviado tanto como tu partida, tampoco! ¡O sea que en este mismo instante ya hace como mil horas que te largaste, que escampaste, o lo que sea, Juan Manuel y punto!

—*It's all right with me* —concluí, tomando mi guitarra, el último sorbo de whisky que quedaba en mi vaso, y arrojando, cual esponja en cuadrilátero, la gorra que Fernanda María me había regalado tres años atrás, ya, caramba, cómo pasa el tiempo, una helada Navidad de mierda más. Y tras concluir que, además de todo, me había quedado hasta sin mi gorra de trabajo, opté por la línea recta para alcanzar, en un abrir y cerrar de ojos, la puerta de mi *mundo raro*, luego su elegante y amplia escalerota de piedra, después, ya abajo, la tristeza de mierda del patio, sus bancas, sus macetas, sus enredaderas, y nuevamente la línea recta hasta el gran portal y la calle, y aquí en la mera lleca sí que ya qué chucha la línea recta y todo.

Señoras, señores, señoritas, el Che Guevara ha muerto. ¡Viva Salvador Allende! Éste era, para nosotros los latinoamericanos de París, al menos, el trasfondo histórico. Y por él se dirigía diariamente a la Unesco, Fernanda María de la Trinidad del Monte Montes, cabizbaja por dentro y por fuera en su Alfa Romeo verde botella, el que contrastaba tan lindo con todo lo que en ella había de pelirrojo, o sea casi todo, vista así, por la ventana de su auto detenido en un semáforo, igual que yo, a pesar de que a mí me tocaba pasar, pero como que acababa de quedarme daltónico del todo para lo del tráfico, y todo lo contrario de daltónico para lo de Fernanda pelirroja en su Alfa Romeo verde...

Digo es un decir, pero, si alguien, si algún crítico o periodista, alguna vez, se enterase de la calidad y de la bellísima tristeza de mi arte, y me solicitara una entrevista y me preguntara:

—Con toda sinceridad, señor Carpio, ¿sería usted capaz de confesar cuál ha sido el momento más triste de su vida?

—Con mucho gusto y muchísima pena, sí: El momento más triste de mi vida ha sido un Alfa Romeo verde y una muchacha pelirroja, detenidos ambos ante un semáforo y sin tomarse siquiera el trabajo de intentar darse cuenta de que yo vivo en París y de que, por lo tanto, también puedo estar peatonalmente detenido ante el mismo semáforo.

—La muchacha se llamaba Luisa, como la Luisa de tantas de sus canciones de amor, ¿no es cierto, señor Carpio?

—Lo fue y lo sigue siendo en mis canciones y de alguna manera también en vida. Pero, existe, digamos, un matiz.

Luisa, embarcándose un día 13, en un vuelo número 1313, es un choc, algo atroz, es quedar muerto en vida, amputado por dentro para siempre, por más de que pueda usted luego ser campeón mundial de cien metros planos.

—Luisa es un trauma, entonces.

—En la medida en que una tragedia es un trauma, pues sí, Luisa lo es.

—Entonces volvamos al semáforo, señor Carpio, antes de que cambie de color y se le vaya a usted la tristeza.

—Es ahí donde ustedes, los críticos y los periodistas, se equivocan siempre, con nosotros, los artistas.

—Cómo así, señor Carpio.

—Ese semáforo no ha vuelto a cambiar nunca de color, señor. Ni tampoco el auto ni el pelo ni las pecas ni la mueca de impaciencia de la chica —porque no le cambia de luz nunca ese semáforo y va a llegar tarde al trabajo— han perdido jamás su eterno contenido de tristeza, *full* tristeza, señor.

—¿*Spleen de París*, diría usted?

—*Spleen* de nada, señor. Puro y duro semáforo y Alfa Romeo, para siempre. Y puro Fernanda María atrapada para siempre, en el interior de un automóvil paralizado. Jamás una ciudad en el mundo ha tenido tantos semáforos y, sobre todo, tantos Alfa Romeo verdes como París, desde esa mañana. Y mire usted que el Alfa es un automóvil italiano y que en Francia no se ven tantos como uno creería, ni en un día de fiesta... Pero, bueno, jamás nos han entendido a nosotros, ustedes, los...

Pero el Alfa Romeo más triste y abundante del mundo, en París, el que se detuvo en mi tristeza para siempre, ante ese semáforo, no volvió a pasar nunca por esa esquina, a esa hora, ni por ninguna otra esquina. Y la próxima vez que volví a ver a Fernanda María, a Maía, a Mía, era ya una señora casada con un fotógrafo chileno, madre de un bebe de siete meses, que llegaba a

París sin un centavo y en calidad de exiliada política.

Era invierno y 1974 y lo de Chile y lo de Pinochet. Esto estaba clarísimo. Pero ¿y lo de Fernanda María exiliada en París, en la misma ciudad donde yo la dejé de jefaza y estupendamente bien instalada? ¿Cómo, y en qué tiempo, podían haber ocurrido tantas cosas? ¿Y cómo habían podido ocurrirle tantas cosas a la pobre Fernanda, sobre todo? ¿Y de dónde se había sacado ese marido, por ejemplo? En todo caso, éstas eran las noticias que podía darme, esa mañana, a las once, recién despertado y levantado por un telefonazo en larga distancia de Rafael Dulanto, don Julián d'Octeville.

—Muchacho, a mí, tú sabes, me molesta mucho que se me despierte a semejantes horas. Uno es trasnochador, uno es nocherniego, uno gusta de recogerse al alba y dormir hasta el mediodía.

—Lamento el madrugón, don Julián.

—En este caso el madrugón es de otro tipo, estimado amigo. Porque se trata de una llamada que he atendido con el mayor interés y cariño, por ser nada menos que de nuestro común y dilecto amigo Rafael Dulanto.

—Sí. Trabaja ahora en la embajada de El Salvador, en Washington.

—Y me alegro, porque es un ascenso en su carrera, pero no por las noticias que me ha dado acerca de nuestra tan querida amiga, la señorita del Sacromonte, ¿la recuerda, usted?

—Sí... En un Alfa Rommeeeooooveeerdee-
eee y y uu un semmmm...

—¿Qué le ocurre, llora usted, querido
amigo? Pues para llorar son las noticias, y ya veo
que usted, digamos, no *sólo* se acuerda de la señorita...

—Desapa... desapare... ció en uuuunnn se-
má... en mil... sctenta...

—Muchacho, súbasc usted al primer taxi
que encucntre, y véngase a mi casa. Invito yo el
taxi, con almuerzo incluido. La señorita del Sacromonte, su esposo, y su hijito...

—¡Qué!...

—Están vivitos y coleando y en París...
Pero que huyen de la historia y sus horrores, y
que hay que ayudarlos, dice nuestro dilecto amigo, Rafael Dulanto.

Por mi culpa, pero sin que yo tuviera culpa alguna, que así es la vida de complicada, también, qué no le había pasado a Fernanda María
durante los tres interminables años en que nunca vi tanto Alfa Romeo verde y sin ella adentro por todas y cada una de las muchas ciudades
por las que fui rodando y cantando, como un
Rolling Stone que no hace verano, cual golondri-
na solitaria, quiero decir, aunque temporadas hubo
en que hasta comí menos que uno de estos alegres pajaritos. Me alejé del *mundo raro* de Mía, y
fui orgullosamente ingrato con el afecto que me
habían demostrado, a chorros, amigos como Rafael Dulanto, Edgardo de la Jara, don Julián

d'Octeville, Julio Ramón Ribeyro, y hasta el mismo Charlie Boston, cada vez que aparecía por París y terminábamos todos invitadísimos a comer en mundos tan inaccesibles para mí como el propio Maxim's o el Grand Vefour.

Y a la loca de Fernanda María de la Trinidad del Monte Montes le ocurrió, me imaginaba yo, mientras almorzaba con don Julián d'Octeville, algo bastante similar. Aunque sin deberle favor alguno a nadie, en su caso, tomó la determinación de alejarse de París y de tantos amigos que la querían y la admiraban inmensamente. Más algo de una convalidación de diplomas, que en París le estaba resultando prácticamente imposible, también, me acordaba ahora, durante el almuerzo con don Julián. Sí, lo de los diplomas era algo de lo que Mía me había hablado con fastidio, en más de una ocasión...

—Lo que recuerdo, muchacho, es que la señorita del Sacromonte, aconsejada por alguno de sus amigos diplomáticos, un chileno, en este caso, decidió que en la Universidad de Santiago había una excelente Facultad de Arquitectura, y que para ingresar le bastaban y sobraban sus diplomas suizos.

—¿Y eso cuándo fue, don Julián?

—Tutéame, por favor, muchacho. No porque uno sea de otro siglo lo tiene que enterrar la gente con la distancia que crean el don, el don Julián, el don Usted...

—¿Cuándo fue, Julián?...

—En 1970. De eso me acuerdo clarito, porque fue el año en que a mi gran amigo, Pablo Neruda, lo nombraron embajador en París y la alegría que tuve... ¿O fue el setenta y uno? Bueno, en todo caso, en el setenta y dos sí que no fue... En fin, fue, con seguridad, el año en que le dimos la fiesta de despedida a *mademoiselle* de Sacromonte. De eso me acuerdo clarito, también, porque fue en casa de Charlie... No, en casa de Rafael... En todo caso, muchacho, créeme si te digo que yo le di a Fernanda unas cuantas direcciones en Lima, porque, camino a Chile, ella tenía mucho interés en hacer pascana en nuestra ciudad.

—¿Fernanda María, en Lima? La verdad, nunca se me habría ocurrido, don... perdón... Julián.

—En Lima, no, muchacho loco. Fernanda se encuentra en París y éste es su teléfono. Y Rafael nos ruega que la ayudemos. ¿Tú cómo andas de plata, muchacho?

—He mejorado, Julián. Trabajo fijo en un lugar llamado El Rancho Guaraní.

—¿Con poncho o sin poncho?

—Con plata para pagarme un departamento correcto y hasta ese teléfono al que me acaba usted de llamar...

—Tienes razón, muchacho. Qué mal ando de la memoria. Debe ser por eso que todo el mundo me trata de usted.

—¿Le puedo pedir un inmenso favor, Julián?

—Dos, muchacho.

—Llame usted a Fernanda María, no le diga que me ha visto, ni nada, pero, eso sí, déle mi dirección, mi número de teléfono y hasta el de mi cuenta bancaria, si es necesario. Créame, Julián, que yo tengo mis razones para preferir que sea ella la que tome la iniciativa de buscarme...

—Entiendo, muchacho. Y algo recuerdo, ahora. Ustedes dos se fueron de París más o menos en la misma época... Entiendo, muchacho. Y te tendré informado, día a día... Sí, ya me voy acordando mejor...

No canté la noche en que Fernanda María, Enrique, su esposo, y Rodrigo, un monstruito de siete meses, dramáticamente dormilón y poco hambriento, como si hubiera llegado al mundo preparado para un larguísimo exilio, vinieron a comer tempranito a casa, por lo del bebe, naturalmente, no tenían con quien dejarlo y eso. Y muy naturalmente, también, al tal Rodrigo lo metimos a mi cama, no bien lo juzgamos conveniente, y en la sala quedamos, cual tres tristes bebes, un trío de idiotas absolutamente predispuestos a agarrarse a besos y abrazos en cualquier momento, aunque hay que reconocer que Fernanda María supo imponer bastante cordura, a lo largo de esa noche interminable, para no despertar al niño, y para respetarlo, también, pobre criatura, él qué sabe de todo lo nuestro, en fin, él qué sabe de nada de nada, pobre angelito mío.

Y ahí el que pidió que pusiéramos a Frank Sinatra y todo fue Enrique, una suerte de araucanazo auténtico, de crin y ojos color azabache, piel autóctona y manos feroces, aunque con su metro noventa y uno resultaba un poco bajo todavía para entrar en la categoría gigante. Fernanda María me miró, como quien dice: "¿Tú has oído lo que se le ocurre pedir a Enrique?", y como quien agrega: "¿No te dije, en el teléfono, que me había casado con un hombre muy bueno?". Yo miré a Enrique como se mira a un araucano muy grande, muy fuerte, y muy bueno, y Enrique miró hacia donde estaban mis discos, como quien realmente suspira por Frank Sinatra en el exilio.

Sin duda alguna, por esto se le pasó por completo el millón de matices, de implicaciones, de sobrentendidos, de complicidad y de cariño, que hubo en el hecho de que, antes de ir yo en busca de Sinatra, para matarnos a patadas, o de puro buenos, o de *ménage à trois*, Fernanda y yo soltáramos, en un armoniosísimo mismo instante:

—*It's all right with me...*

La noche la terminamos agotados, pero jugando siempre a la ronda, aunque sin movernos de nuestros asientos y sin que un lobo malvado viniera a comerse a nadie, ahí. Todo empezó cuando Enrique me agarró una mano, como para siempre, porque Fernanda, desde que se conocieron, le habló de mí con muchísimo cariño, y también porque le regaló dos cassettes en los que yo cantaba la tragedia de mi vida, mi amor eterno por Luisa. Y yo no sabía, tú simple y llanamente no te lo imaginas, viejo, cuánto le gustaban a él mis canciones y mis estrofas habladas en versos tan espantosamente bellos, tú sí que no te lo imaginas, mi hermano. Todo esto hizo que él me autorizara a agarrarme con toda el alma, aunque disimulándolo bastante, es cierto, de la mano de Fernanda, quien, a su vez, conmovida al máximo por la tierna bondad de su Caupolicán, conmigo, le apretó la mano a él ya para siempre, quedando configurado aquel círculo al que Sinatra le cantaba cosas cada vez más tristes, como si le estuviera adivinando el futuro o algo, a medida que se iban descorchando las botellas de vino tinto y Rodrigo se seguía portando como un verdadero angelito durmiente en el exilio.

Y tanto que, sólo cuando sus berridos muertos de hambre y caca y pila nos despertaron, a eso de las ocho de la mañana, aunque parece que el pobrecito llevaba horas chillando —algo le parecía haber oído a Fernanda, en pesadillas, ahora que lo pensaba bien—, nos soltamos por fin las manos y yo me quedé con la siguiente información, entre manos: Fernanda María de la Trinidad del Monte Montes, en efecto, había hecho una escala en Lima...

—¿Que por qué? Pues entérate, idiota, no, pobrecito mío, nada de idiota... Entérate de que, si aquella vez, aquella inmunda vez en que me

metí a la cama con el abyecto cantautor colombiano Ernesto Flores —hasta hoy me da asco,
caray, pero que conste que salí limpiecitísima, ya
casi virgen otra vez, oye, puestos a contar—, fue
porque tu amor por Luisa me estaba matando y
quise someterte a un verdadero electroshock
sentimental, a ver si salías de tu catalepsia esa
y te fijabas tan siquiera un poquito en mí, de lo
puro inmundo que era el tal Ernesto Flores...

—Pero si casi vivíamos juntos, Fernanda...

—Pero, con el perdón de Enrique...

—Mis celos nunca son retrospectivos, mi
amor —opinó, tolerantísimo, el araucanote. Y,
con su *sense of humour* y todo, agregó—: Todos
tenemos un pasado, mi querida Fernanda. Un
pasado, y hasta varios, como en mi caso...

—Imbécil...

—Anda, mi Fernanda...

—Mira que no lo iba a decir, pero ahora
que tú me sales con que tienes *varios* pasados, lo
digo. Juan Manuel Carpio, al menos, sólo tiene
un solo pasado, o sea que sí, que lo suelto: Sí, vivíamos casi juntos, mi hermanito, pero digamos
que nada incestuosamente. O poquísimo, en
todo caso. O, parafraseando a la santa, mira tú,
Juan Manuel Carpio —y agárrame tú esta flor,
esposo y paisaje mío de Catamarca—: Vivíamos
casi juntos, sí, Juan Manuel lindo y querido,
como México, pero tú casi no vivías *en* mí...

Gracias a Dios, de los momentos como éste, de gran tensión, se encargaba siempre Frank

Sinatra, desde alguna de sus canciones y con esa voz de callejón sin salida, de *impasse*, de *dead end*, que usaba para entonar, casi hablándotelas, algunas de sus más tristes baladas.

Y la etapa siguiente, la del paso por Lima de la entrañable Fernanda María, también la comentó Sinatra, la matizó, en todo caso. Porque sólo quien ha tenido la peregrina idea de meterse a una Residencia para determinadas señoritas, sin darse cuenta, siquiera, como ella, puede conservar en el alma tanta limpieza de intención y tanta ingenuidad como para aparecerse nada menos que en una de las empresas que administraba la rubicunda e iracunda Luisa, en Lima. Pidió cita urgente y todo, con una importante tarjeta de la Unesco, que aún correspondía a la realidad, porque, en vista de que el inmundo electroshock al que me sometió con el abyecto cantautor Ernesto Flores parecía haber tenido efecto sobre mi tan querida persona, Fernanda María deseaba urgentemente hablar, de mujer a mujer, con Luisa, sobre estos dos temas.

El primero consistía en que, aunque con algunos altibajos de tiempo y de lugar, lo reconozco, Juan Manuel Carpio y Fernanda María de la Trinidad del Monte Montes —vaya con el nombrecito que me manejo, ¿no?— habían nacido el uno para el otro, allá en París. Y que ella, a diferencia de *otras* personas, me quería tanto pero tanto, que podía esperar tranquilamente a que él termine de desenamorarse de usted, Luisa, y bueno, que me siga aguantado, mientras tanto, hasta que ya algún día verá usted cómo, Juan Manuel decide que ya no puede aguantarme más y entonces empieza a quererme tan inmensamente como yo a él... El segundo tema es que, para poder ir llevando todo esto a la práctica, es imprescindible un rápido divorcio, porque...

Y ahí se le quedó lo del segundo tema, a la pobre Fernanda María, porque Dios sabe que hasta con los muertos, como yo, existen los celos retrospectivos. Y ya la rubicunda y bastante engordadita Luisa se estaba poniendo de pie y dirigiéndose hacia esa muchacha tan linda, tan más joven que yo, tan más delgada que yo, tan que me estoy poniendo hecha una chancha yo, y le arreó aquel tremendo cachetadón que, según Fernanda María, la mantuvo muerta de hambre y de pena en el aire, hasta bastante tiempo después de aterrizar en Chile.

Luisa, de alguna manera, me amaba, y esto le dolió en el alma a Fernanda María, bofetadas aparte. Y en París jamás se le arreglaba lo de sus diplomas convalidados, para poder estudiar arquitectura. O sea que fue, en el fondo, aquel cachetadón limeño el que le labró todo un nuevo destino, todo un nuevo porvenir, todo un nuevo hombre y hasta un marido, toda una adorable criatura de siete meses, todo este exilio de mierda, y ahora resulta que por la Unesco ni me reconocen y tienen toditita la razón, además.

—Nadie es irreemplazable, pero yo, además, reaparezco tres años después, y aún no les he avisado que me he ido de mi trabajo. Una persona decente jamás hace una cosa así, y bien merecido que me lo tengo, por consiguiente. Claro que lo malo es que nos estamos muriendo de hambre. Y lo peor es que, ayer por la tarde, a Enrique le han ofrecido un trabajo fijo en Caracas, pero sin billetes de ida ni nada, y ahora yo soy tres y contigo cuatro, si te animas a venirte a Caracas nadando, Juan Manuel Carpio.

Me animé a quedarme en París, más bien, y a pasar nuevamente por una de esas escenitas de aeropuerto en que alguien toma desgarradoramente un avión y lo deja a uno... Bueno, lo deja a uno poco más o menos como me había dejado Luisa siete años atrás, o sea hecho puré, aunque ahora con un matiz bastante enriquecedor, en lo que a las cosas de esta vida se refiere, o, lo que es lo mismo, con la siguiente patética novedad, porque, diablos, esta vez era como pasar de Guatemala a Guatepeor, en comparación a la anterior, en que al menos Luisa estaba tan feliz de largarse para siempre.

Esta vez, en cambio, Fernanda María habría pagado por quedarse. Y, a lo mejor, también, su propio esposo, y hasta el exiliadito de siete meses que era su hijo Rodrigo. Sí, a lo mejor los tres habrían preferido la precaria estabilidad que logré darles durante los dos meses que permanecieron en París, arreglándoselas como podían para dormir en mi cama, mientras yo hacía prodigios de equilibrio para dormir sin caerme todo el tiempo, al más mínimo movimiento, en el estrechísimo diván que había en la salita comedor del departamento, y que normalmente nos servía de asiento en nuestras enternecedoras sentadas de amor nocturno y meditabundo, ante unas botellas de tinto y unas canciones de amor, todas desesperadas.

En fin, que nunca sabré si aquello fue sólo fruto puro del amor, del más grande, extraño, y puro amor, o si no ayudó también un poquito, al menos, el hecho de ser aquélla una época y una edad de la vida en que aún se soportan todas las incomodidades del mundo y hasta una carencia de espacio vital muy propicia a la agresividad, pero lo cierto es que aquel platónico, no muy consciente, y sumamente circunstancial *ménage à trois*, con angelito de siete meses, de yapa, funcionó de maravilla.

Yo logré que el araucanote Enrique se convirtiera en fotógrafo oficial del Rancho Guaraní, el simpático local de oscuridad, tragos, arpas paraguayas, guitarras, quenas y charangos, y cualquier otro folclor latinoamericano que pidiese la ocasión, en el que yo trabajaba con horario y salario fijos y entonaba cuchucientas mil veces aquello de *Aprendimos a quererte, comandante Che Guevara*, y también, aunque más bien de contrabando y ya sin sentimiento, o mejor dicho ya con bastante resentimiento, algunas de mis interminables estrofas de amor por Luisa. Las cantaba, en efecto, pensando en Fernanda María y maldiciendo el momento atroz en que no me vio en

73

aquel semáforo y yo no fui capaz de arrojarme bajo las ruedas de su Alfa Romeo verde, para que se diera cuenta de que era por ella por quien yo estaba dispuesto a todo, ahora, en aquel ahora que me había invadido de golpe y porrazo y que era el mismo que, noche tras noche, mientras ayudaba a Enrique a ganarse unos pesos llevándolo conmigo al Rancho Guaraní y a cuanto guateque me tocaba asistir en calidad de retrato del artista sumamente desanimado, tan desanimado y despistado que ya en alguna oportunidad canté el nombre de Fernanda donde me tocaba cantar el de Luisa, y es que en realidad no veía las horas de regresar a mi departamento para encontrar a Rodrigo dormidísimo hace horas y a su amantísima madre con una botella de tinto y tres copas listas para arrancar con otra de nuestras somnolientas veladas musicales, para agarrarnos nuevamente los tres de la manita y jugar a la ronda mientras el lobo está, con música ad hoc en el tocadiscos y miraditas bañadas en lágrimas, todo siempre fuera de tiempo y de lugar, cómo no.

El lobo estuvo listo el día en que, gracias a la ayuda de don Julián d'Octeville, Enrique logró que un comité de solidaridad Francia-América Latina le comprase en bloque una buena tonelada de estupendas fotografías que serían expuestas y vendidas poco a poco, pagándole por el lote entero con tres billetes de ida para su destino laboral en Caracas. Por supuesto que Fernanda María comentó que lo ideal habría sido que nos pagaran con cuatro billetes y por supuesto que no sólo Enrique estuvo de acuerdo con eso sino que hasta el propio Rodrigo soltó un pedito favorable a mi partida, según me explicó Fernanda, con tremendo nudo en la garganta, pero lo cierto es que los billetes eran tres y que ahí el único que tenía un trabajo en Caracas era Enrique y que además yo, aunque era para ellos mucho más que un hermano y esas cosas, no formaba parte ni de la familia, ni del exilio chileno, ni de nada.

O sea que me tocó exiliarme del exilio, quedarme en esa tierra de nadie que son los aeropuertos, y titubear burradas como bueno, por lo menos a ustedes no les ha tocado partir un día 13 ni en un vuelo chárter número 1313, como a Fernanda, aquella vez, perdón, como a la gorda Luisa, esta vez, perdón...

—Maldición eterna a su cachetadón —metió aún más la pata Fernanda María, en el instante de su embarque en el vuelo de Air France con destino a Caracas, Venezuela, pero por ahí oímos un pedito de Rodrigo, y Caupolicán, rey de los araucanos sensibles, como que quiso compartir su boya en aquella extraña mezcla de despedida y naufragio:

—*It's all right with me* —dijo, y entonces sí que ya pudimos salir airosos todos y sentir, por lo menos, que aquélla no era la última despedida de nuestras... Bueno, que aquélla podía ser la primera de muchas despedidas o algo así, pero que bueno, que futuro había y eso deja siempre alguna puerta abierta a sabe Dios qué, aunque un sabe Dios qué sonriente, eso sí, y chau, nos vemos, mi hermano, toda la suerte del mundo y otra vez mi corazón y un millón de gracias en nombre de los cuatro, chau mi hermano lindo...

Correspondidos
por correspondencia

Nunca me acostumbré a los Alfa Romeo verdes del mismo año y modelo que el de Fernanda y, aunque el tiempo pasa automovilísticamente también, y el carro de mi tristeza más grande iba siendo reemplazado por otros Alfa más modernos y muy distintos, siempre aparecía alguno por ahí, en el momento menos pensado, obligándome a partir la carrera detrás, si es que algún semáforo aparecía en el panorama, con la esperanza de detenerme jadeante, al llegar a su altura, y observar por algunos momentos al conductor de ese vehículo. Muy de vez en cuando era una mujer, y entonces yo cerraba ipso facto los ojos y cruzaba los dedos con toda mi alma, para que cuando los volviera a abrir el Alfa Romeo fuese verde y no blanco, por ejemplo, y la mujer que iba al timón no fuese esta vieja del diablo sino pelirroja y muy joven, e inmediatamente después ya fuese Mía en otro abrir y cerrar de ojos y dedos, con toda mi alma.

Mi sistema nunca funcionó, por supuesto, pero debo decir que, en cierto modo, fue prácticamente la única comunicación que mantuve con Fernanda, mientras a ella las cosas empezaban a descomponérsele bastante en Caracas, y por eso seguro no me escribía, no quería preocuparme, no quería contarme más pormenores acerca de Enrique y la bebida, y la bebida de Enrique y la violencia, y la violencia de tan buen hombre y el insoportable exilio y la culpa, la maldita culpa del destino que todo había venido a joderlo, con hijo y esposa que mantener y ahora resulta que esperando otro hijo, y nada sale bien y todo es fracaso, puro fracaso, todos exponen menos yo, todos venden menos yo, y unas clases de mierda en una universidad de mierda, y más vino y más violencia y muchísima más culpa y hasta atisbos de odios irracionales, dónde estamos, a qué hemos llegado, qué carajo hago yo en Caracas, y un portazo, la noche, la calle, otro bar.

Sólo una larga carta de Mía me habló de este espanto, de algo que empezó rapidísimo, casi desde que llegaron a Venezuela y Enrique como que se enfrentó por primera vez con la conciencia del exilio, o lo que es prácticamente lo mismo, con la cotidianidad pasmosa y aplastante del exilio. Fernanda María, a la que uno habría imaginado eternamente protegida por ese hombrón de crin azabache, piel autóctona, y manos feroces, de pronto se vio teniendo que ocuparse de todo y de todos, y hasta escribiendo preciosos relatos infantiles ilustrados con unas fotos de Enrique que ella misma había tomado, porque él ni se ocupó del asunto, pero luego enfureció, eso sí, porque tú has embarrado mi nombre con unas fotos de mierda, y poco tiempo después enloqueció una noche, se olvidó hasta de su apellido y casi la mata de un botellazo en la cabeza.

Una sola y larga carta de Fernanda me puso al corriente de todo este horror, aunque como siempre mi tan maravillosa Maía se las arregló para terminar contándome noticias de nuestros amigos comunes, de Rafael Dulanto o de Charlie Boston, por ejemplo, con los que siempre mantenía algún contacto salvadoreño, y luego, además, agregó anécdotas divertidas, sucesos extraordinarios, llenos de frescura, radiantes de vida, porque ella tenía esa gracia con que se viene al mundo de salir impoluta de las más sucias y abismales situaciones, de ver el aspecto no culpable y el pespunte mal zurcidito que ironiza hasta la mano que aferra y le lanza a uno un botellazo, y encarnar a fondo estas palabras de Hemingway que a mí tanto me conmovieron, la tarde en que las leí, porque fue de golpe como si un Alfa Romeo verde con Mía al timón hubiese pegado un frenazo a mi lado y hubiese gritado mi nombre, sí, también mi adorada Fernanda María de la Trinidad *Experimentó la angustia y el dolor, pero jamás estuvo triste una mañana.*

Y esto es lo que dejaban translucir sus cartas, sus frases a veces breves, casi siempre burbujeantes, sus palabras dotadas de una frescura cristalina, como guijarros recién sacados de un arroyuelo curvilíneo y juguetón, por la mañanita, en primavera, con un sol sumamente alegre y nada perturbador. A veces, leyendo alguna carta de Fernanda

81

María, tuve la sensación de encontrarme ante la prosa ágil y aparentemente parca del mejor Hemingway, esa capacidad de sugerir e inventar una realidad muy superior a la que pueden ver nuestros ojos cotidianizados, esa extensísima concisión de decirnos las cosas sin nombrarlas siquiera, ese truco alegre y prestidigitador de la brevedad y lo lacónico. O sea algo así como un Hemingway pero en castellano y escrito además por una mujer sumamente femenina. Que poco a poco se estaba convirtiendo en un hemingwayano Tarzán, eso sí, o también, por qué no, en ciudadela árabe: piedra y muralla por fuera, jardín por dentro.

El timbre sonó en mi departamento, en el momento en que yo estaba subrayando las palabras de Hemingway sobre Mía y pensando en el tiempo tan largo que había pasado sin recibir una sola línea suya. Insistí en escribirle y escribirle, pero una tarde un Alfa Romeo verde, aunque de un modelo mucho más moderno y ya nada que ver con el nuestro, sólo la marca y el color, me hizo saber que Fernanda prefería que yo no insistiese, que le incomodaban mis cartas, que podía resultarle muy doloroso, por ejemplo, que yo le contara que los Alfa Romeo como el verdecito nuestro olían total y proustianamente distinto de los actuales, debido a que ya hoy prácticamente no los fabrican con aquellos asientos de cuero que a ti te encantaban, ¿te acuerdas, Fernanda? Era mejor, pues, un tiempo de silencio, en vista de que cariño y confianza sobraban entre nosotros, y en vista también del mal rato que ella estaba pasando allá, seguro. Esto era lo que ocurría, a esto se debía aquel vacío postal, claro, qué tonto soy yo a veces... Y, puesto que Fernanda María jamás estuvo triste una mañana, atendí muy amablemente y con propina al cartero que tocó la puerta para entregarme una carta certificada y urgente, aquella tarde.

Caracas, 14 de octubre de 1976

Querido Juan Manuel Carpio,

Tienes razón. Yo siempre pensé que fue la rabia de Luisa, en Lima, pero no. Todo se decidió la mañana en que no te vi, mi amor, y tú no lograste moverte, tampoco, ante ese semáforo en rojo. Lo recuerdo vagamente, como escondido debajo de la bruma de una triste y oscura mañana de París y una buscando desesperadamente llegar a tiempo a la Unesco y de golpe torciendo a la derecha, en vez de seguir de frente, porque acaba de tomar la determinación de partir a Chile, aunque haciendo antes una escalita en Lima, no sea que. No sea que nada. Esa mañana, en París, Juan Manuel Carpio, cada cual decidió meterse en el lío que podía.

La culpa la tuvo, como siempre, nuestro *Estimated time of arrival*, al que tan disciplinadamente le obedecemos siempre tú y yo y que nos hace llegar siempre en otro momento, cuando no a otro lugar. Porque mírame tú ahora en Caracas, pero con la decisión tomada de desmontar esta tienda latinoamericana para trasladarme con mi tribu al Salvador. Por lo menos es mi país, y eso se aprecia. Y yo podré trabajar. Porque ahora soy, además, cuatro.

Y digo cuatro y que todo se decidió ante ese semáforo, esa mañana, en París, porque es a raíz de mi partida a Chile que hoy desde Caracas te escribo para avisarte que, nada menos que el Día de los Inocentes, nació Mariana Fernanda. Feroz, hambrienta, con enormes pies, y una nariz respetable, un poco colorín. Se salva de sus pecados nocturnos con una sonrisa de angelito triste que siempre me enamora. Ya la verás por aquí o por allá o por más allá.

Anteriormente respondimos Enrique y yo a una de tus cartas, a México. ¿Te fue bien? ¿Grabaste? ¿Cantaste mucho? Es más, te envié mensajes y dibujitos míos con un amigo que viajó hacia allá. Pero parece que estaba mala la dirección en tu carta enviada desde un Holiday Inn, en San Antonio, Texas. ¿Qué diablos hacías tú por ahí? Decías que cantabas. ¿Es verdad? ¡Qué bueno que tu voz se vaya haciendo conocida! Espero que ésta te encuentre ya de regreso a tu departamento en la rue Flatters.

No bien lleguemos a San Salvador te aviso. Abrazos al señor don Miguel Ángel d'Octeville, tan lindo el viejo, y abrazos de siempre para ti, un pedito de Rodrigo y una risa de la Mariana.

Fernanda María

Me olvidaba: la suertuda de mi hermana Susy ha logrado alquilar el mismo departamento de la rue Colombe. La muy simpática dueña se acordaba de mí y se lo dio a precio de regalo. Búscala, que ya se instaló. Es bien gringota y amiga de reírse bastante. Podrás ver el departamento que tuvimos... ¿Hemos tenido algo juntos, alguna vez, Juan Manuel Carpio? No insisto porque mis ojitos verdes no resisten. Busca a la Susy. Chau.

La tal Susy resultó ser tan simpática como inestable y el mundo para ella era como una broma gigantesca y permanente. Y un incesante ir y venir de un país a otro y de un trabajito a un cachuelo, pero todo siempre feliz. Hablaba de su hermana Fernanda María como de una diosa mal empleada y de su cuñado Enrique como de un alcohólico irascible y enternecedor, al mismo tiempo. En cierta manera, Susy suplió otra larga ausencia de cartas de Fernanda, pues siempre me mantuvo al día de lo que ocurría con ella y con su familia en San Salvador. Nada muy bueno, por supuesto.

Por otro lado, y como quien ni cuenta se da, Susy prácticamente se apropió, por un puñadito de francos, de aquel hermoso departamento que yo ahora recordaba como el corazón de lo que alguna vez llamé mi *mundo raro*. Susy abandonaba París durante semanas y meses, a cada rato, y como ni me avisaba, yo aparecía, tocaba la puerta, y me encontraba con alguna amiga a la que ella le había prestado el departamento o con alguna de las otras hermanas de Fernanda María. La verdad, entre las seis hermanas del Monte, una pelirroja, dos muy morenas de ojos y pelo negros, una castaña de ojos pardos, y dos rubísimas de ojos azules, el único común denominador parecía ser, aparte de los apellidos, la nariz grande y aguileña y un incesante vagabundeo internacional, con excepción de la mayor de todas, Cecilia María, muy bien casada con un norteamericano y muy instalada en California, aunque con su narizota, eso sí, prácticamente desde que terminó el colegio.

Pero bueno, las noticias directas terminan por llegar, y el día bendito del 15 de marzo de 1979, recibí la siguiente, inmensa, sorpresa:

Querido Juan Manuel Carpio,

FÍJATE QUE VOY A PARÍS UNOS DÍAS!!!! Con muchísimas ganas de verte, con las manos llenas de encargos, de abrazos, de fotos, de dibujos y cuentos míos para niños. Ojalá logre encontrar algunos amigos y reunirnos. Los días que estaré serán pocos. La oficina con que trabajo me manda a un curso en Manchester. Brrr... Y después de Inglaterra tengo firme y alegre intención de fugarme a París a ver las gentes y lugares queridos. Estaré allá sólo una semanita. Y para rematar, serán los días de Semana Santa. Ojalá que no emigren en esas fechas todos los pájaros amigos.

Llegaré a tu pueblo el 7 de abril, y regreso el 15, o sea Domingo de Pascua Florida. Si acaso vas a salir en ese tiempo, por favor avísame, ya que realmente mi turismo es exclusivamente sentimental, y tal vez se pueda arreglar otras fechas si veo que hay una ausencia tan mayúscula como la tuya y la semana corre peligro de ser excesivamente santa.

Otra cosa: no tengo tu número de teléfono. Mándame telegrama, por favor.

Salgo de San Salvador el 25 de marzo y llego a Londres el 26 lunes. En Londres estaré donde mi hermana Andrea María, tel. 370 76 40. Dirección: 47A Evelyn Gardens. London SW-7.

Enrique se queda aquí, cuidando a los hijos abandonados, y cuidándose él de las tías, abuelos, etcétera, que estarán por supuesto alborotadísimas cuidando a los niños abandonados también. No le envidio su tarea. Pero llevo en la maleta algunos fuertes abrazos de él.

Pronto espero verte, y a los demás. Manda ese telegrama, por favor. Y dime si vas a estar o no. Como ves, el E.T.A. te lo he puesto íntegro, esta vez, con la ilusión de que París esté donde lo dejé y tú también.

Abrazos que allá serán mucho más abrazos,

Fernanda María

Nos dejamos capturar el uno por el otro, desde que nuestros labios se fueron directamente en busca de los labios del otro, no de las mejillas, ni de la frente, directa y ansiosamente a la boca del otro, y al abrazo muy fuerte, ya doloroso, se le escaparon brazos y manos que buscaban otras zonas del cuerpo, un seno, el corazón, las caderas, un resbalón por el muslo.

—Abandonemos este aeropuerto en el acto, Juan Manuel Carpio. No tenemos ni un minuto que perder. ¿Tienes auto o nos pagamos un taxi?

—Tengo un Alfa Romeo verde. El mismo modelo, sí. 1970 y los asientos de cuero.

—A lo mejor hasta huele a mí todavía, oye tú.

—Ya me habría dado cuenta, mi amor. Además, era azul. Lo acabo de hacer pintar.

—Qué alegre, Juan Manuel Carpio. Qué alegre y qué alegre y qué alegre.

—Julio Ramón Ribeyro, Edgardo de la Jara, y don Julián d'Octeville están en París. Sólo faltan Charlie Boston y Rafael Dulanto, pero bueno, qué le vamos a hacer, de ellos sabes tú siempre por allá.

—Vieras que en este instante ya no me provoca ver a nadie más que a ti.

—Eso puede arreglarse.

—¿Y a cuál departamento vamos? El de la Susy está vacío, pues la muy ingrata —o la muy pertinente, ahora que lo pienso bien—, se me marchó a Roma justo para mi llegada.

—Escoge.

—El tuyo tiene menos pasado y, si nos convertimos en dos seres infames, hasta puede tener mucho más futuro.

—Fernanda...

—No sé cómo diablos vamos a hacer para salir impolutos de ésta, Juan Manuel Carpio. Pero saldremos, ya tú verás. Tú, por lo pronto, anda mirando esta cicatriz, aquí en tu cabecita roja. Mira. Me la partió como un coco, tu gran amigo y hermano. O sea que a lo mejor hasta tenemos derechos adquiridos. Mira que sí. Yo francamente creo que tenemos todos los derechos adquiridos del mundo, ahora que lo pienso bien, Juan Manuel Carpio. ¿O a ti te parece que estoy muy sobreexcitada?

—Lo que me parece es que tenemos un semáforo en rojo y un Alfa Romeo verde.

—Bésame, y que el de atrás se mate bocineando cuando se vuelva a poner verde. Bésame hasta que me olvide de que ahora el que maneja eres tú.

—Un Alfa Romeo de tercera mano...

—Bésame idiota, que esto se pone ámbar.

No vimos a nadie, aquellos días, y tuvimos toda la razón del mundo al actuar así, al escondernos superegoístamente. Los amigos comprendían perfectamente bien, además. Aquéllos eran nuestros siete días, nuestra semanita que podía ser para toda la vida, nuestro estar juntos por una vez en el mismo lugar y sabiendo ambos exactamente lo que deseábamos y cómo y cuánto tiempo nos era permitido amarnos, y que, por una vez en la vida que nuestro dichoso *Estimated time of arrival* había funcionado, lo que ocurría ahora es que todo un mundo nuevo —llamado esposo, hijos, dictaduras, exilios, problemas domésticos, en nuestro caso— había aparecido intempestivamente en los mapas del universo y sus rutas de navegación. En fin, ni más ni menos que Cristóbal Colón navegando contra viento y marea rumbo al Oriente de las especias y topándose con un tremendo asunto llamado América, en el camino.

No, pues, no teníamos tiempo para los amigos, aunque impolutamente Fernanda María los llamó a todos para saludarlos y hacerles saber que se hallaba en París y en mi casa y *con mi* Juan Manuel Carpio, y ellos, uno por uno, e impolutamente también, hicieron mutis por el foro, tras prometer una brevísima visita de mentira, para tomarse una copa de tinto también de mentira. Y el resto fueron tres salidas a restaurantes en los que Fernanda María había soñado comer conmigo y una visita muy seria, muy formal, sumamente protocolar y con su ramito de flores y todo, al semáforo del diablo que selló nuestro destino con un nada que hacer llenecito de las cosas que estábamos haciendo y soñábamos con seguir viviendo, un destino sin destino fijo, podríamos decir, pero en todo caso ahí estaba el semáforo ese, verde y rojo y otra vez verde y rojo, inamovible en esa esquina, eternamente en París, aunque un día de primavera lindo, eso sí, esta vez, pero bueno, mejor era que le dejáramos el ramillete de flores y volviéramos a mi departamento, a mi música nueva, a algún precioso cuento infantil que Mía deseaba leerme, a unos buenos quesos y un tinto muy correcto, mejor era que volviéramos, sí, ya estuvo bueno eso del soldado que regresa siempre al lugar de la guerra y la batalla precisa en que fue tan gravemente herido y con tremendas secuelas.

Nunca hubo una pareja que se separara en un aeropuerto con una fe tan grande en el futuro, con tantas ilusiones compartidas y tantos proyectos comunes, como Fernanda y yo. ¿Fue simple buen gusto, simple deseo de que acabara con besos y sonrisas esa semanita que terminó por convertirse en un sueño realmente vivido y compartido? Ahora que muchos de esos intensos deseos pertenecen al pasado, ahora que nada nos salió del todo mal ni tampoco bien, ahora que sólo quedan un montón de cartas de Mía, alguno que otro trozo escrito por mí y también algunas de mis cartas posteriores al robo de Oakland, muchísimo cariño y amistad, y la misma confianza y complicidad de siempre, tal vez lo único que podríamos decir Fernanda y yo es que hay despertares sumamente inesperados y que, incluso, a veces, en nuestro afán de no causarle daño alguno a terceros, terminamos convertidos nosotros en esos terceros. Y bien dañaditos, la verdad.

—Chau, Mía... Y ya verás cómo todo se arregla a nuestro favor, algún día.

—Algún día no, sino muy pronto, Juan Manuel Carpio, ya tú verás que algo nos sale por ahí. Porque de niña me llamaban Fernanda Mía y tú me has llamado así, siempre seré Fernanda Tuya, mi amor. Y chau... De Londres te escribo, no bien llegue...

16 de abril de 1979

Juan Manuel Carpio, mi amor,

Cansada y con poca gana he caminado por las calles. Un músico ciego tocaba eso de *A kiss is just a kiss*. El sol quiso salir un poco. Y sobre todo las calles se sienten tristes. Me hace una enorme falta tu presencia cariñosa, cuidadosa, paciente. Por eso he entrado a un café para estar contigo, como siempre has estado, como nunca has estado, como estás y estarás.

No me gusta comenzar esta correspondencia, porque la correspondencia es distancia y las palabras son unas desgraciadas que en cualquier descuido se apoderan de la situación. Prepotentes de mierda, que nos envuelven. Cuánto más quisiera que me envuelva tu linda y dulce presencia de amor. Dentro de la sencillez y la torpeza de una taza de café al amanecer.

Te quiero, te extraño, me siento mal, te abrazo, te adoro,

Tu Fernanda

18 de abril de 1979

Juan Manuel, mi amor,

Voy en el avión. Asustada de llegar. Alegre de llegar y ver a los niños. Y extrañando tus manos que me acarician y me dan alegría cuando me tocas. Chiquito, mi amor, con derecho a opinar, a pedirme lo que quieras.

He estado acordándome de tantos momentos, siempre juntos nosotros, sin decirlo, sin pensarlo. Yo sentada a tu lado, o a tus pies, en la rue Colombe. Tú triste, Luisa siempre ausente, ahí entre nosotros.

Estoy feliz de que al fin un día el mundo dio sus locas vueltas para favorecernos de alguna manera. Y pudimos estar juntos ya sabiéndolo, hablándolo, viviéndolo. Par de idiotas. En cambio hoy es difícil. Los dos más llenos de responsabilidades y de cansancios. Y hasta de manías, como la de las hierbas esas torturándole a una las muelas en el restaurante que más le gusta.

Espero que todo, un día, esté bien. Me gustaría saber que te vas a cuidar mucho. Que yo también seré muy fuerte y buena y acertada. Y que un día mis hijos podrán reír con nosotros.

Para mientras podamos tener estas responsabilidades, agradezco haber podido abrazarte, al fin.

Te quiero,

Fernanda Tuya

San Salvador, 26 de abril de 1979

Juan Manuel Carpio, amor,

En la horrible confusión en que han pasado estos días, no te he escrito esta carta, que sé que tú esperas, dándote noticias de mi llegada.

Pues llegué. Hecha un nudo de nervios y tristeza. Fatal. Y, por consiguiente, todo lo demás se puso desastroso también. Como tú bien pensaste, Enrique está en la mejor disposición de hacer lo mejor de todo, de quererme más que nunca. Aunque también las dificultades que ha tenido aquí para sacar adelante su trabajo lo están agobiando demasiado. El resultado es que mi estómago hace más ruido que nunca. Y ahora, última novedad, ¡Enrique vomita! No entiende qué me pasa, pero sabe que algo me pasa. Y está bastante desesperado, tanto con la situación de su obra y de su vida propia, como por la distancia que siente en mí. Como ves, nos acompañamos de la manera más completa, tres tristísimos tigres. Pienso que tú por tu lado estarás igual, aunque tengo la esperanza que por no tener tanto conflicto podrás estar más tranquilo, *to transform histerical misery into common unhappiness.*

Yo estoy que me muero. Todas las yerbas de todos los pastos torturando mis muelas y todo lo demás. No quiero, no puedo, no debo herir a nadie a muerte. Ni a Enrique, ni a ti, ni a mí. Vamos a tratar de ser muy buenos.

La última noche que estuve en Londres cené con Adolfo Beltrán, gran amigo y más que amigo de Enrique, que me contó que, contra viento y marea, piensa regresar a Chile en julio próximo y hacer una exposición. Y tiene unas grandes esperanzas de que Enrique logre algún tipo de permiso para esas mismas fechas y hacer una exposición conjunta de sus fotos. O paralela, o simultánea, o como sea. De manera que Enrique escribiría la introducción a la exposición de Adolfo, y Adolfo la de Enrique, y juntos podrían caminar las calles de Santiago y Viña del Mar, tomar sus vinos de nuevo juntos en los viejos rincones. Ésta es una posibilidad al fin alegre. Enrique ha desistido de un viaje de trabajo a Guatemala, y va a dedicar estos dos meses a preparar obra para llevar a Chile. Espero poder sosegarme y dejar de joder tanto, para que sean meses tranquilos de buen trabajo. Y tal vez así el viaje de Enrique en julio sea más positivo y se puedan aclarar las cosas. Yo quiero estar clara y alegre de nuevo, mi amor, y no sentirme tan revuelta como ahora.

Pienso mucho en ti.

Me traje tu disco de Trenet por equivocación. Te lo repondré con algo que te gustará.

No he podido oír tus cassettes. Es como estar hablando contigo, y como no puedo estar conversando contigo, me duele un poco este hablar musical. Aunque hoy me ha hecho gran bien escribirte. Me siento fuerte. Me siento mucho mejor. Como Tarzán al tirarse al agua.

Creo que puedes escribir a la oficina: MANSFIELD Y CIA. Apartado postal 424. San Salvador.

Voy a pedir que me entreguen todo personalmente, con la esperanza de que todo nos salga siempre bien, mi amor, te quiero, y he estado feliz contigo, y más que todo en el mundo quiero que todos estemos bien.

Te abrazo mucho,

Tu Fernanda

San Salvador, 2 de mayo de 1979

Mi amor querido,

Otro día pasó sin carta tuya. Y figúrate que con todos los disturbios que están pasando aquí, el centro de la ciudad está cerrado, hay veinticinco muertos en la Catedral —por dicha dicen que hoy los entierran—, el pobre embajador francés sigue preso en manos del FPL, y además ha quedado como un boludo porque el embajador de Costa Rica, que también estaba preso junto con su personal de embajada, logró escaparse, gran héroe, mientras que el pobre franchute quién sabe qué será de él. Han estado quemando los buses, de manera que ya no hay buses por miedo de que los sigan incendiando. Y ahora, para acabar de arruinar, ayer quemaron el furgón del correo con todas las cartas del día para todo el país. Y pienso que en medio de todos estos líos, se ha quemado una carta tuya. La situación está horrible. Y la mía, adentro, como en caja china.

¿Como se verá todo esto en tu París? Hoy, la oficina nuestra, *English die hard*, es casi la única abierta. Pero no han cerrado los bancos, para no crear un pánico mayor.

Yo estoy solita sin tus cartas, pero igual te abrazo en una esquina de los laberintos de Montmartre.

Fernanda Tuya

San Salvador, 10 de mayo de 1979

Juan Manuel, mi amor, ¿dónde estás?

Nunca ni nunca llega una carta tuya y ya me siento muy en el aire. Como si quizás tal vez no te vi en París, me lo imaginé todo. Me haces falta. Todo es tanto más alegre cuando tú estás. Y siempre ha sido así. Y ahora me estoy entristeciendo en esta selva porque no estás, ni siquiera por carta. Para compensar, he escuchado tus cassettes un millón de veces. La última me gustó muchísimo, aunque, por supuesto, muerta de celos todo el rato.

Cuéntame de tu vida. Así como son las cosas, quién sabe lo que pudo haber sucedido por tu lado. Ya que por mi lado, todo es tan contradictorio. Ahora que ya me estoy yendo, Enrique al fin tiene ganas de llegar. Pero no se puede recuperar lo que no se gozó a tiempo, por más que uno quisiera. Enrique siempre se va a Chile en julio, la cosa es posible ya. De eso está contento, creo.

Escríbeme y cuéntame cómo está tu casa, y tu calle, y tu ciudad, y tú.

Mi familia, la poca que queda, anda fuera. Sólo está mi mamá aquí. Mis tíos andan en Europa, yo pienso que por precaución. Salieron a principios de mayo, por unos dos o tres meses.

Me haces falta. Te quiero.

Tu Fernanda

San Salvador, 15 de mayo de 1979

Juan Manuel, mi amor,

LLEGÓ TU CARTA!!! Me gustó tanto la imagen de nosotros juntos flotando en cuarto lugar en la tablita de salvación. Es lo más alegre que he oído desde que llegué. Porque aquí todo está bastante triste. El paisito se está encaminando rápidamente hacia la requetemierda. Puros muertos, secuestros, lugares tomados, autos incendiados. Y como han matado a tanto policía, ya no hay policías en las calles. Cuando anda la policía, es una manada completa de guardias nacionales con ametralladoras inquietas. Y del otro lado, el gran desorden de la ultra izquierda, y los maleantes que se aprovechan de toda ocasión. Con los obreros de la construcción parados en huelga, hay muchísima gente en las calles y no hay buses porque los queman. En fin, un panorama bien desquiciado. Y el pobre embajador francés sigue preso, en su embajada. El tiempo no está para tafetanes.

En medio de todo esto, pienso siempre en ti y eso me alegra y me hace bien, y me hace mal, y me hace bien otra vez. Por lo menos mentalmente estamos juntos. Pienso que has de estar preocupadísimo, si la prensa como de costumbre está diciendo todo lo mal que estamos aquí. Pero no te preocupes, que no me va a pasar nada, te lo aseguro. Ya el colmo sería. A mi edad y en mis condiciones.

Qué bueno lo de tu gira por las Canarias unos días. Tengo un mapa en frente de mí en la oficina, y estarás ya mucho más cerca.

Casi a medio camino, si fueras un excelente nadador. Pero aun siendo como somos, creo que ya estamos a más de medio camino. No nos van a parar así nomás ahora. No al menos a mí que me siento tan fuerte como Tarzán al borde de un río muy caudaloso, donde hasta los cocodrilos le tienen mucho respeto. No. No nos van a parar. "Procesos irreversibles", como dicen los políticos. Bueno, ellos siempre se equivocan, pero estoy segura de que nosotros no.

El panorama personal aquí sigue igual. Enrique siempre piensa viajar a Chile en julio, con la idea de buscar camino allá. Pienso que no habría razón de no poder vernos este verano. Lo único que a mí se me hace más difícil viajar que a ti, puesto que no tengo vacación en este tiempo. Tal vez tú podrás viajar a este magnífico *Pacific Paradise*. No creas que todo ha de ser ametralladoras y asesinatos. Los lagos y los volcanes todavía están y el mar y sus conchas. Alguna que otra langosta se podrá comer todavía. Y podríamos ir a Guatemala o pasar los fines de semana en la costa. O simplemente pasarla juntos y poder hablar. Tú podrías trabajar, componer, hasta cantar, si quieres. Esto te lo arreglo yo facilito. Bueno, creo que algo muy bonito se nos podría ocurrir. Aunque, por supuesto, este mi paraíso no está muy tentador en este momento. Pero una fuga a otro lugar me parece más complicado. ¿A ti qué te parece?

Ya no te escribo más porque realmente tengo cosas que hacer. Estoy en la oficina, que como te imaginarás, es el único lugar donde tengo un poco de privacidad para escribirte. Siempre y a todo instante pienso en ti. Te quiero, te amo, te beso cien veces mientras nos tomamos una copa en algún café de alguna isla canaria,

Tu Fernanda

San Salvador, 24 de mayo de 1979

Juan Manuel Carpio,

Hay buenas noticias y hay malas. Hay buenos días y los hay malos. Lo más constante es que siempre pienso en ti a cada rato, y pienso y pienso si habrá solución para nosotros. Y al final mejor dejo de tanto pensar y me dejo llevar por el tiempo y los acontecimientos porque de todas maneras no es con preocuparse que se arreglan las cosas. Los acontecimientos son los siguientes.

El país sigue vuelto loco. Ayer mataron al ministro de Educación, por aquí a cuatro cuadras de la oficina, con su chofer. Y el gobierno al fin de tanto y tanto muerto ha declarado Estado de Sitio por treinta días. Entre el gobierno de militares de porquería que no se les puede creer nada, y por otro lado los ultras de todo tipo que andan matando gente, no se sabe qué pensar. Ahora ha aparecido una "Guardia Blanca" que está matando a los "traidores a la patria", o sea al bloque popular, que a su vez está matando a los colaboradores de la corrupción burguesa, que es cualquiera que se les atraviese. Y el gobierno mata a quien se le dé la gana. De manera que el denominador común es el cadáver. ¡Qué Pulgarcito más siniestro!

En lo personal, sigo mi caminito diario. O sea, la oficina por las mañanas. Ahora con los líos hay menos pedidos, menos trabajo, y también preocupación y desconcierto sobre si vale la pena o no seguir trabajando. Claro que no se puede cerrar la tienda así de la noche a la mañana. Los niños no van al colegio esta semana, porque han declarado duelo nacional por lo del ministro de Educación. Enrique sigue en su campaña de ser buenísimo. Ahora resulta que se muere sin los niños y sin mí. No deja de ser una canallada. Joder de la manera más constante, quejarse, pegar, tirar puertas y decir que se va a marchar a cada rato, y el día en que yo decido que ya basta, él decide que no, que va a ser buenísimo, y que al fin y al cabo me adora y a los niños y todo.

No me extrañaría nada que por tu lado de golpe Luisa te esté adorando también de nuevo. ¿Qué le pasará a la gente? Parece que sólo quieren lo que ya no tienen, o lo que ya no pueden tener. Y lo peor es que una cuando se entrega es tan entregada que tal vez les arruina todo eso del misterio y lo difícil, o a saber qué cosa rara. Y sólo recuperan ese amor cuando una ya se pone misteriosa y con ganas de irse. Lo malo es que en lo personal, cuando tengo ganas de irme, es bien de verdad. No hay ningún misterio. YA NO QUIERO MÁS. Ni siquiera quiero que Enrique se porte bien ni que sea bueno ni nada. Más bien me da cólera que por bruto sólo se le viene a ocurrir ahora que yo valgo la pena y que me quiere y que me va a respetar, y que en realidad siempre me ha adorado. Figúrate con lo que viene saliendo ahora. No sé ni qué puedo hacer.

Pero también hay buenas noticias. Regresó Andresín, nuestro desaparecido perro y locura de los niños. Bueno, regresó de una manera un poco especial. Porque no es propiamente Andresín. De partida, porque ahora es hembra. La cosa es que llegó a la casa una perrita de la misma raza, exacta, y hasta le quedó perfecto el collar del desaparecido. Y ahora Andresín se llama Manolita. Llegó ayer en la tarde y los niños y yo estamos todos excitados con este regreso.

Mariana la bautizó y la verdad es que se encuentra muy feliz en la casa. Hoy la vamos a bañar antipulgas, etcétera, y llevarla a vacunar, en cuanto yo regrese de la oficina.

Otra buena buena noticia. Ayer soñé con un aeropuerto en que todos los pasajeros que llegaban eran tú. Y salía otro Juan Manuel Carpio y otro, todos con distintos trajes, y sacaban sus pasaportes y yo me ponía feliz mil veces seguidas con tu llegada.

Esta carta seguramente te va a llegar a tu regreso de tu largo y anunciado viaje a Canarias. Espero que ese viaje, y el mar que siempre lo compone todo, te hayan dado optimismo y te sientas bien, con cuerpecito caliente como se siente al regresar del mar. Fíjate que aquí no he ido al mar ni una sola vez desde que regresé de Europa. Y es que al mar aquí no se puede ir sola, porque de pacífico no tiene nada. Y a Enrique no le gusta ir al mar. Aunque cualquier día inventa que siempre le ha encantado la cosa. Con lo bueno y complaciente que se ha puesto. En fin.

Espero tener tu casa inundada de cartas a tu regreso de Canarias, ya que no puedo recibirte en persona.

Te quiero y confío en ti,

Fernanda Tuya

San Salvador, 5 de junio de 1979

Juan Manuel, mi amor, querido y distante en medio de los problemas que nos invaden,

Llegó Charlie Boston, dizque después de haber pasado y de haberte visto en París, antes de que partieras a Canarias. Y con él llegó un lindo disco de Yves Montand. Y más que nada llegó tu amor en cada palabra de cada canción. Un millón de gracias. Tú seguirás con tu ronda por esas islas, y espero que el mar y el sol te darán fuerzas y optimismo. Con lo lento que está el correo, quizás esta carta no logre saludarte a tu regreso, como hubiera querido.

Quisiera contarte cómo es mi vida, cómo son mis días. Y quisiera tener algo lindo para contarte pero no están muy lindas las cosas en este momento. Por lo que me cuenta Charlie de que te vio triste y desanimado, deduzco que es un mal universal, por lo menos ha alcanzado tu casa y la mía y eso ya me parece universal. Yo, por mi lado, me bato cual Tarzán contra la tristeza, contra los interminables problemas económicos. Estoy pensando buscar otro empleo. Aquí estoy bien y sólo trabajo medio día, pero lo que gano no me alcanza para vivir. Ya me aburrí de "a mal tiempo buena cara". Ya no tengo buena cara que dar y prefiero tener un poco de bienestar. Necesito con urgencia, igual que tú en la carta que me trae Charlie, un tiempo de mi vida en que me sienta muy bien, muy querida, y no constantemente al borde del precipicio. Esto tiene bastante que ver con la razón de partir de Enrique. Nunca en los años que nos conocemos, hemos logrado una época de tranquilidad. Si no son los problemas económicos, son los problemas personales, la agresividad, el alcohol o cualquier otra cosa. Y aunque no me siento cansada y más bien tengo ganas de hacer un millón de cosas, Enrique está desesperado. Quizá ahora, por primera vez en su vida, quiera realmente ofrecerme cariño y ayuda material, pero no tiene ni la costumbre ni las posibilidades. Creo que nunca antes se le había ocurrido que a una mujer hay que quererla, o por lo menos intentarlo. Es curioso, he sido más feliz y me he sentido más mujer y más segura contigo, en una semana, que en siete años de conocer a Enrique. Es una tristeza, porque por otro lado, amor creo que sí tiene por mí, y muchísimo por los niños. Pero ya yo me aburrí. Y más que nada ahora que veo que, encima de todo, para salir del hoyo él dependerá de mis esfuerzos. Perdona. Siento que te estoy tiran-

107

do mis problemas, y que te molestarán. Pero en ellos estoy metida, atrapada, como Tarzán en momentos de apuro, como estamos todos amarrados hoy por hoy.

Por otro lado, el pesimismo absoluto que reina en el país, ya que vemos avecinarse una crisis económica, política, humana y de todo tipo, muy grave. Como te imaginarás, el capital extranjero se ha retirado en su mayoría, así como el capital nacional ha sacado muchísimo. De aquí a fin de año, veremos agravarse bastante el problema económico, y con él todos los demás. Tengo que moverme muy rápido para colocarme con un sueldo que me permita guarecerme con los niños durante ese tiempo.

Todo esto es latoso y da cólera, y es una carta bien poco alegre y bien poco romántica la que te escribo. Pobrecito, mi amor, regresar de viaje y encontrarte con esta carta. Me dan ganas de romperla, pero entonces cómo vas a saber realmente de mí. Yo quisiera estar contenta. Mas qué puedo hacer si estoy como un animal atrapado. A veces hay también cosas bonitas, eso sí. Al fin me animé a volver a ver a los caballos, y fue lindo volver a montar. Ya ves que mis placeres son bien sencillos. Aunque mi pobre cabeza está hecha una omeleta.

Mejor bota esta carta, enviada desde el fondo de mi jaula, en el fondo de mi casa

en crisis, en el fondo de mi país desmoro-
nándose, en el fondo de mi Centroamérica
queriendo torpemente nacer a otra vida. Y
desde aquí te estrecho las manos y me
abrazo a ti.

Te quiere, te ama,

Fernanda Tuya

San Salvador, 7 de junio de 1979

Querido Juan Manuel, mi amor,

Recibí tu última carta de París, antes de
partir a tu gira, preocupado por la falta de
correo que sentirías en Canarias. No hay
que preocuparse. No son tiempos fáciles.
Todos vamos a necesitar paciencia, fuerza
y el mínimo indispensable de optimismo
para pensar que lo que debe pasar —y que
será bueno, ya verás—, tendrá que llegar.
Te lo digo a ti porque me lo digo a mí misma. Y, a pesar de ser muy optimista, también me pierdo y pierdo la confianza. No
quiero ser motivo de tristeza para ti. Todo
tendrá que salir bien.

Espero que te engordes durante tu gira —estabas muy flaco, la última vez— y
que se llene de seguridad tu casa. Necesito
saber eso.

Estoy sembrando árboles y plantas en mi jardín. Y los niños están muy muy bien. Pura Emulsión de Scott. Y yo comencé ayer un serio intento de sacudir la tristeza y el pesimismo. Si no, me pongo verde y fea. Y eso sí que no.

Tengo cincuenta arbolitos que plantar. Te parecerá enorme, pero detrás de mi casa, que es pequeña, hay una quebrada, que es grande. Y quisiera sembrar árboles en la ladera, para recibir su olor y para que no se lave el terreno.

Enrique prepara su viaje. *¿Cómo hacer para que nuestros ángeles de la guarda comiencen al fin a trabajar en serio?* Me parece que nos tocaron los más vagabundos.

Te abrazo, con tierra en las manos y la esperanza de lindos pinares. Quisiera verte feliz.

Fernanda Tuya

San Salvador, 3 de julio de 1979

Juan Manuel, amor del otro lado de los mares y de las nubes y de los sueños,

Cada cual se debate como puede en su terreno. Las separaciones no son fáciles, como tú bien sabes. Y los amores no se quitan con agua y jabón. Imaginarás también, porque me conoces, los días que estamos pasando. Como tú dices: sólo después de esta tormenta sabremos más claramente dónde estamos parados todos.

Y hablando de tormentas, fíjate que la casa de los tíos, los que están de viaje en Europa, se inundó por las tremendas lluvias. Se arruinaron unas alfombras y se manchó toda. Aquí he estado buscando maestros para arreglar las cosas.

También hay cierta posibilidad de que vaya a Milán en septiembre. Hay un curso de una compañía que trabaja con nosotros y si puedo me meto en él. Sólo sería por dos semanas, pero sería tan bueno. Dime por favor que sí.

No puedo escribirte mucho. Mi cabeza está hecha una omeleta, pero que estas líneas te lleven algo de mí. Por lo menos que sepas que no me he muerto y que pienso siempre en ti.

Fernanda

Abro la copia de aquel cuadernillo en el que Mía anotó trozos de mis respuestas a sus cartas, y compruebo que los siguientes párrafos y frases sueltas pueden haber correspondido a aquellos momentos. Se refieren, desde luego, a mi viaje a Gran Canaria, Tenerife, Lanzarote y La Palma, y es indudable que cada una de estas palabras habla del temor que me produce el efecto causado por la partida de Enrique, sobre todo aquello de que "Los amores no se quitan con agua y jabón", por ejemplo. ¿De qué tiene miedo Mía? ¿De que sus hijos se queden sin padre o de quedarse ella sin ese hombre bueno cuya partida a Chile resultaba inminente? "Cuando los ojos ven lo que nunca antes vieron, el corazón siente lo que nunca antes sintió", sentenció Baltasar Gracián, y ahora a mí no me queda más solución que la de no darme por enterado de nada, de no mostrarme dolido por nada. No, nada pasa. Absolutamente nada, Tarzán.

O sea que uno escribe también como si nada. O soltando, en todo caso, frases del tipo: Estos arrechuchos pasan, Mía, Mía y Mía. Y al mismo tiempo, o casi, añade:

En las islas cobré como torero. Derroché. Mi representante (*yes, my lady*, tal como lo oyes: re-pre-sen-tan-te), quien te recuerda sin conocerte, sigue siendo amante del Tintoretto y tiene la peculiaridad de que a cada Botticelli lo para de cabeza hasta secarlo. ¡Dios mío! ¡Qué asco le tiene al frasco! Después duerme sin píldoras, no como nosotros, sacos de nervios, sino de sueño natural. Vive en una granja utópica, algo así como la muy limeña Ciudad de Dios de mis años muy mozos, pero con taberna. Aunque también, en la isla de La Palma, de donde vuelvo ahorita, frecuenté un grupo conocido como Los Tabernícolas. Uno de sus miembros era tan chiquito que hasta practicaba el bautismo por inmersión, por supuesto que en aguardiente, siguiendo a los antiguos cristianos y aprovechando su estatura. Y luego afirmaba que, ya inmerso, se sentía Arquímedes, y es verdad que salía corriendo calato por media isla, al sentir revelada la verdad de la física.

También pude haberle enviado estas frases, por lo tarde y nunca, que, me enteré después —recuerdo—, le llegaron a Fernanda algunas de las cartas o postales que le despaché durante aquel viaje:

Por lo prontamente es falso que no te escribí en todo este tiempo. Lo hice con iconografía de rumbón bien temperado. Pero tu carta siguiente, cuyo silencio anuncia la cercana partida del hombre con el que vives, llegó a París tan tarde como resuello de buzo. Sólo quiero que sepas una cosa, Mía, o Fernanda María, o como prefiera tu estado de ánimo que te llame, de ahora en adelante: Yo no estoy ni a favor ni en contra de la partida de Enrique, ni de nadie. Yo estoy. Yo, sencillamente, estoy.

Silencio pero cariños, pues no voy a cantarte ahora tangos y rancheras y arruinar mi recuerdo. Y perdona erratas, errores, y horrores. Si no, la carta se enfría, y ésta en cambio quiere correr para ver en qué puede ser útil.

París también está. Sencillamente está, y sigue teniendo semáforos. Chau.

Juan Manuel

Debo haber sentido mucho miedo para escribir tanto disparate, en mi afán de no darme por muy enterado de todo lo que se estaba cocinando en esa casa de San Salvador. Aunque por ahí Fernanda cita unas palabrejas mías que realmente no sé en qué contexto situar, ni si se refieren a ella, a ella y Enrique, a mí, o a todos nosotros. Suena patético esto de *todos nosotros*, precisamente cuando yo estoy viviendo —y reviviendo, ahora, tantos años después— la dura sensación de andarme quedando varado en París, una vez más. Luisa representó una muerte súbita. ¿Empezaba ahora una muerte lenta? Siempre quise, siempre quiero y siempre querré tanto a Fernanda María de la Trinidad que sigo pensando que ya desde entonces empecé a prepararme para un lentísimo y sumamente digno camino a la horca. Bueno, he aquí las palabrejas: "Ergo, no veo fracaso, sino por lo contrario una hermosa aventura bien cumplida". Y su comentario en verso: "... que así es la rosa". (Juan Ramón Jiménez.)

Pero tengo que haberle escrito muchísimo más que estos párrafos y frases, porque las respuestas, o, en todo caso, las cartas de Fernanda que corresponden a aquel verano europeo, hablan de cosas totalmente distintas.

San Salvador, 15 de julio de 1979

Juan Manuel, amor,

Recibí tu última carta, angustiado por la falta de palabras mías, y con tu depresión nerviosa, o lo que sea que te pasó. La angustia parece ser un mal universal. Todos estamos pisando arenas movedizas estos días. Por las más diversas razones, el mundo está inhabitable. Lo mismo aquí, como en tu departamento, como en Egipto. Figúrate que hoy recibí carta de una pareja de grandes amigos norteamericanos que están allá —él como agregado cultural de su misión diplomática en El Cairo—. Y hoy escriben: "Demasiada amargura se filtraría si prosiguiera el inventario de los absurdos que nos acometen". Esta frase me sorprendió viniendo de ellos, que partieron recién casados y llenos de ilusiones aventureras, hace menos de dos años. Ya ni la más optimista de las personas escapa a la tristeza, angustia, locura, desconcierto que es nuestro pan de cada día. Tampoco pueden vislumbrarse días mejores.

En la oficina, que siempre ha sido un gran descanso emocional, como son las oficinas, por su trato impersonal y cotidianamente fácil, ahora todo está en la mayor zozobra. En fin, habrás leído, quizás, que soltaron a los dos ingleses secuestrados. Pero ahora se han ido TODOS los ingleses, menos una docena, de los cuales tenemos dos en la oficina. Y están tristísimos. El socio de mi tío y su hijo son ingleses, y han recibido órdenes de evacuar. El hijo se quiere ir, el papá no. Pero quizás tendrán que partir. No pueden salir a ningún lado. Tienen que tener cuidado siempre, y eso no es vida. La pequeña docena de ingleses que queda hoy no tiene ni sede diplomática que responda por ellos. Tal vez manden nuevos representantes para la delegación inglesa. No se sabe lo que va a pasar de un día para otro. No sé qué haría mi tío si su socio tiene que irse, pero sin duda cambiaría bastante la cosa.

El viernes pasado regresaron de su viaje a Europa los otros tíos. Lástima que no los viste con la Susy a su paso por París y que te sintieras tan mal en esos días. La Susy, tan viajera como siempre, estará triste de no haberte visto. Te ha tomado mucho cariño.

En casa seguimos a la espera de alguna resolución, y del dinero para que Enrique pueda viajar. Yo no sé ni qué pensar. Él adora a los niños, que por cierto son adorables, y ellos también lo quieren mucho. No sé si podría separarse de ellos. Pero algún día pronto hará su viaje, y estar solos nos ayudará a los dos a pensar las cosas.

Tu soledad, en cambio, ya no te ayuda. Me preocupo muchísimo, aunque pienso que el verano que te espera, con amigos como Charlie Boston y don Julián d'Octeville, te ayudará bastante. Es tan bueno sentir el viejo y cómodo amor de los amigos que ya le conocen a uno todas las canciones, y sin embargo mágicamente sigue siempre la alegría al verse y la emoción.

No pierdo la esperanza del viaje a Milán en septiembre. Aunque a veces uno pierde todo en este terremoto que vivimos.

Saludos grandes y jugosos para don Julián y Charlie.

Y claro, también para el Maestro Bailarín, si aparece.

Mi amor para ti,

Fernanda Tuya

San Salvador, 1 de agosto de 1979

Querido Juan Manuel Carpio,

Efectivamente, el correo se puso pésimo, porque no he escrito nada en este último mes de saber y no saber lo que pasa. De manera que nuestras quejas con la oficina de correos, la desorganización centroamericana, etcétera, no podrán ser tan vehementes, en esta oportunidad. Es más, es posible que la carta que hoy te escribo recién la leas en septiembre, por tu vacación, tan necesitada y que ojalá te devuelva a París con buen sol y con buenos ratos cuerpo adentro.

Cuánto lamento que Ernesto Flores haya llegado en mi lugar a tus tierras. Supongo que ese sucio cantautor colombiano llevará con él, como siempre, su fuerte dosis de delirante, carcajeante vulgaridad y cinismo. Pero si él ha optado en su vida y en sus canciones por agarrar el mundo por los pies, por los sobacos, por el culo, no debería hacerte esto nunca daño. Creo, además, que él respeta y admira tu capacidad contraria de tocar la vida profundamente por medios menos crudos, saber acariciar su cabellera al viento. Son simplemente pasiones distintas, maneras distintas. Pero creo —puesto que nada es SÍ ni NO del todo, en esta vida— que Ernesto Flores es tu amigo, si pudiera llamarse amistad algún sentimiento suyo. Dentro de lo posible, digamos. Claro que a veces su amistad es una patada en el culo.

En cuanto a mí, y Lima hace como mil años, y Luisa y todo eso. Tú me dices que Ernesto Flores andaba por allá, cuando yo pasé, pero la verdad es que no recuerdo si lo busqué. No lo creo. En todo caso, en este momento realmente no puedo pensar en Ernesto Flores. Tengo cupo lleno en mi mente, en mi vida, en mí. Aunque, por supuesto, no lo desprecio y lamento lo que me dices de que dejó de escribir y componer canciones, o por lo menos de hacerlo bien. ¿Cómo desperdiciar ese exceso de vulgaridad, esa tal cantidad de bajas pasiones y malos sentimientos?

Te cuento de mí. Enrique partió este domingo. Triste y sin saber exactamente cuál será el futuro. Yo tampoco lo sé. El paisito no ofrece mucho elemento. Como tú bien dices, una mierda. Cuesta sudor y sangre vivir aquí, y no hay tiempo para las lágrimas. Cualquiera de nuestros amigos salvadoreños bien te lo puede contar. Aun conociendo las mañas y torpezas del medio, siempre cuesta y duele sentir la mezquindad a cada vuelta de la esquina, las pequeñas envidias y la mediocridad que es el elemento general. Claro que se encuentran mejores personas, y eso da placer. Pero la vida diaria cuesta. Quizás por todos lados cuesta. Por otra parte, el país es un vicio difícil de abandonar. No sé si podría de nuevo vivir en otro lugar. Por lo menos no este día, que amaneció tan lindo. Tal vez otro día, mi amor.

Los niños están rebién. Pero los dos tienen soplo al corazón. Hay que cuidarlos, ni mucho ni poco. Enrique se fue destrozado por ellos, que realmente son muy lindos niños, y con la idea de que no iba a aguantar más de un mes.

Para mientras estas cosas pasan y se deciden, para mientras Centro América entera acaba de explotar o no, para mientras cada cual busca afianzar y ahondar y fortalecer su sede en algún mundo íntimo, yo crío niños y visito tías en este pueblo: lindo, feo, horrible, loco, mediocre, explosivo, fácil, dificilísimo, peligroso, con lindo y tibio mar con ricas ostras y conchas, con un calor del demonio en el tráfico del mediodía. Hoy por hoy éste es mi mundo.

Cuánto me gustaría saber de tu verano. Me gusta tanto poder hablar contigo. Siempre.

Mía, pero bastante Tuya

San Salvador, 16 de agosto de 1979

Querido Juan Manuel Carpio,

De tantas amigas que ya viven fuera, Silvia fue la única que al fin llegó. Charlotte se quedó en París y mis hermanas no vinieron tampoco. Todo el mundo le tiene terror al país estos días. Vieras cuánta gente se va. Una vendezón de casas. Yo también he tenido que abandonar mi casa estos días, pero no por irme. Tuve que hacer unos trabajos que son sucios porque se levanta bastante tierra. La situación del agua se volvió insoportable. No llega agua todos los días y cuando llega es sólo en la noche. De manera que hubo que hacer la cisterna de captación, con bomba y todo, para tener la cisterna de agua. Esperemos que sea una solución. Por lo menos es una gran ayuda y es terrible no tener agua para bañarse, etcétera. Esta semana terminan los trabajos y volvemos a casa. Los niños se desquician un poco mientras están fuera. Sobre todo Marianita, que es una gran sentimental. Hace unos días, Rodrigo durmió en casa de una amiga, y ella se despertó toda la noche buscándolo. "¿Y mi hermanito, mamá?" Seguro se asustó de que él se le fuera también. Después de la partida de Enrique está sen-

121

timental, perdida y llorona. En cambio Rodrigo es el hombre liberado. Anda más suelto que nunca. Y ya va a entrar en primer grado. ¡Mi bebe! Parece mentira pero ya va a tener seis años, en enero. Y es mimoso y muy enamorado, eso sí, sobre todo de su mamá. Todavía. Ahora que Rodrigo va a pasar a un colegio serio, ella se quedará sola en su kínder. Seguro eso la va a hacer más fuerte, aunque al principio le cueste. La ida de Enrique sí que le ha costado. Se ha puesto muy llorona y taciturna, aunque nunca lo menciona. A veces dice, y me sorprende, que se va a ir al aeropuerto, ese terrible lugar que se traga a la gente. El nuevo colegio de Rodrigo parece que es bueno. Les dan clases de natación y tienen buenos profesores. Queda cerca de la casa, con bastante jardín con árboles. Después ahí mismo iría Mariana. Aunque por lo general, los colegios son un desastre. Sólo van a aprender malas palabras y a agarrar bichos en el estómago (palabras de Mariana). Mira qué mamá reaccionaria salí. En realidad, se ve bonito el colegio, tiene naranjales, una arboleda grande. La casa del colegio es más bien chica y con muchas ventanas, casi es toda de vidrio. Tienen bastantes clases al aire libre —danza, teatro, pintura, natación—. Todo eso lo hacen afuera, en los gramales. Ya me dan ganas de ir a mí.

Tu Fernanda está hecha un desastre. He llegado a la más completa bancarrota. Debo dinero por todos lados. El carro se arruinó y que volviera andar fue casi como comprar otro. Debo cada centavo que me entra y más y ya no se puede. De manera que la semana próxima me voy de bancos, a ver si alguno me da un buen préstamo a largo plazo, para salir del hoyo, y tener unos seis meses de tregua para buscar un empleo mejor pagado. Al final, habrá que ser mujer ejecutiva. Si no nos ahogamos de un todo. Para decirte que le debo hasta a la gasolinera. Ya cuando uno llega a necesitar préstamos de ese tamañito, casi limosnas, es que no se puede más. La bancarrota. Aunque una cosa sí que es cierta. Mi situación no puede más que mejorar. El lunes parto a colocar mis solicitudes en varios bancos. Necesito unos veinticinco mil dólares. No es ni tanto ni tan poco, y me puede poner de pie otra vez. Luego habrá que pagar las cuotas, pero una vez enderezada mi senda tropical.

Saludos y mil abrazos a los amigos, y a ti los recuerdos de mil años atravesando puentes desde tu casa a la mía.

Fernanda

San Salvador, 21 de septiembre de 1979

Muy querido Juan Manuel Carpio,

Recibí tu carta de Mallorca, y siento que tienes razón. Mis últimas cartas no fueron muy lindas, ni muy cariñosas, y eso te ha de haber herido. Te pido perdón. Estoy segura de que la de hoy, en la cual tengo mucho que decirte, te herirá menos, por ser más real y más mía.

Primero, el viaje de septiembre se canceló. Al fin, mandaron a otro de la oficina, un vendedor que acaba de casarse y se aprovechó para que viajara con su esposa y pasara su luna de miel allá, mientras asistía al curso. Tengo que admitir que me pareció una decisión muy humana y correcta. Por más que yo tenía realmente muchas ganas de ir. Tal vez más adelante.

Ahora te hablaré de mí, de mi estado de ánimo, con la mayor honradez y cariño, que te debo, que me debo.

He pasado este tiempo bastante sola. Recuperando mis lugares, mis costumbres, mi soledad. Quizás por eso te rechacé bastante en estos días, y eso me impulsó a escribirte cartas tan frías. Tenía muchas ganas de estar completamente sola y que me dejen pensar y actuar con tranquilidad. Y mucho se ha conseguido. Para comenzar, estoy tranquila y contenta. He arreglado bastante mi casa, que tenía bastantes cosas en estado de reparación y limpieza. Ahora, ya parece mía otra vez. No he visto gente para nada. Y he salido poco, porque el tiempo ha estado muy lluvioso. Y los niños no pueden salir con esta lluvia. En fin, muy casera, me he comprado unos buenos discos, y he recuperado en la casa la serenidad de los espacios en paz. Hasta se ve más grande. En la oficina, he pedido que me aumenten el sueldo, y con eso las horas de trabajo. En el mes de octubre empiezo a trabajar a tiempo completo, y espero que se resolverán estos absurdos problemas que es tan ridículo tener.

En cuanto a Enrique, ha escrito varias veces. Parece que le hacemos bastante falta, y que realmente nos quiere mucho. Va a regresar, quizás a fines de septiembre o en octubre, y vamos a hacer el intento de limpiar la mesa de tanta cosa equivocada que ha sucedido. Yo también creo sinceramente que eso es lo que debemos hacer, ya que Enrique adora a sus niños, y si puede funcionar la cosa, pues tanto mejor. Espero que ahora, armada de mi nueva y duramente recuperada tranquilidad, no me deje tan fácilmente arruinar la existencia de nuevo. Y que los dos estemos más atentos a no repetir tanto error espantosamente caro para el mínimo bienestar. Confío en que estarás de acuerdo con esto, aunque sé que te vas a sentir triste. Pienso que es lo más limpio que puedo hacer, y lo más de acuerdo con la realidad.

De cualquier manera, y pase lo que pase, tendrás en mí la más admiradora y la más fiel amiga, con un enorme amor para ti. Escríbeme, te lo ruego, tu reacción y tus sentimientos. Abrazos,

Fernanda

Muchas cosas más, buenas y malas, habrían de ocurrir todavía entre Fernanda y yo, por supuesto. Y entre Fernanda y Enrique, y hasta entre los tres. Y, aunque esta carta habla, cuando menos entre líneas, del fin de algo, también contiene, para mí, un elemento auroral, algo profundamente umbral, casi de puerta de entrada a una nueva realidad, y de nuevo giro —tal vez más profundo que nunca— en nuestra relación, a pesar de su apariencia y de las cosas que en ella se afirman. O es que, sencillamente, por más que recuerdo el impacto brutal que me produjo y la inmensa pena que sentí al leerla y releerla mil veces, yo siempre me negué a que la distancia geográfica y circunstancial que había entre Mía y yo adquiriera el más mínimo matiz de dramatismo, de culpa o de error achacable a ella o a mí. A nosotros, como en tantas otras oportunidades ya, lo único que nos falló siempre, que nos falló de entrada, eso sí, fue nuestro *Estimated time of arrival*. Pero eso no había dependido jamás de nosotros sino de unos dioses adversos y, por consiguiente, lo nuestro tendría que desembocar siempre en un futuro risueño y mejor, en un descarado optimismo que nos permitiera afirmar, cada vez con mayor entusiasmo, que el verdadero milagro del amor es que, además de todo, existe.

Y ahí está la copia del cuaderno hecha por Mía, llenecita de frases que, sin duda alguna, pertenecieron a las cartas que comentaron la suya y que además motivaron la siguiente carta que recibí de ella. Empiezo, pues, citándome:

Recibí tu efusiva... ¡Aleluya por tus decisiones! ¡Aleluya, porque hacen de las suyas!... Aunque no te lo creas, por momentos tu carta desborda en generosidades, como la antigua leche, en tiempos de la nata... Por lo demás, mi redundada Mía, hay que saber apreciar la calidad de la melcocha... Aunque bueno, debo reconocer también que todos los seres que me va tocando querer y respetar en esta vida tienen varias personalidades trenzadas y hasta entrencaramadas...

Lo que sí, Mía, todos tenemos tristezas, desencantos, amarguras. Algunos por culpa de su costilla, otros por locura de corriente alterna... Por eso llegan tan rápido como se van, gracias a Dios, los momentos esos en que no puedes contar con nadie, así sepas que te quieren.

Un dato muy objetivo. No bien termine estas vacaciones, que en tu país llaman *vacación*, muy singularmente, y casi como si de algo sacerdotal se tratara, iré unos brevísimos días de gira por México. ¿Crees que podríamos sintonizar algo? Tu respuesta la espero con perruna mirada de pongo a misti, en novela de mi genial compatriota José María Arguedas. Entre tanto, efusiones abrumadoras y copa en mano, en posición y actitud de brindis de un bohemio con una reina, y en compañía de don Julián, que agradece, en piyama y con sarita, eso sí, tu existencia y la de Palma de Mallorca, y la de Charlie Boston, que desayuna brindando con Chivas, por tu culpa, dice él.

Las líneas que vienen enseguida me las esperaba todas, pues son una lógica respuesta, una reacción muy sana y normal, a las cosas tan serenas y alegres que le decía yo a Fernanda, al comentar su carta. Indudablemente, yo me había aferrado desesperadamente a las enseñanzas del refrán "Quien mucho abarca, poco aprieta", para que a Fernanda no se le ocurriera, un solo instante, dar por terminada nuestra relación, ni siquiera en su aspecto epistolar. Del comentario que ella hace de mi carta, sólo me sorprende lo del *second best*, que no me suena a mí, francamente, pero que debo aceptar, puesto que lo escribí. En el fondo, deseándolo o no, tanto ella como yo habíamos estado esperando que fuera Enrique el que diera el paso en falso, el que por fin una noche de violencia y borrachera tirase la puerta y se largara a Chile para siempre, ahora que ya podía regresar a su país tan desesperadamente. Pero luego resulta que el araucanazo de la crin azabache se había largado *ma non troppo*, porque al partir había afirmado que adoraba a todo el mundo en esa casa y que no aguantaría mucho tiempo lejos de su mujer y de sus hijos, deján-donos a todos bastante fuera de juego, la verdad, aunque también hay que reconocer que la muy tonta de mi Fernanda se había conmovido como una niña inocente con el regreso de Enrique, que a mí me sonaba a caballo de Troya, más bien. Yo no contaba con este regreso, sinceramente, y estoy seguro de que tampoco Fernanda contaba mucho con él. Pero terminó conmovidísima con el pronto retorno a casa del gigantón ese, con-movida de la pura sorpresa que se llevó al verlo reaparecer tan rápido y de tan buena traza y ta-mañas intenciones. Lo que es la vida.

Ay, mi Tarzana, qué tontita eras entonces todavía, de vez en cuando, y cuánto de niña bien y de educación suiza y católica y todo aquello te quedaba aún, cuánto faltaba para que Tarzán llegara a serlo en una selva de verdad, con una musculatura también de verdad, y con un grito que impusiera respeto total desde el primer hasta el último hombre, animal o vegetal, en aquel enmarañado, endemoniado mundo en el que todo parecía depender de cualquiera, menos de nosotros dos.

San Salvador, 20 de octubre de 1979

Juan Manuel Carpio querido y amado,

Llegó tu carta, más que buena y generosa, y he pensado tantísimo en ti y por consiguiente he hablado también mucho de ti con todo aquel que quisiera escucharme.

En la casa, ya regresó Enrique, con mejores ánimos. Hizo muchas cosas en su país y eso le ha hecho un gran bien. No eres *second best*. Como supongo que yo tampoco lo fui en aquel tiempo, cuando tú todavía soñabas, apoyado en mi pecho y whisky en mano, con el retorno de Luisa y con una reconciliación. Lo que nos ha pasado es nuestro eterno problema de tiempo. En cuanto uno está libre, el otro está casado. Y tú bien sabes que estar casado no es tampoco la gran ganga.

Pienso que tus calles estarán lindas en estos días de otoño. Es la época que más me gustó siempre allá. De septiembre a noviembre. Luego París se pone un poco oscuro para mis ojos tropicales. Aunque hay gente que le gusta el invierno, *la saison du confort*. Ricas comidas y ricos vinos, que nos matarían aquí con este implacable sol. Me da hambre de solo pensar en los olores al lado de tu casa. Espero que pronto me toque ir por allá de nuevo. Escuchamos mucho tu disco *Le Paris d'Yves Montand*, aquí en casa, y nos llegan abrazos tuyos y olores de metro, de impermeables mojados, de salchichas en Pigalle y sencillos restaurantes griegos de esos que a ti te gustan tanto. Ahora que pienso en todo eso, con la calma, con la tranquilidad y la gratitud de tus palabras tan generosas, tus decires limeños tan alegres, tu amabilidad para conmigo, para con los míos, para todo lo que me rodea, me parece que al salir voy a encontrar la suave luz de París, caminando en las calles despacito contigo. Y se me mezclan con el mismo cariño el tiempo en que tú eras el hombre que había perdido a Luisa y los días en que yo fui una mujer totalmente feliz a tu lado, pero que sencillamente tenía que regresar a un país, donde unos hijos y donde un esposo.

Pero como tú bien dices, la señora realidad es la verdadera gran triunfadora de todas nuestras batallas. Y quizás a veces se venga con nosotros porque no le rendimos el

131

culto que ella exige de las personas realistas. Más bien como que le sacamos la lengua, y es tan y tan orgullosa la señora realidad.

Bueno, mi amor, te abrazo, y te comunico los abrazos de todos tus grandes y viejos amigos de aquí, incluso de esa gran mayoría de personas que sólo te conoce de oídas, sean musicales o conversacionales. Siempre estás con nosotros en todas las reuniones. No tengo la menor duda de que un día vendrás a vernos y que ya no habrá que ir a sacar ningún cassette, porque estarás entre nuestros amigos de siempre y habrá una guitarra en alguna parte.

Fernanda

Pero bueno, las cosas que tiene la vida, también. Porque yo acababa de regresar a París, bronceado, físicamente muy en forma, y con un estado de ánimo francamente vacacional aún, después de unas deliciosas semanitas en Mallorca, cuando una gorda tan rubicunda como guapísima me cayó de visita. Me estoy refiriendo a Luisa, por supuesto —y me alegró verla, y me apenó verla—, y todavía puedo comprobar en su cara, en sus ojos, en el gesto de sus labios, en fin, en todo, el profundo disgusto que le produjo encontrarme tan vivito y coleando, y además con cara de andar pensando y soñando con Fernanda María de la Trinidad del Monte Montes, noche y día.

Por todas partes había oído yo decir lo bien que le iba a Luisa en sus negocios, pero ahora era ella quien deseaba hacérmelo saber a mí, personalmente, para que de una vez por todas abandonara la absurda vida de bohemio que me empeñaba en continuar llevando, para que me dejara de tanto verso y de tanta canción de amor, de protesta y de lo que me echaran, en resumidas cuentas para que abandonara París de una vez por todas, regresara a Lima, sentara cabeza, le diera a ella aquel hijo que aún estábamos a tiempo de tener, y ocupara algún cargo de responsabilidad limitada en una de sus empresas, en vista de que medio irresponsable y hasta irresponsable y medio fuiste siempre, mi querido Juan Manuel, aunque es verdad que yo te he querido desde que te conocí, no sé por qué, realmente, pero esto también es purita verdad, y te sigo queriendo mucho, y qué te parece si esta noche lo festejamos todo en *La tour d'argent*, invito yo, por supuesto, porque lo que es tú, a juzgar por el departamentito que te gastas...

Lo increíble, claro, es que fuera yo el que soltara los lagrimones de pena y de *donde hubo amor siempre quedan cenizas*, aquella noche en *La tour d'argent*, invitadísimo, sí, pero insultadísimo también por las apreciaciones de Luisa acerca de un departamento en el que Fernanda y yo habíamos sido tan felices, y acerca también de lo que aquellas paredes decían de mi éxito o fracaso en

133

el mundo de la canción y en el mundo en general, y punto.

—Pero, Luisa... Yo sin cantar, sin componer, no puedo vivir.

—Siempre tendrás tus horitas libres para eso, Juan Manuel...

—Para mí no se trata de *horitas*, Luisa. Se trata de una vocación, de una vida...

—No, Juan Manuel. De lo único que se trata ya es de que llegue el día en que por fin madures.

—Luisa...

—Juan Manuel... He venido hasta París a verte y a decirte que ya es hora de que vuelvas a casa.

—¿A casa? ¿Qué casa?

—Conmigo, tonto. ¿No te basta con que te lo proponga? ¿O tengo que humillarme y decirte que yo también te extraño horrores?

—Luisa, eso no es verdad...

—No es verdad, qué, Juan Manuel. Explícate, por favor.

—Mi explicación más global se llama Fernanda María de la Trinidad del Monte Montes y...

—¿El espagueti pecoso ese con salsa de tomate?

—No es necesario insultar ni herir a nadie de esa manera, Luisa...

Luisa pidió la cuenta y, aunque el mozo se la hubiera entregado batiendo todos los récords mundiales de velocidad en entrega de cuentas en un restaurante, a mí aquello se me hizo eterno. Interminable fue, en efecto, el tiempo en que, por defenderme de la herida de Luisa, terminé yo hiriéndola a ella con la sola mención del nombre de Mía y con el uso de palabras como *mi explicación más global*. Fue como si mi mano derecha, que tan sólo me sirve en esta vida para interpretar melodías en una guitarra, de golpe hubiese encontrado toda la violencia y la precisión necesarias para vengar a Fernanda, devolviéndole a Luisa el tremendo cachetadón que recibió de ella casi diez años atrás, en Lima. Y después Luisa se rebajó a un insulto y una herida, pero yo volví a reaccionar con esa pertinencia que le hizo pagar la cuenta en un abrir y cerrar de ojos, largarse del restaurante, dejarme con media botella de un excelente Côtes du Rhône Gigondas, nuevamente abandonado en París, pero tan distinto esta vez a la anterior, porque ahora yo sentía que un par de buenos lagrimones me velaban su patética partida de pésima perdedora, y mentalmente empezaba a escribirle a Mía una larga carta contándoselo todo, más o menos como en aquel tango: *Volvió una noche, nunca la olvido, había en sus ojos tanta ansiedad*, en fin, así más o menos era el tono que empleaba para contarle a Mía, ante una deliciosa copa de vino tinto, que Luisa, la pobre Luisa, tú no te imaginas qué gorda, qué torpe, y qué horror, Maía Mía...

San Salvador, 3 de diciembre de 1979

Mi siempre queridísimo Juan Manuel Carpio,

Recibí tu carta contándome de la llegada de Luisa a París, con intempestividad, autosuficiencia, con sonrisa conmiserativa y todo. Qué lástima que una persona como ella se envuelva de tanto misterio y autocomplacencia ante ti, que eres el que más podrías hacerle bien. Además, estoy segura de que mantiene ese misterio y esa parquedad con todos sus amigos, igualmente. Y así no se deja abordar ni por una mariposa ni por un portaaviones. De manera que tiene que manejárselas sola, y sólo según su propio y orgulloso criterio, que no ha demostrado ser el más claro ni mucho menos el más eficaz. Yo a Luisa la recuerdo con mucho cariño y respeto. Tal vez no debería ser así, pero bueno, así es, mira tú. Aunque en serio y en broma te digo que su bofetada limeña todavía me duele mucho, a veces, sobre todo por lo que hizo de nuestras vidas, sin ganar ella absolutamente nada, al fin y al cabo.

El horror por aquí se acerca a casa, al menos a la casa de los seres que uno más quiere. Fíjate que se han raptado al hermano de Rafael Dulanto, que acaba de aterrizar en San Salvador acompañado de una guapísima novia norteamericana, de nombre Patricia. Y por un momento se complicaron aún más las cosas, porque un tercer hermano se encontraba haciendo las gestiones para el pago del rescate, en el ministerio de Economía, en el momento en que lo tomaron con trescientos rehenes, durante dos semanas. De modo que hubo unos días —largos— en que los dos hermanos estaban privados de libertad, y Rafael tuvo que venirse corriendo de Nueva York, donde anda ahora de representante ante la ONU, con el grave riesgo que eso implica. Ahora, por dicha, ya desalojaron el ministerio y soltaron a los rehenes. Pero no hay todavía noticias del hermano secuestrado. Los secuestradores piensan que la gente tiene millones y millones, listos en la gaveta del velador. Supongo que Charlie Boston siempre hará sus incursiones a París, desde Roma, y a lo mejor estás más al corriente que yo de estos terribles asuntos.

Esta semana tengo la esperanza de tomar una pequeña vacación, para ir al mar unos días con los niños. A todos nos caería muy bien. Rodrigo ha estado con amigdalitis sobre amigdalitis. En cambio la Mariana, que es flaquita como su mamá, se mantiene con una salud de hierro. Ahora está muy contenta con unas clases de ballet. Acaba de comenzar y le gusta mucho, a pesar de que apenas logra tenerse en pie. Pero parece ser que es una buena disciplina de concentración, tanto física como mental, cosa que mi lindo pajarito necesita mucho. Yo también he estado cansada y nerviosa con tanto secuestro, y unos días de respirar mar me vendrían muy bien.

Claro que puedes escribir a la casa, sólo que tendrán que ser cartas generales y expurgadas, ya que Enrique estará curiosísimo de leerlas, porque te quiere muchísimo, lo sabes. Siempre habla de ti. Más bien siempre hablamos de ti. Por aquí andas siempre, debajo del sillón o detrás de las plantas, y apareces en cualquier conversación. En fin, que el matrimonio, bien lo sabemos, es cosa bastante curiosa, cuyas reglas seguirán siendo eternamente un secreto para mí. No sé si Enrique va a ir al mar. En general, no le gusta la playa, y si es por varios días, menos. Bueno, termino repitiéndote que él estaría encantado de recibir carta tuya también. Y yo, por supuesto. Estás perdido: separadamente y conjuntamente te amamos. Mira suerte. ¡Por la *madonna*!

Pero sí te quiero más que nadie, aunque sea en coro la serenata.

Mía Tuya

Me había vuelto un angelito, podrán ver, y hasta a Enrique quería escribirle en mi afán de estar presente en esa casa de San Salvador, mañana, tarde y noche. Pero no estaba la virgen para tafetanes, y, como suele decirse, en el horizonte se divisaban ya los más negros nubarrones.

San Salvador, 8 de febrero de 1980

Queridísimo Juan Manuel Carpio,

Esto se está poniendo demasiado bravo. Hasta yo, que soy la más optimista siempre, la última optimista en toda situación, ya me estoy preocupando. Hemos recibido tres amenazas seguidas de rapto de mi hermana Ana Dolores. Yo no quiero asustarme y no quiero que tú te asustes, mi amor, pues insisto en creer que se trata de una tremenda maldad, antes que de una tremenda realidad. Mi hermana, por supuesto, se va. Pero quién va a andar tan mal informado en este paisito como para pedir plata por un miembro de una familia que, desde la muy prematura muerte de mi padre, perdió todas sus fuentes de ingreso y sólo vive de recuerdos, amistades, y unas cuantas joyitas que quedan por ahí.

Sin embargo, se vienen asomando unos nubarrones del tamaño de veinte porta-aviones. Lo más peligroso para nosotros, quizás, es que se ha formado un "Ejército de Liberación Centroamericana", con los viejos de la Guardia Nacional de Somoza, todos los que salieron en desbandada de Nicaragua, los superreaccionarios de Guatemala, los ricos de El Salvador que se han ido a vivir y a invertir en Guatemala, y el gobierno de Honduras que parece también colabora. Hasta Rodrigo Carazo Odio (sic), el actual presi de Costa Rica, mete sus discursos reaccionarios, si bien por lo menos no ayuda con armamentos ni hombres. Pues todas estas bellas personas están decididas a "parar el avance comunista", aquí en mi paisito. Imagínate lo que será ese enfrentamiento. Ojalá los muchachos y los compas estén bien preparaditos. En todo caso será como para hacerse un hoyo y buscar guarida. Claro que tienen armas y gente los compadres, aunque creo que están en desventaja en cuanto a armas, si bien tienen grandes masas bastante organizadas. La manifestación de la Coordinadora Popular fue enorme, la mayor que se haya visto aquí jamás. Doscientas mil personas en San Salvador... Imagínate... En esta ciudad hasta hace pocos años cien personas juntas eran una muchedumbre. Y cuando alguien no estaba dos domingos seguidos en su misa o en su cantina, ya se podía ir deduciendo que se había echado al monte de guerrillero o de justiciero.

Aunque no quiero estarlo, estoy aterrada por mi hermana, por mis hijos, hasta por el bebedor de Enrique, que todo lo enfrenta copa en mano, estoy aterrada. Y ahora mismo me gustaría cerrar muy fuerte los ojos y sólo sentir la existencia de esa confianza total que tengo en ti. Entonces todo funcionaría, Juan Manuel Carpio, porque tú eres como yo y no me abandonarías ni siquiera por la Luisa de entonces, no la de hace unas cuantas cartas.

Pero bueno, la vida es tal que ya ves: ni hablar en este momento de soñar siquiera con esa "sintonización" con tu gira por México, a la que te referías en tu última carta desde Mallorca.

Piensa mucho en mí, viajes o no.

Fernanda Tuya

Viajé a México, además me di un salto a Lima, y hasta tuve tiempo para fracturarme la mano izquierda, muy levemente, gracias a Dios. A todo ello aluden algunas frases sacadas del cuadernillo fotocopiado, cuyo original tanto atesoró siempre Mía.

En México, mi dichoso representante está tan dedicado al Tintoretto, que apenas ha podido conseguirme lo justo para pagar hotel y vitute. Pero recién empiezo con las calamidades, porque también me ha pescado una venganza de Moctezuma que, al no ser bacterias, a lo mejor acaba, digo yo, siendo psicosomática, y con el tipo de locura que suele aquejarme a mí, muy probablemente me llevará a cagar un piano de cola. Con tu perdón.

Ya ves tú que terminé huyendo de México, para darme un saltito a Lima y decirle *bonjour* a la familia y a los amigos. Mi éxito ha sido rotundo, pues ya en el aeropuerto me pegué el resbalón del siglo y fracturéme la mano izquierda, aunque sin gravedad alguna para mi guitarra y mi vocación trovadora. Parecía hombre público en esa ciudad donde todos los políticos tienen la mano rota (algunos, además, caída).

Efusiones como chorro de ballena. Te extraño y te quiero HORRORES.

Juan Manuel

Me avergüenzo aún de haber escrito aquellas cosas, cuando releo la siguiente carta que recibí de Mía.

San Salvador, 26 de febrero de 1980

Mi queridísimo Juan Manuel Carpio,

Tú siempre tratando de hacerme reír. Acabo de recibir tu breve carta, muy preocupada eso sí por los que estamos aquí, por ti mismo, en México, en Lima, y ya de regreso a París. Parece ser que vaya donde uno vaya los peligros que corremos tú y yo son en cierta medida los mismos, al nivel interior. Yo creo que son los demonios internos que nos pinchan las llantas, nos queman los barcos, nos rasgan las velas, y a veces nos dejan náufragos en plena mañana soleada del más lindo París. Por eso nos acompañamos, con el más continuo cariño. Fíjate que aquí hemos hablado muchísimo de ti, y todos preocupados por tu vida, por tu andar siempre solitario en París o dando solitarios saltos para ganar cuatro reales. Y al mismo tiempo todos queriéndote mucho y orgullosos también de ser parte del mundo que te rodea en tu departamento de la rue Flatters y donde vayas.

Dos veces he hecho el viaje a Occidente, como se dice de la zona de Santa Rosa donde ahora se están quedando Rafael Dulanto y Patricia, su novia. La familia de Rafael tiene una casa muy linda a orillas

143

del lago de Coatepeque, y allí nos hemos reunido con ellos, con Virginia Corleone, que también te conoció en París y no te olvida nunca, con Enrique y con los niños. En fin, toda la familia. Otros amigos que sólo te conocen de oídas y que también tienen casa por ahí se unen con sus voces para recordarte o preguntar por ti.

Por nuestro lado, no estamos nada tranquilos, pues la Ana Dolores se demora en poderse ir y aquellas absurdas pero graves amenazas pesan sobre todos nosotros como una espada de Damocles. En cambio ya soltaron al hermano de Rafael. No sé realmente lo que él y Patricia piensan hacer ahora, pero a lo mejor te caen por París para una necesaria vacación, después de tanto susto y trajín. Todos estamos bien aliviados con esto y la familia de Rafael bastante tranquila, aunque supongo que asimismo bastante más pobre. Pero más vale por lo menos estar con vida. Él sigue exacto. Se ríe con la bocota de cipote extrovertido y tropical, se duerme con sus amigos, y eso sí, adora a su novia. Es generoso y bueno, eso tú bien lo sabes. Y un poco encontrado y un poco perdido como siempre. Creo que si vuelve a París no te costará ningún trabajo reconocerlo, no bien lo vuelvas a ver.

El asunto de su hermano lo tenía muy mal a nuestro Rafael, pero ahora está mucho mejor. La primera vez que lo vi estaba triste, pálido, e increíblemente callado. Y lo mismo Patricia, que no ha podido tener peor debut en este catastrófico paisito. Pero ahora todo parece mejorar nuevamente para ellos. Sin embargo, hace tres días los vi en San Salvador. Iban en su carro y de riguroso luto. Yo también iba toda de negro. Y pensé que nos dirigíamos a la misma misa, de un amigo que mataron, ametrallado saliendo de su finca, hermano de Walter Béneke. Tal vez lo conociste a Walter, o te acuerdes de él por Rafael. Fue ministro de Educación. Era también de nuestra camada. Yo iba con Enrique y mi mamá a la misa, y todos de negro nos saludamos con Patricia y Rafael, pero después ya no nos vimos. Sin duda tenían otro muerto.

Ahora espero poderlos ver antes de que se vayan, pues siempre han sido alegres las reuniones con Rafael, y Patricia es una mujer encantadora. Se me olvidó contarte que vinieron a la casa el día del cumpleaños de Mariana. La pasamos muy alegres todos, comimos como desaforados un plato de mondongo delicioso, con bastante vino. Creo que fue piñata para adultos, aunque los niños pasaron también muy alegres porque, en medio del puro verano, llovió y eso causó un gran revuelo y un absoluto éxito para ellos. Anduvieron jugando con paraguas en medio del jardín lodoso, qué maravilla. Mientras tanto, los adultos nos excedíamos con el vino. Y brindamos contigo y tocamos un montón de Frank Sinatra, mientras comentábamos lo mucho que te queremos y lo poco o nada que queremos a Bernardo Rojas, un compatriota tuyo que vive aquí y es cuñado de Virginia Corleone. De manera que deberíamos mandar al tal Bernardito Rojas a vivir solo, y que vengas tú a brindar con nosotros. A todos nos pareció muy lógico.

¿Quieres alegrarte y tomarte una buena copa de vino y un plato de la mejor lasaña, de puro contento? Pues fíjate que tal vez viaje de nuevo a tu ciudad. Estoy viendo si voy allá en julio, aunque esta vez iría con los niños. En cuanto se confirme te avisaré. Claro que seríamos tres y que tendría que alojarme donde la madrina de la Mariana, que tiene casa allá, y espacio y niños. Iría por tres semanas. De todas maneras te escribiré en cuanto sepa.

Cruza los dedos y no me olvides nunca,

Fernanda María

Pero nuevamente fue otro el destino de Fernanda. Y nuevamente nada dependió de ella. De Chile había salido seis años atrás, en calidad de exiliada política, por una inexistente militancia política de izquierda. Y tan sólo porque Enrique, su esposo, era profesor en la misma facultad en que ella estudiaba arquitectura y fue acusado de simpatizar con algunos grupos extremistas, cuando en realidad con lo único que simpatizaba a fondo y hasta militantemente este excelente hombre y gran fotógrafo era con el buen whisky y el vino tinto. Y, ahora, Fernanda María de la Trinidad, por el único estigma de llevar el apellido del Monte Montes y tener entre sus familiares a algún ferviente partidario de la extrema derecha, tenía que fugarse de su propio país con sus dos hijos porque se acababa de descubrir su nombre y el de Rodrigo y Mariana en la más negra y tenebrosa de las listas de una derecha poderosa, raptable y asesinable. Un telegrama interrumpió por mucho tiempo la alegría de sus dos últimos párrafos escritos desde El Salvador.

S. Salvador. 17-6-80. Juan Manuel. Los niños y yo disparamos para USA. Probablemente California. Nuestra vida va en ello. Ya Enrique verá cuándo y cómo nos sigue. Estamos con lo puesto pero bien. Te escribo en cuanto pueda. Cruza deditos. Te abrazo. Túa.

Tarzán en el gimnasio

Cuando vuelvo a una carta como la que sigue, cuando compruebo una vez más la ingenua alegría y la tremenda firmeza, la casi irresponsable elegancia y esa suerte de descarado optimismo basado en un amor total por la vida, cuando veo que Fernanda María vuelve a despertarse alegre una mañana, en otro país, en otro mundo, ante un nuevo y muy distinto problema, cuando la imagino sentada escribiéndome como si nada hubiera pasado, nada *le* hubiera pasado, como si realmente no estuviera experimentando la más mínima angustia, el más mínimo dolor, y como si jamás hubiese recibido amenaza de muerte alguna, aún quiero correr hacia ella para cuidarla y mimarla, para quererla y protegerla como nunca he podido hacerlo, salvo por carta, claro, pero Dios sabe que por correo yo siempre parezco haber sido mejor, al menos a juzgar por los comentarios que la propia Fernanda María hizo muy a menudo de aquella tonelada de cartas mías que una banda de negros perversos le robó con otras joyas —de familia éstas— el día que la asaltó en Oakland.

Pero, por supuesto, Tarzán ha sido ella, siempre fue ella, y ahora Tarzán como que acabara de descubrir la completa voracidad de cada célula viviente de la selva. Ahora Tarzán como que empezara a madurar, de una vez por todas, para cuidar a sus criaturas entre el follaje y la vorágine y entre sus habitantes devoradores, cual hiena, o venenosos, cual tarántula. Y ahora Tarzán como que hubiera tomado conciencia de mil horribles y perversas acechanzas Rambo, y, al comprobar que su grito en la selva no contiene aún la suficiente energía, la suficiente ferocidad o Emulsión de Scott o lo que ustedes quieran, acaba de inscribirse en un gimnasio.

Y desde ahí, entre un cargamento de pesas y otro de lianas y poleas, entre un millón de abdominales y tres de dorsales y cuatro de flexiones de piernas, desde ahí parece que Tarzán respirase suave y armoniosamente mientras me cuenta, mientras me da cuenta, más bien, o, por qué no, mientras me envía el más hermoso parte de campaña jamás escrito desde un frente de batalla, esta carta en la que un genio feliz y enredado parece haber logrado una vez más que Fernanda María de la Trinidad del Monte Montes esté muy alegre esa mañana, mientras escribe:

Tan querido Juan Manuel Carpio,

Contento estarás de saber que he salido de San Salvador con los niños. Estamos en la opulenta California, en casa de mi hermana María Cecilia, que queda al lado del mar. La linda costa californiana nos recibió con días brillantes y noches tranquilas, lejos de las bombas y de la muerte continua y más y muy serias amenazas de rapto de esas que te mencioné. Después de la muerte de tantos amigos, los nervios y el ánimo comienzan a fallar, aunque todos mantenemos un verdadero y bien fundado optimismo sobre el resultado final que sin duda será difícil y costoso. Por hoy, estoy feliz de estar aquí. Y espero poder regresar a fines de febrero o principios de marzo. Enrique se quedó en San Salvador. Tal vez venga aquí más adelante. Excelentes amigos y excelentes compañeros han caído, pero todavía quedamos muchos, y machos contimás. De manera que no hay que desfallecer. Por el contrario, como que hay que armarse de una nueva piel que, sin perder su frescura y lozanía, tenga bastante también de coraza, de lanza, de cañón y hasta de portaaviones.

Si quieres escribir, o si quieres cualquier cosa, estamos en

c/o María Cecilia Weaver. P. O. 372.
Trinity Beach, California 94901.

En realidad, ya no podía seguir en San Salvador ahorita, pero pronto se podrá regresar. A veces pienso en ti, sentada en un café en Berkeley, con el rico sol calentándome las manos y la nariz, tan friolenta la nariz. O caminando por San Francisco. O en Santa Cruz, que es un lindo lugar. Por suerte el clima se ha portado de maravilla. Ayer los niños se metieron en el mar. Mi hermana tiene niños, y caballos, y perros, y gatos, y la playa al lado. El retiro perfecto.

Escribe y pormenorízame cómo te va. Tu amistad es siempre uno de los más brillantes tesoros con que cuento, en el fondo de mi más amado mar.

Te abrazo y te deseo todo lo bueno para el año nuevo, como siempre.

Tu Fernanda

Por allá, por la década de los treinta, o de los cuarenta, o de los cincuenta, qué sé yo y qué importa, además, si aún me invaden sus voces, los Ink Spots grabaron la canción aquella que dice: *Time's out for tears, because I'm thinking of you...* Pues esto es todo lo que tengo que decir acerca de aquella carta de Fernanda María, de la primera carta que Mía me escribió desde California. Y, a juzgar por la fecha en que me escribe por segunda vez, me alegra deducir que le respondí muy pronto, causándole además algún contento.

California, 30 de enero de 1981

Queridísimo Juan Manuel Carpio,

¡Tu carta, por supuesto, una bomba! Más que nada porque estuve pensando tan fuertemente en ti al nomás llegar a California. Fui con mi hermana a Berkeley, donde nos sentamos en una terraza al sol, viendo pasar toda esa gente de por ahí. Y tú estabas tan presente que yo me sonreía contigo más que con el sol de ese lindo día, haciéndome cosquillas en la cara. De manera que el más lógico próximo paso era verte llegar a Berkeley, en ese mismo instante.

No sabes cuánto me alegra que hayas tomado la decisión de volver a tu país, aunque todavía puedas demorarte en hacerlo. París, como bien dices, es a menudo una fiesta, pero sólo para los invitados, y puede llenarse de tristeza y de cansancio, como puede también enfriarse tanto. Y uno no sabe ni escoge el momento en que deja de ser un invitado en esa linda ciudad, pero un día ya no hay más fiesta allí para uno, y lo más sano es salir. Estoy feliz de que hayas tomado esa decisión y de que estés ahora en un lugar tan bonito como Mallorca, escribiendo, componiendo, cantando, y meditando la forma en que has de llevar a cabo tu regreso al Perú, en la primera buena ocasión que se te presente y sin tener que contar nunca con la ayuda interesada de nadie. Todo eso me alegra, como me alegró recibir tu carta y tu "Te quiero mucho, colorada". Me sentí bien fuerte y bien mujer, ¿sabes?

En cuanto a mí, *my most charming hands* están dedicadas a pintar y hacer letreros grabados en madera, para tiendas, restaurantes y todo tipo de establecimientos. Ahorita estoy haciendo el letrero de una panadería. Es bastante alegre y gano un poquito para la supervivencia. Por dicha, estando en casa de mi hermana, no necesito mucho más. A la pobre le toca todo lo pesado en su casa, ya todos conocemos eso. Pero trato de ayudar en lo que puedo, y no ser demasiada carga. Realmente, no quiero regresar muy pronto. Ahora que lo he pensado más, no quiero regresar tan pronto como cuando llegué aquí. Dejé muchísimas cosas sin decidir. También la tristeza de la matanza que estaba ocurriendo en El Salvador me estaba volviendo loca. Aquí no se borra eso, pero sí la vida se hace más posible. También mi trabajo allá me tenía bastante aburrida, y todas las presiones de todo tipo. En fin, pienso en mi regreso con muy pocas ganas.

De la oficina me han llamado para pedirme que por favor regrese lo más tarde a mediados de abril, porque mi tío viaja a Europa a principios de mayo y quiere dejar alguien responsable. Personalmente, casi preferiría pasarme un año entero afuera y aclararme. Ya se verá cómo suceden las cosas. No me gusta tener a todo el mundo esperándome en abril y no llegar, pero no puedo decidir todavía. Lo único que sé es que por ahora me quedo aquí. Además, cabe la posibilidad de viajar nuevamente a Inglaterra en marzo, para la oficina, a fin de asistir a otro curso como el de la vez pasada. Pero si acepto ir de parte de la oficina, saldría de aquí y volvería también aquí, hasta ver más claro. Los niños están ya en colegios y tratando de aprender inglés, y con mis letreros ya medio comienzo a funcionar normalmente, de manera que no se trata de salir corriendo y volver a las fauces del tigre, sin entrenarse por lo menos un poquito antes.

Parte de la idea de salir era empujar a Enrique a salir también y tratar por lo menos de sacar adelante su trabajo. Ya nadie aguanta su neurastenia del fracaso de una obra que sólo él mismo puede llevar a buen puerto, como se dice. Adolfo Beltrán, su gran amigo, lo llamó desde México, donde estuvo exponiendo en el Museo de Arte Moderno del Parque de Chapultepec, para conectarlo con gente de allá, pero por misteriosos motivos no logró salir. Ahora supongo que estará tratando de tramitar su visa para venir aquí. Tengo bastante tiempo de no tener cartas y me temo que esté bebiendo horrores. Sin embargo, esta vez no quiero ayudar en nada, empujar en nada, obligar en nada. Seré, te lo prometo, la más pasiva de las mujeres y esperaré que el joven se pare en sus propias dos patitas. Al fin y al cabo, todos somos debilísimos, fragilísimos, tristísimos, fracasadísimos, si dejamos que ese lado de nosotros nos domine. Por otra parte, también somos fuertes, resistentes a todo (ya eso está comprobado, aunque a veces nos falte un poquito de entrenamiento). Y creo que en el caso de Enrique, ni él ni nadie lo aguanta andar más en la vida de llorón. Con lo grandazote que es, fíjate tú, y con el gran talento que tiene, por lo menos podría disciplinarse y tener un poco de alegría. Creo y espero que este viaje, si lo logra hacer y no se esconde a beber en el patio de la casa, le podría resultar sumamente beneficioso. Todo esto también lo veremos con el tiempo.

Como ves, lo que más necesito, y por dicha lo que más tengo ahora, es tiempo. Mi hermana es muy cariñosa conmigo y juntas nos ayudamos y acompañamos mucho. Y aquí puedo estar con Rodrigo y Mariana el tiempo necesario para aclararlo todo. Creo que en este momento de mi vida eso se hace indispensable. Por lo demás, también encuentro bastante alegre estar en la bellísima California.

Lamento tanto que no puedas venir en febrero. Ya en abril, si es que todavía estoy aquí, es más posible que haya llegado Enrique, lo que hará más difícil conversar largamente y cariñosamente en la playa de mi hermana.

Si acaso viajo a Europa te lo haré saber, aunque si dejo a los niños aquí en California será por poquísimo tiempo, y estaré en Edimburgo. Pero seguro me escaparé un par de días a Londres a visitar a mi otra hermana, Andrea María. Por suerte tenemos una mafia internacional de hermanas, como podrás ver.

Te abrazo y te beso con mis manos de carpintero.

Tu Fernanda

California, 1 de junio de 1981

Querido, queridísimo Juan Manuel Carpio,

Tantos días han pasado, y al fin recibí una carta tuya. Y mira, sin embargo, yo hasta hoy te escribo. Y es que este lío en que vivo no deja la cabeza en paz. No le puedo escribir ni a mi mamá. Hoy por hoy, las cosas están así: nos hemos pasado primero a casa de unos amigos en San Francisco, y luego a otra casa en Oakland, en espera de otra casa sabe Dios dónde. Enrique ha hablado con sus amigos en Caracas y ha conseguido que le dieran su viejo empleo en la universidad. Pero no se decide a irse y además no ha salido todavía su visa. Yo tengo tiempo de haber perdido completamente las riendas de este asunto, de manera que cada día me limito a resolver el problema del día, y de esa manera me mantengo más o menos bien. Si me pongo a pensar aunque sea una semana adelante, ya me desespero, porque no se sabe de un día a otro lo que va a pasar.

Estoy trabajando de maestra en la escuelita de Rodrigo, lo que me da algún tiempo con los niños. Eso me alegra mucho y me da una gran estabilidad. Por lo menos ellos lo están pasando mejor que nadie, pues nunca he tenido mucho tiempo para dedicarles, con esta trabajadera loca en que vivo siempre. Pero ni modo, parece que siempre tendré que trabajar, y por ahora la solución ha sido perfecta: trabajar los tres juntos. No sé qué hace Enrique con sus días, pero me imagino que se los pasa preocupado y bebiendo, que parece ser lo suyo y nada más en esta vida.

Quisiera tener más tiempo y escribirte una carta pausada y buena, con el espíritu alegre que nos ha acompañado cuando hemos estado juntos. Pero el espíritu que me acompaña hoy es un nervioso de porquería, y siento a cada instante que si fallo la ola me ahogaré en el mar, de manera que navego rápidamente, con el ritmo acelerado de las olas del mar Pacífico, que como bien sabes es el menos pacífico de los océanos, y por dicha todavía siento mucha fuerza para nadar en estas corrientes y trajinar en estas selvas.

Esta semana tengo el propósito de comenzar a buscar a mis compañeras de colegio. Hace unos días fui a visitar a mis monjas y estuvieron muy contentas de verme, y prometieron desplegar todas las velas para ayudarnos a los niños y a mí. Aquí en San Francisco pasé casi diez años en el Sagrado Corazón, en un bellísimo edificio en las colinas que miran la bahía. Y siempre es un placer ver de nuevo los tranquilos y frescos corredores de mármol, oler los pisos de madera encerada, y encontrar a algunas de las monjas que me enseñaron hace ya veinte años, y que todavía me recuerdan, como también recuerdan hasta a mis tías mayores que estudiaron con ellas, las más antiguas, hace ya como veinte mil años. De manera que eso es todavía uno de los placeres antiguos que puedo encontrar en la ciudad. La cercanía de una playa está muy bien para el primer rato, pero nunca podré tener el mismo cariño por un lugar que no es mío, como por ese San Francisco que tanto caminé y tanto viví, de estudiante, que son unos años que marcan tanto.

No te puedo decir nada de mí ni de qué será mi vida, simplemente porque no lo sé. He hablado muy muy claro con Enrique, pero parece que no me suelta ni a sol ni a sombra. Como tú dices, no se le ve salida a este asunto. Yo no quiero hacerle daño, pero necesito algún día en mi vida una persona que me quiera y que me respalde. En fin, yo creo que todo se hará, y que todo saldrá muy bien al fin. Aunque todavía no sé de qué manera se hará. Hay que seguir poniendo un pie a la vez, y con el tiempo algún camino se ha de abrir.

Para mientras, te quiero, pienso mucho en ti, y espero que todo lo tuyo esté bien.

Te abraza y te besa,

Fernanda María, la tuya

162

Pues con el mejor estilo militar, de golpe me entraron unas ganas atroces de meterles unos cuantos tancazos y varios batallones a todas estas consideraciones de Fernanda María por su araucanote. Frases de Mía, como *Yo creo que todo se hará y todo saldrá bien al fin*, nos estaban llevando a un inmovilismo, a un largo y verdadero período de profundo empantanamiento sentimental. Porque veamos: Enrique, en San Salvador, fatal; más yo, corriendo y cantautando de la Ceca a la Meca, pero al fin y al cabo ya definitivamente expulsado del festín parisino; y, allá en la mítica y selvática California, Tarzán María de la Trinidad del Monte Montes con las manos manchadas, llenas de callos y astillas, de tanto pintar y grabar letreros de restaurantes de tercera y panaderías de tres por medio, para paliar el hambre y la educación en inglés del niño y la niña de sus ojos. Así, jamás se iba a hacer ni todo ni nada en esta vida, aparte de quedarnos cada uno por su lado y a cual más varado que el otro.

O sea que había llegado el momento de hacerse y de deshacerse de Enrique, según mi sano juicio y entendimiento. Porque una cosa era que Mía fuera incapaz de herirlo, pero otra muy distinta que cada vez que el tipo se clavaba una nueva puñalada alcohólica y autodestructiva, allá en San Salvador, su autóctona y salvaje sangre pegara tremendo salto y chorrazo por encima de México y del Atlántico, y terminara salpicándonos y manchándonos de pies a cabeza a ella y a mí, y por dentro y por fuera, que es lo peor, y en lugares tan lejanos y diversos como pueden ser Berkeley, Oakland, Trinity Beach, San Francisco, por el lado americano, y Mallorca o París, por el lado europeo. La verdad, vaya con el araucanazo tan sanguíneo.

Y bueno, como había que actuar, pues actué. Y, en junio de ese mismo 1981, no bien me enteré de que el gigantón de la crin azabache y las manos salvajes andaba tras un probable visado que le daría, y muy pronto, a lo mejor, vía libre para visitar a su esposa e hijos en California, me presenté en el consulado norteamericano de París y obtuve yo también mi visado USA, en fechas y horas que me permitieron sobrevolar el Atlántico y aterrizar en el aeropuerto de Oakland, muy a tiempo para brindar yo también por el arribo de Enrique a California, puesto que desembarqué apenas una horita después que él, y de esta alegre, coincidente y muy fraternal manera pude ser recibido por la familia en pleno y, lo que es más, sin que ésta tuviera siquiera que soplarse dos veces el recorrido entre su exilado hogar californiano y el aeropuerto, y mientras Fernanda María, más Mía que nunca, se aprovechó de la feliz confusión natural para pedirme como nunca que le entonara, con todo el desparpajo del mundo, la canción aquella en que un arriero afirma que *no hay que llegar primero, pero que hay que saber llegar...*

De todo aquello amanecimos aún contentos los unos y los otros, pero confusos, eso sí, en la visión de lo que podrían traernos aquellos días. Sólo una cosa resultaba muy evidente, y era que teníamos por delante una semana en que los chicos podían faltar a la escuela y lo mejor era dirigirnos todos a Trinity Beach, aunque el tiempo estuviese más bien frío y nublado. Ahí, por lo menos, yo podría alojarme en un motelito que quedaba junto a la casa de María Cecilia, la hermana de Mía, y de su esposo muy gringote y con su toque de bienaventurado, más aun que de buena persona, y sus hijos y caballos y perros y gatos. Más lo de la playa, claro, importantísimo para que Mariana y Rodrigo, casi vestidos para la nieve, los pobrecitos, tuvieran mucho aire y espacio libre donde correr y perderse entre dunas y mansiones costeras, y, sobre todo, mucho ruido de olas en la distancia y mucho grito de pajarracos marinos y ensordecedores para que no oyeran nunca nada si se armaba la de Troya en casa de la tía María Cecilia, o en el bar del motel de enfrente, ahora que tan alegremente parecen haber llegado, sin embargo, nuestro papi y el señor cantautor y peruano del que mami habla siempre con un nudo de alegría en la garganta y que a cada rato le escribe unas cartas que la hacen reír y llorar muchísimo, según mami porque traen bastante inventiva en la manera de contar las cosas y también palabras llamadas arcaísmos y otras llamadas neologismos y otras más llamadas peruanismos.

Como Susy, la hermana de Mía que se había instalado en París, ahí en Trinity Beach, María Cecilia, la mayor de las seis hermanas del Monte Montes, pensaba con toda la sinceridad y el amor del mundo que su hermana Fernanda era sencillamente una diosa mal empleada, un genio con pésima suerte, y la mujer más noble y limpia y buena del mundo, pero que por ahora como que se había quedado largamente dormida en medio de una realidad de pesadilla, de la que nadie sino el tiempo y ella misma lograrían ayudarla a escapar algún día. Y el casi bienaventurado Paul, o sea el esposo y dueño de casa de María Cecilia, se limitaba a pensar con monosílabos y sonrisas, ambos en inglés, que a él le daba lo mismo que nos matáramos o no, o que fuéramos buenos o malos o perversos, o pobres o ricos o Vanderbilts, pero por la sencilla razón de que también le daba lo mismo la falla de San Andrés y que California y el mundo entero se acabaran mañana mismo, siempre y cuando, eso sí, él pudiera disfrutar hasta el último instante del apocalipsis de la presencia en este mundo de caballos y perros y gatos y patos y pollos y pajarracos marinos en la desnuda lontananza en que las olas del Pacífico estallaban con furor.

En fin, que el tipo nos ponía a todos, pero sobre todo a Enrique y a mí, y desde el desayuno, vino tinto y Frank Sinatra en cantidades industriales y sumamente hospitalarias, limitándose a enseñarnos el funcionamiento del tocadiscos y el sacacorchos antes de continuar su monosilábico y sonriente camino gringo hacia el mundo animal, allá al fondo del paisaje costero, entre dunas e inmensos y húmedos arenales. La verdad, yo hasta hoy sigo sin saber qué opinar del tal Paul, más conocido como el Gringote de la María Cecilia, al menos cuando no se hallaba presente, aunque sospecho que también su esposa se refería a él de esa manera entre totalmente tierna y absolutamente indiferente, y que no era otra cosa que el resultado de su propia actitud con nosotros, de su silencio con música por toneladas de Frank Sinatra, de su manera de beber exclusivamente té helado y al mismo tiempo ir dejando un reguero de whisky y vino tinto por donde pasaba, de amar tanto a los animales que a uno lo primero que se le ocurría pensar era en un San Francisco de Asís californiano, aunque siempre justo en el momento en que les soltaba a su esposa e hijos una expresión apabullantemente brutal, y acompañada además por un gesto tan vulgar y matonesco, que uno como que terminaba viendo visiones y hasta la mismísima reencarnación del pobrecito de Asís en Rambo en Vietnam, o también en el mismísimo Golfo de la Primera Guerra CNN, pero resulta que era precisamente entonces cuando de golpe parecía estar de regreso de un mundo de armamento químico nuclear en pleno uso televisivo y expansiva onda de odio letal y, mientras se nos acercaba e iba reconvirtiéndose en el Gringote de la María Cecilia, algo,

algo sumamente limpio y buenote volvía a flore- cer en su rostro, y desde muy adentro de aquel Stallone cualquiera empezaba a resurgir el po- brecito de Asís que cohabitaba en él, y entonces, les juro, al humilde y tan sencillo gringote que pasaba monosilábico y sonriente por la sala de la casona vieja en la playa inmensa, descorchando nuevas botellas de vino y ofreciendo más whisky, hasta el mismísimo hábito de San Francisco de Asís le calzaba al alma como un guante.

Pero nada de esto era grave, ni siquiera importante, era sólo cotidiano y natural, y era, como quien dice, California y USA, y nosotros en medio de todo aquello, como pelícanos fuera de temporada. Y tampoco era grave lo de los ni- ños, porque llegado el momento —y llegaba a cada rato—, Mía, madre perfecta y Tarzán en gimnasio, se ocupaba de ellos deliciosa, ejemplar y entrañablemente. O sea que ni siquiera era im- portante, tampoco, que Mariana y Rodrigo se pasaran horas y horas, día tras día, inventándose juegos de hermanitos que se adoran pero asimis- mo presienten que algo se pudre en el reino de Trinity Beach. Aunque mami, claro, siempre es San Tarzán. Y Papi por fin llegó y tú y yo lo ado- ramos y él, qué bárbaro, cuánto nos quiere, él siempre bebe que te bebe más vino, pero es que hasta cayéndose de borracho y de exilio nos ido- latra. Y nuestros tíos María Cecilia y Paul son nuestros tíos en USA, y así son ellos por vivir aquí y la gente toda que nació o se acostumbró aquí es así, la buena y la mala, *they are different, they are like that*, así se dice eso, Mariana...

—¿Y Juan Manuel Cantautor, Rodrigo?

... Juan Manuel Cantautor es muy amigo de papi y de mami y, cuando tú no habías nacido todavía, Mariana, y, según papi, yo me pasaba la vida durmiendo o berreando o mamando o haciéndome la pila con caquita amarilla incluida, o sea cuando entonces, que es que eres tan bebe que no te acuerdas ni de que ya habías venido al mundo, que así también se dice nacer, Mariana, ya Juan Manuel Cantautor era tan amigo de papi y de mami que, cuando tuvimos que salir disparaditos de Chile y no tuvimos adónde ir, pues sí tuvimos adónde ir. Y ese sitio fue París, porque ahí tiene su casa y su guitarra y sus canciones el señor que es peruano y que a la mami le encanta que le cante.

Nada de eso, pues, era grave, ni siquiera importante, pero sí lo es la brutal intensidad con que yo deseo hacerle todo el bien del mundo a la mujer que amo, mientras ella no desea causarle ni el más mínimo rasguño en el cuerpo o en el corazón a un esposo al que sólo se le ocurre mover la pieza del vino o del whisky con palabras de Sinatra en aquel explosivo ajedrez que empieza casi desde el desayuno, que es cuando yo llego del motel de enfrente, en busca de la verdad en este amor. Beber y dejar que otros, en la voz de Sinatra, piensen, jueguen, sientan, por nosotros, esto es todo lo que Enrique desea, consciente como nunca esta vez de que no hay trampa alguna, pero sí un amor que parece excluirlo, un profundo amor que ha crecido, incluso por correspondencia, mientras él arrojaba portazos y patadas o partía a botellazos cabezas pelirrojas que, sin embargo, el amigo que se quedó en París y ahora ha llegado, jamás hubiera pasado de escarmenar, de besar, de peinar, de acariciar y de volver a besar. Enrique quiere melodías, donde la realidad requiere diálogo y palabras, Enrique quiere elevar a poesía el momento en que la verdad requiere de palabras duras, palabras y punto, prosa.

Y esto sí que es grave. Lo es porque Juan Manuel puede entender el silencio de Mía, por buena, por delicada, por tonta, por así educada, por idiota, por entrañable, y porque ese hombre es el padre que sus hijos adoran. Y esto también es grave, muy grave, porque Juan Manuel lleva desde que llegó sin caer en la fácil trampa del whisky o del vino más la música. Y así, sin beber una gota, espera como un jugador que ve ya cómo se tambalean, no un rey o una reina o una torre, sino una estrategia entera, la total concepción de algo que hace rato que dejó de ser un juego de melodías y de sus palabras. Juan Manuel calla pero no otorga, y esto sí que se nota a gritos.

Y a gritos se nota también que hay algo en él que ya no aguanta más, que puede estallar en cualquier momento, la noche esta en que nadie en la casona se ha atrevido a encender el tocadiscos que, de pronto, sin explicación alguna, Juan Manuel apagó al atardecer, y como quien dice para siempre. Y ahora pesa una noche tremenda sobre Trinity Beach y afuera sopla un viento fuerte y por los altos debe haber una ventana o una persiana mal cerrada, algo que golpea de rato en rato, enervantemente. Fernanda María se ha tumbado en el sofá y a su lado tiene una lámpara encendida, y, aunque está despeinada y toda descuidada, es preciosa. Juan Manuel no se lo ha querido ocultar, se lo ha repetido tres veces en treinta segundos, eres preciosa, mi amor, realmente preciosa, Mía. Y ahora hace unos interminables diez minutos que él se incorporó, se sirvió su primera copa de vino tinto en cinco días, sorbió apenas unas gotas, y se dirigió hasta ella. Se inclinó, despacio, le besó la frente, le acarició el rostro, larga y tendidamente le acarició también los hombros, y al regresar hacia el sillón en que había estado sentado cada día, cada mañana, cada tarde y cada noche, empezó a contar día a día y hora tras hora, con palabras que parecían traídas por el viento desde el mar oscurecido, desde la misma rompiente invisible de las olas, la forma en que la había empezado a querer para siempre, la incontenible intensidad con que esta noche estaba viviendo ese amor.

—En fin, nada que ninguno de nosotros tres no sepa ya —se interrumpía, de cuando en cuando, como quien espera un comentario.

Y era terriblemente grave que fueran las dos de la mañana y nunca llegara ese comentario. ¿O había que tomar como tal las lágrimas y los mocos y los hipos de llanto con que Fernanda María logró que enmudeciera en un par de ocasiones? También Enrique había lanzado algún desesperado y borracho sollozo, pero luego se había escondido por completo en el silencio total del fugitivo que sabe que el más mínimo paso en falso y ya lo descubrieron. Juan Manuel miró su reloj a los dos y veinticinco de la mañana, se incorporó, se acercó nuevamente hasta el sofá en que Fernanda María alzaba la cara para mirarlo, para adivinar sus intenciones, para sencillamente hacerle saber que sí, que le ha leído esas intenciones en los ojos, y que sí, que adelante, y que aquí estoy, tuya, Juan Manuel Carpio.

—Vámonos al motel, mi amor.

—Sí. Yo quiero ir, Juan Manuel Carpio. Pero parece que aún no soy lo suficientemente fuerte y prefiero que tú me cargues, que tú me lleves en tus brazos, tierna y alegremente, como a las novias más felices en el cine.

—Éramos hermanos, Juan Manuel —balbuceó, dolorosamente, Enrique, hundido en su sillón y en la vida.

—Créeme, Enrique, que nada de esto es contra ti. Créeme que todo ha sido siempre contra nosotros, contra Fernanda y contra mí, desde hace mucho tiempo, desde hace simple y llanamente demasiado tiempo, de golpe, esta noche.

—Lo sé, viejo. Pero también ha sido contra mí. Y lo sigue siendo.

—No has ayudado mucho que digamos a que las cosas cambien, Enrique.

—Eso es verdad, Juan Manuel. No he sabido ayudar. O sólo he ayudado con más tristezas y angustias, con mayores complicaciones y problemas. Eso es verdad, hermano Juan Manuel. Y también que he sido una bestia, un salvaje.

—Esa parte le corresponde juzgarla a Fernanda, Enrique.

—Fernanda, ¿juzgar? No quedaría un solo culpable en la historia de la humanidad, mi hermano, si a Fernanda la nombraran juez un cuarto de hora. Eso tú y yo lo sabemos de paporreta.

—En todo caso, yo ahora me voy al motel y quiero que ella se venga conmigo. Y tú mismo lo acabas de oír: también Fernanda desea que me la lleve en los brazos, tierna y alegremente, como a las novias más felices en el cine.

—Mañana mismo desaparezco, Juan Manuel... O sea que espérate hasta mañana, por favor... Y tú también, Fernanda, espérate, por favor... Háganlo... Espérense... Háganlo por no sé qué, ni por no sé quién, ya, pero háganlo...

Gravísimo fue que Fernanda María hablara recién entonces. Porque dijo que, como siempre, y de la forma más brutal y absurda, pero también de la forma más concreta del mundo, los tres terminaríamos yéndonos. Ella se iría a Oakland, o a cualquier otro lugar mejor, en California, hasta que llegara el día en que pudiera regresar al Salvador, y Enrique retornaría a San Salvador, hasta que llegara el momento en que pudiera volver definitivamente a Chile...

—Y tú, Juan Manuel Carpio, mi amor, ¿acaso no tienes ya decidido tu regreso al Perú? ¿Acaso no estás esperando sólo el momento más propicio para concretarlo?

—Yo quiero dejar París, es cierto. Pero también podría esperar ahí y caerte por El Salvador el día en que tú, Fernanda, puedas regresar y Enrique nos haya dejado el terreno libre. Pero, de nada de eso estaba hablando yo hace un momento, Mía. ¿O ya te olvidaste de mi invitación?

—No, Juan Manuel Carpio. Ésta es la hora en que Fernanda María de la Trinidad del Monte Montes no ha olvidado nunca jamás una sola palabra buena o mala que haya salido de tu boca. Y cantada o hablada, que conste.

—¿Entonces?...

—Entonces déjame explicarle a Enrique que no puedo esperar hasta mañana para irme al motel contigo, porque eres tú, y no él, el que se va mañana. Y déjame decirle que también lo quiero y que me espere hasta mañana, por favor, porque hay unos niños que llevan días enteros jugando solos en la playa, bastante abandonados, casi varados con este frío y esta humedad, y ya es hora de que vuelvan a su casa y a su orden. Y créanme, caballeros —porque esto te lo estoy diciendo también a ti, mi tan querido Juan Manuel Carpio—, que ya es hora de que el trío de pobres imbéciles que somos vuelva a su total desarreglo habitual. ¿Qué le vamos a hacer, si además parece que es lo único que nos sienta bien?

¿O le ven ustedes otra solución al problema? Se aceptan sugerencias, en todo caso...

—Llevo horas sugiriendo un motel, Mía. Y la verdad es que no sé en qué momento se torcieron las cosas y aquí el que menos se puso a filosofar.

—¡Qué cabrón eres, mi amor! Pero, en fin, también por eso te quiero y también por eso me encantas, Juan Manuel Carpio.

—¿Entonces?

—No, nada, mi amor. Pero como que andaba esperando que le dieses la voz también a Enrique.

—¿Los tres en mi motel?

—Lo que Enrique quiera, pero que conste que yo sólo tengo ojos y oídos y labios y brazos y piernas para ti, mi amor. Y que a Enrique sólo puedo decirle salud, compañero.

—De acuerdo, compañera, salud. Salud, y hasta mañana, además. Y es que necesito un buen sueño, porque todo el tiempo que me queda en este país de mierda quiero dedicarlo a estar con Rodrigo y Mariana, horas y horas, cada día. Acabo de darme cuenta de que eso es lo que debí hacer desde el principio, y ahora tengo una inmensa necesidad de recuperar los días que he perdido bebiendo. Atrás quedaron el encierro en esta sala, el vino, el whisky, la música y el papi borracho. Lo digo de verdad, compañera, o sea que salud por última vez...

—Entonces enciende el tocadiscos y déjanos puesto algo bien alegre. En todo caso, una canción

que no hable de despedidas ni de París ni de aeropuertos... Una canción que no hable absolutamente de nada que nos concierna, por favor, Enrique.

Escuchar tres o cuatro canciones y beber
una copa de vino fue una forma elegante de esperar que Enrique desapareciera en los altos de la
casona ya casi totalmente apagada, encerrándose
en ese dormitorio al que Fernanda no regresaría
hasta después de mi partida, una semana más tarde, en vista de que fue imposible encontrar un
vuelo antes. Y, la verdad, no pude ocultarle a Fernanda una cierta admiración por el temple y la
calma con que su esposo había asistido a los preparativos de nuestro breve traslado al motel de
enfrente. Con lo ferozmente violento que podía
ser Enrique, sobre todo cuando bebía en exceso,
yo había temido que en cualquier momento,
aquella primera noche, se precipitara sobre Fernanda o sobre mí e intentara matarnos a ambos.

—En este momento es totalmente incapaz
de nada —me explicó Fernanda, contándome que
Enrique no hablaba una sola palabra de inglés y
que ella lo conocía lo suficiente como para saber
muy bien que, por más rodeado de familiares que
se encontrara, ya se sentía totalmente desampara-
do en California, y que no tardaba en tomar la actitud de un perrito faldero incluso con sus hijos,
en vista de que ambos se defendían bastante bien
en inglés, no se sentían perdidos en ningún sitio,
y actuaban con toda la independencia y desenvol-
tura con que pueden hacerlo dos hermanos muy

unidos de ocho y cinco años, pero con una experiencia que incluso algunos adolescentes les envidiarían, para ciertos asuntos prácticos.

—Pobre Enr...

—Haz el favor de oírme muy bien, Juan Manuel Carpio. Una palabra más sobre mi difunto esposo, y no habrá brazos en este mundo, ni esta noche ni ninguna otra noche, para llevarme cargada al motel de enfrente.

—Salud, mi amor, y ya nos fuimos. O sea que ven aquí para que te cargue y te adore de una vez por todas. ¡Al motel se dijo!

Volvíamos a la casona de María Cecilia y Paul sólo para el almuerzo y comida, y a veces ni eso, y la verdad es que al Gringote medio bienaventurado y a su esposa jamás un asunto les importó tan poco en esta vida como el comportamiento de Fernanda y su cantautor durante sus largas desapariciones y sus breves incursiones en busca de comida y de noticias de Rodrigo y Mariana, felices ambos de poderse pasar horas y horas conversando y paseando por la playa con su papi. También Mía y yo nos abrigábamos bien cada mañana y salíamos a darnos un delicioso paseo por el borde del mar e infaliblemente nos cruzábamos con ese hombrón de crin azabache que avanzaba en dirección inversa por la arena, llevando a una niña y un niño bien cogiditos de sus manos salvajes.

Lo natural que nos parecía aquello, lo increíblemente natural que resultaba el mundo ahora que cada uno había encontrado su debido lugar en él, ahora que Enrique lo era todo para Mariana y Rodrigo y era sólo para ellos, de la misma manera en que Mía lo era todo para mí, yo para ella, y habíamos sido mandados hacer por la Divina Providencia, al menos por esa semanita en Trinity Beach, exclusivamente el uno para el otro. Incluso un día nos metimos al carro de Mía y, sin avisarle a nadie, desaparecimos todo el fin de semana y fuimos a dar hasta Monterrey y Big Sur, de playa en playa y de motel en motel, queriéndonos y riéndonos sin cesar y logrando realmente olvidar que todo aquello tendría un nuevo aunque ya conocido final, muy pronto además. Pero en esos momentos ni siquiera ese final conocido nos importaba, aunque bien sé que Fernanda sufría tanto como yo cada vez que abandonábamos un motel, cada vez que quedaba cerrada ya para siempre una puerta más de las pocas que nos iban quedando por cruzar en aquellos nuevos siete días que, esta vez sí, parecían habernos caído del cielo, pues habían surgido en el corazón mismo de su familia y ante la vista y paciencia de un esposo por el que yo de golpe estaba sintiendo un afecto y una pena brutales.

Mía, en cambio, parecía estarlo odiando por primera vez en su vida, y no cesaba de explicarme que tanta libertad, tanta humildad, tanta generosidad, la iba a pagar ella muy cara, no bien me fuera yo, pues recién entonces Enrique le iba a sacar en cara a gritos el atroz sufrimiento que le había producido su sacrificio por nosotros, y que de ahí a aferrarse a la botella, a abandonarse totalmente, a no hacer el más mínimo esfuerzo por contactar siquiera con algunos fotógrafos norteamericanos cuya dirección tenía en su agenda, en fin, que del día en que yo tomara el avión con destino a Nueva York y luego París, a la noche de horror en que, sin saber en absoluto dónde estaba ni cómo ni con quién, Enrique intentaría cosas como partirle nuevamente la cabeza de un botellazo, el tiempo por transcurrir podía ser brevísimo.

—Si pudiese quedarme, Mía...

—Tendría que ser para siempre, mi amor, y eso es imposible.

—Pero bueno, ahora ya Enrique lo sabe todo.

—No olvides que los hijos son suyos, Juan Manuel, y que lo adoran. Y el que tiene el amor de esos chicos me tiene a mí.

—Resulta increíble, Fernanda. Nunca he tenido, nunca he sentido tanto tu amor, y sin embargo la única nueva conclusión a la que he llegado es que nunca has sido tan poco, tan nada mía.

—Recuerda siempre que todo nos falló desde el comienzo, mi amor, menos el querernos de esta manera.

Pasé la última tarde sentado con Mía en la casona de Paul y su hermana. Ahí comimos, también, y pude despedirme de la familia completa y darles las mil gracias y todo eso. Después cruzamos ella y yo al motel, para una última noche de esas en que mis manos jamás se cansaron de acariciarla ni mis palabras de mimarla, ni mis consejos de ofrecerle una seguridad y una protección en las que, de la manera menos realista del mundo, Fernanda creía a ciegas, sí, cien por ciento y a ciegas, como en pocas cosas o en nada en esta vida. Y esto era producto de mis cartas, de aquellos largos folios llenos de dimes y diretes y de cuanto disparate se me pasaba por la cabeza, pero siempre destinados a hacerla sentirse fuerte, hermosa, querida, extrañada, valiosísima como mujer, y que muchas veces respondían también extensa y profundamente a dudas e inquietudes, a precupaciones que ella me iba haciendo saber y que tan naturales resultaban en una mujer joven que había sido educada para un destino tan superior o, por lo menos, tan completamente distinto al que luego la había ido llevando de un lado a otro, forzándola ya dos veces a abandonar un país en el que se encontraba a gusto, con dos hijos, además.

Y sin embargo, Fernanda María, estoy convencidísimo de ello, jamás fue vista triste una mañana por Rodrigo o por Mariana, ni el barquito de juguete en que los tres navegaban por la tempestad real de sus vidas estuvo nunca un solo instante a la deriva, y todo ello debido a esa limpísima mezcla de una todopoderosa capacidad de verle el lado bueno a las cosas, de una innata alegría de vivir y disfrutarlo todo, y de esa fortaleza y astucia de Tarzán que Mía iba desarrollando cada vez más, sin darse cuenta siquiera, en su afán de que la infancia de sus hijos tuviera al menos algo de lo mucho de bueno que tuvo la suya y, más adelante, lo mismo ocurriera con la adolescencia y la madurez de esa prole que ella iba sacando adelante como si el camino de la vida, por más trampas y zancadillas que le fuera tendiendo por aquí y por allá, estuviese formidablemente destinado a llevarla, siempre con sus adorados Rodrigo y Mariana al lado, a un mundo muchísimo mejor que éste.

De la mañana siguiente, en el aeropuerto de San Francisco, esta vez, sólo recuerdo un larguísimo silencio, un café bastante amargo, un pésimo jugo de naranja, y los ojos de Mía deteniéndose a veces largamente en los míos, mientras sus manos se perdían por mis muslos, allá abajo de la mesa, en una horrible cafetería.

—Te amo, colorada.

—Pero vuelvo donde Enrique.

—Me abanica tu araucano, flacuchenta. Y por mí que se haga con los cojones una corbata michi.

—Mi muy grande y querido y auténtico Juan Manuel.

—Estoy contigo al mil por ciento, Mía, tú bien lo sabes.

—Amigo muy probado mío por muchos años...

—Aunque los próximos meses sean duros, que sean de batallas ganadas, eso sí, Mía.

—Cuenta con eso.

—Chau, mi amor.

—Nos vemos en nuestra próxima carta, Juan Manuel.

—Eso, mi amor. La carta debe ser como un retrato del alma o algo así, porque tú y yo somos de lo más fotogénico que se pueda dar, epistolarmente hablando.

—Y ésa es otra hermandad más, Juan Manuel Carpio.

—Me encanta como despedida, eso que dices. Aunque es honra que apetezco, más no merezco.

Berkeley, 30 de junio

Mi queridísimo Juan Manuel Carpio,

Al fin respondo con alguna tranquilidad a tu última carta, que llegó como un abrazo muy necesitado en medio de muchos líos que no sé ni cómo empezar a contarte.

Bueno, lo primero es que Enrique (que el mismo día de tu partida se arrancó con una interminable borrachera) partió a Chile, y eso me ha dejado en paz por hoy, a pesar de las circunstancias un poco difíciles. Pero estoy segura de que tendrán que mejorar pronto. Estuve trabajando por un tiempo en la escuelita de Rodrigo, como te conté. Y al renunciar para venirme a Berkeley me resultaron con que me tenían que cobrar por la colegiatura de Rodrigo, con lo que me dejaron en total bancarrota y endeudada además por el viaje de Enrique.

Pero todo eso tendrá que pasar y es tonto contártelo. Además, en el fondo siento que no tiene mayor importancia, porque bancarrota y todo estoy más tranquila de lo que he estado en meses. Estoy viviendo en casa de una compañera de colegio, que tiene dos niños ya grandes y muy dulces. Y ella misma me ayuda muchísimo moralmente y creo que hasta recupero un poco de seguridad en la vida.

Hoy te escribo desde la paz de su jardín. El marido carpintero está durmiendo siesta y los niños juegan. Ella está trabajando. Es bibliotecaria. Curiosamente, vine a caer en casa de la más pobre de mis compañeras de colegio. O hasta de la única pobre, tal vez. Las otras viven en mansiones y palacios californianos, a veces de un gusto, eso sí, que es como para matarse de risa o echarse a llorar. Pero, en fin, sabido es, mi querido Juan Manuel Carpio, que con el dinero se puede comprar todo o casi. El horror, en cualquier caso, sí se puede comprar con una mina, un banco entero o un campo de petróleo. Pero aquí, en casa de mi amiga más pobre, apretados y todo, he estado contenta y al fin no siento tantas presiones. Espero que dure esta tranquilidad.

Enrique, por supuesto, ni siquiera intentó buscarse algún trabajo. Tampoco hizo llamada alguna a los fotógrafos cuyos nombres traía en su agenda. Por dicha sus padres nos ayudaron un poco desde Chile. Y de repente lo llamaron de urgencia porque su mamá está grave y se tuvo que ir de un día para otro. Él estaba tranquilo con su viaje, que se presentó como algo indispensable, de manera que no tuvo que pensarlo ni beberlo mucho. Pobre señora, su madre. Yo apenas tuve tiempo de conocerla cuando viví en Santiago, pero me escribe y me da una gran tristeza que no haya conocido a sus únicos nietos. No se sabe qué pasará.

El lunes, o sea ayer, fui al colegio de Rodrigo a cobrar y me salieron con que si renuncio sólo me deben doscientos dólares por todo el mes de trabajo, ya que deben descontar lo de Rodrigo. La culpa fue mía por no tener un contrato claro. Pero ni modo. Por dicha Anne, mi amiga más pobre, es una mujer que ha luchado mucho y es una roca plácida y benévola, cuya casa respira esa fuerza y dulzura.

Y ahora tú y el recuerdo de tu visita, Juan Manuel Carpio. No te puedes imaginar lo que siempre ha significado para mí la seguridad de tu cariño hacia todo lo mío, en medio de todas las circunstancias difíciles que se han presentado. Me has dado siempre mucha seguridad por tu sola existencia y por la existencia de tu cariño. Te quiero muchísimo y tus canciones, cada día más tiernas, más lindas, más finas, me acompañan y me llenan de ánimos y logran que camine sonriente y valiente por las calles de Berkeley, sintiendo incluso la sensación de bienestar y optimismo típica del momento en que Tarzán se arroja al agua.

Ayer encontré en la calle a una pareja que dijo que viajaba a París y, aunque sé que tú últimamente vives a salto de mata entre Mallorca y la Ciudad Luz, te mandé un libro con ellos, que parecían muy serios, gente buena y formal para mandar un regalo y que no se pierda. Espero que así será. Me gusta mucho D. H. Lawrence. Y, si no logras descifrar la dedicatoria que te he puesto, busca *elephants* en el index y verás un título, *Elephants are slow to mate*, y estoy segura que pensarás inmediatamente en nosotros cuando leas que "los elefantes, esos mastodontes, son muy lentos de domesticar". Pero resulta que al final de todo son buenísimos los elefantes, los más dóciles y nobles de todos los animales. En fin, lentísimos y segurísimos... ¿No te recuerda esto a alguien? ¿O más bien a álguienes? Y te abrazo y te beso una vez más, Juan Manuel Carpio, mientras camino y sonrío en Berkeley.

Hoy he estado buscando empleo. Fui a la universidad y hay muchos puestos buenos, pero el único amigo profesor que tengo ahí resulta que anda de sabático en Buenos Aires. Esperaremos. Veremos. Seremos pacientes.

Releo esta carta y es disparatada como una conversación en la tarde de un verano feroz, con mosca y todo. Escríbeme aquí, por favor:

c/o Anne Gotman. 1893 Londonderry St., Berkeley, CA 94710. USA.

Te abrazo, te beso, y te quiero tanto

Tu Fernanda

Quedan algunas notas en la copia del cuaderno que me envió Fernanda, que muy probablemente pertenezcan a mis desaparecidas respuestas a esta carta e incluso a alguna de las que la siguen. Por lo pronto, le agradezco su envío del libro de D. H. Lawrence, que felizmente me encontró en París y no en Mallorca, donde cada vez me iba mejor, trabajaba más, tanto actuando como componiendo, e iba alargando mis estadías. En fin, ato algunas frases de aquel cuaderno, porque al hacerlo vuelvo a sentir la maravillosa ilusión de que la correspondencia entre Mía y yo no se detuvo jamás, ni se fue espaciando hasta desaparecer, casi diría que como todo en esta vida. Finalmente, son frases que a Mía le encantaron. Por eso las anotó. Sólo por eso. Y, agradecida, me envió copia de aquel cuaderno que hoy me sirve para responder, aunque sólo sea ya imaginariamente, al amor de una gran amiga y a la amistad de mi más grande amor.

París, julio de 1981

Tan querida Mía,

Infinitas gracias por el estupendo libro. Y alargo lo infinito para el agradecimiento paralelo al cariño con que me tratas. En interminable carta anterior, desde Palma de Mallorca, que pareces no haber recibido, pero cuya verdad juro en ley de hijodalgo, te hablo de ese rotundo amor que siento por ti. Quizás ahora, al escribirte esta vez, no logre el mismo calor afectuoso, pero no hace falta. Ahora más bien tú estás para repartirlo como programa de toros.

En cuanto a tu economía, en este momento hecha de prestidigitación, parece que muy pronto tendrá que iluminarte la

gracia divina. En fin, digo semejante barbaridad por aquello de que, en casa de los
pobres, siempre Dios proveerá. Y porque
quiero que sepas y cuentes con que si Dios
no existe, yo salgo al quite.

Recalcitro: Si te mantienes firme un rato
más, saldrás del remolino. Te lo dice quien
salió de uno distinto, pero remolino al fin.
Y no seré ningún modelo, pero no me siento peor que mis prójimos. Además, como
tú, en el fondo soy un tímido que pelea,
aunque en mi caso el asunto se agrava pues
de un tiempo a esta parte he notado que,
aunque algo prematuramente, empiezo a
peinar canas en los cojones.

Adelante, amada mía, que se hace camino
al andar. Aguanta y a la vez recibe un huaico
(pero limpio) de abrazos y de enorme afecto.
Y, como Tirano Banderas, quedo mandado.

Juan Manuel

PS. Salgo muy pronto, al menos de
acuerdo a mis deseos, rumbo a Mallorca.
O sea que no me escribas a París, salvo que
me quede tullido o me salgan también ve-
rrugas en los cojones, lo cual me impediría
ponerme escotado a la hora del volapié.

Otrosí. Olvidé contarte, en mi carta anterior (es signo de amor el que otra vez se
cruzaran nuestras cartas), que, al bajar del

avión que me llevó de San Francisco a Nueva York, pesqué un frío de aire acondicionado como para mear raspadilla. Resistí con dosis millonarias de antibióticos y vitaminas.

Bien, ahora sí te abraza y aúpa tu humildísimo. Y más abrazos (oprimentes) de tu intejjérrimo amigo (dicción puneña),

Juan Manuel Cantautor (se lo oí decir a tus niños, allá en *Acuérdate de Acapulco,* con frío).

Berkeley, 12 de noviembre de 1981

Mi adorado Juan Manuel Carpio,

Hace tanto tiempo que no te veo y que no siento tu cercanía que ya es casi como un relámpago de repentino sentir ganas de estar contigo, y conversar, y escucharte, y caminar juntos. Adoro tus cartas llenas de amor, que además me ayudan por lo que me dicen tanto como por lo que me hacen reír.

En fin, todo esto por dos cosas, o tres, o cuatro, o mil. Hace unos días me llamó Rafael Dulanto y me contó que había estado contigo y con don Julián d'Octeville, en Mallorca, y que en tu casa de Palma lo primero que se ve al entrar es una foto muy ampliada de nosotros dos, por lo que supuse que en algún lugar de tus viejos armarios siempre estoy de alguna manera presente, como tú en mí. Aunque sé cómo somos los dos de limitados, y los dos sin límites, inútiles y perdidos para esto del amor.

Y hoy, por el largo abrazo que rodea el mundo de la gente que te quiere, me llamó desde Roma Charlie Boston, para decirme que viaja a verte y que te está llevando una serie de novedades musicales que, piensa, pueden resultarte muy útiles para tu trabajo.

Y bueno, el resto ya lo sabes. Te quiero siempre tanto y me emociona tantísimo cuando alguien acaba de verte o está a punto de hacerlo. Y así pasó con Rafael y Charlie. Me hablaron casi seguido de ti y por ello me alboroté hasta no poder controlarme más. Y te llamé por teléfono y te estuve hablando horas. Y ahora me muero de vergüenza de que tenga que ser a cobrar a tu cuenta, pero por aquí yo me debato como gato panza arriba y parece que nunca me alcanza para nada el sueldo. Bueno, es un mal muy repartido, una especie de epidemia mundial, aunque a ti parece que te va bastante mejor ahora. Pero ni modo, con lo de mi llamada tendrás que hacer como que me invitaste a cenar riquísimo y comimos excelentes ostras con Dom Perignon, y nos reímos y disfrutamos como nunca. Porque así fue de alegre para mí escucharte.

Entiendo que, por más a gusto que estés en Mallorca, y a pesar de la buena casa que por cuatro reales podrías comprar en Menorca, insistas en que quieres regresar a Lima. Cada día se hace más difícil vivir fuera de las costumbres de uno. A mí hasta me cuesta un mundo hablar en inglés (y mira que dizque soy bilingüe), y de repente salgo con un acento espantoso, sólo para sentirme a gusto, y saber que al fin y al cabo no es mi idioma y que no estaré obligada a hablarlo toda mi vida. Es curioso, siempre me gustó más hablar en inglés que en francés, pero en este momento no le encuentro casi ningún placer y más bien me resulta frío y feo idioma. No me gusta decir malas palabras, porque me suenan horribles. Y las buenas palabras no me salen. Creo que tendré que irme, o comenzar a comunicarme con la gente por carta o por señas, como una muda.

Bueno, Juan Manuel, nuevamente te digo: fue divertido, alegre, entretenido, inteligente, fue grandioso escucharte. Y, aunque no sea yo quien deba decirte esto, cuídate más que nada del bendito teléfono, cuyas cuentas pueden congelar los testículos del más macho y perforar el bolsillo del más rico, según tengo leído por ahí: Paul Getty, el millonario petrolero, se protegía instalando un complicadísimo aparato a monedas.

191

Y ahora espero esa carta tuya que siempre todavía no ha llegado.

Tu Fernanda

San Francisco, 24 de noviembre de 1981

Mi queridísimo Juan Manuel,

Al fin llegó tu carta, tan llena de verdadero cariño y los mejores deseos para nosotros que me conmovió mucho. Me imagino que te has de preocupar bastante por los niños y por mí, porque realmente damos motivo de preocupación, por aquí tan a la pampa. Pero el tiempo, aunque no sea el mejor de los tiempos, me está sirviendo de mucho. Poco a poco siento con mucha felicidad terminarse en mí el rencor y el odio que he sentido y la sensación de estafa en mi relación con Enrique. Los niños, si bien me necesitan mucho, también me ayudan mucho porque son tan buenos y tan limpios. El sólo hecho de recuperar la serenidad vale todos los sacrificios realizados, y que ni siquiera han sido sacrificios puesto que nunca hubo mucha opción, y todo el esfuerzo que se ha venido haciendo hasta hoy ha sido el único posible.
Sentir los fuertes lazos de amistad y de amor con que me apoyas ha sido como te-

ner un ángel a mi lado. Espero que Enrique también haya encontrado en su tierra a los buenos amigos de siempre y esté más tranquilo. Hace algún tiempo que no me escribe y es de esperar que ese tiempo le sea de utilidad. Ha hecho dos exposiciones de sus fotografías. Eso le dará fuerza, al ver su trabajo apreciado, así como sentirme querida y respetada me ha hecho bien a mí.

Es bien triste, pero con Enrique siempre me sentí rechazada y a la vez utilizada. Para mi pequeño ego de mujer, era un verdadero desastre. Hasta me había olvidado de que yo también soy una mujer como otras, y no tengo que aceptar ser despreciada, ni tratada sin ningún respeto. Pobre Enrique, no creo que el problema sea falta de amor, pero qué manera tan espantosa tiene de quererme. Ahora, en este momento, no sé lo que esté sintiendo él, porque como te digo no me ha escrito recientemente. Pero deseo que él, como yo, haya recuperado alguna serenidad para ver las cosas con respeto, amor, y pensando en el bien de los dos y de los niños.

Sólo el tiempo dirá la última palabra, pero hoy por hoy le agradezco al tiempo la paz recuperada. Me veo en el espejo, y a veces me sonrío. Me arreglo, y a veces me siento bonita. Juego con mis niños y los disfruto. Este tímido progreso, paso a paso y lentamente, justifica estar lejos de todo lo que conozco. Además, en realidad no se puede estar en El Salvador ahora y, como tú bien dices, salir corriendo a Chile no tiene mucho sentido sin antes ver las cosas bien pausadamente y pensarlo mucho. Ya no estamos para recorrer el globo y acabar con nada más que amarguras.

Escríbeme. ¿Sabes que muchas veces mis mejores pasos los he dado después de leer una de tus cartas?
Te ama, te besa, te abraza,

Fernanda Tuya

San Francisco, 10 de diciembre de 1981

Querido Juan Manuel Carpio,

Aquí me tienen presa, en una enorme oficina con grandes ventanas que miran hacia la bahía, en un lindo día azul con barquitos veleros bajo los puentes. Y, enfrente, una secretaria tan eficiente que contesta teléfonos, escribe a máquina, toma dictado, todo eso a un tiempo, mientras yo en mi máquina te escribo una carta llena de amor.
Resulta que me han puesto en la oficina de un vicepresidente de este gigante de compañía que es la Rogers and Brooks. Y

su secretaria es tan celosa de su trabajo que no me deja siquiera contestar el teléfono, sea cosa de que le quite un ápice de su prestigio. Si vieras qué fastidio. Y al contestar el teléfono hay que tener un cuidado bárbaro porque puede ser, Dios Santo, el mero mero señor Brooks o el mero mero señor Rogers, o el Henry Kissinger, o el Georges Schultz, o el Reagan *himself*. Y uno allí sale diciendo cualquier tontería. Lástima grande que sea tan fastidioso el trabajo, porque de no ser así lo aceptaría de manera permanente, ya que significaría más dinero, y sin duda algún prestigio del tipo de prestigio que no me importa. Pero un poco más de plata no estaría mal. Sin embargo, no lo voy a aceptar. En realidad, no soy tan buena secretaria, y me arruinaría ver tanta eficiencia por todos lados. No sé ni siquiera por qué me han puesto aquí.

Pensaba anoche en la cantidad de tiempo que uno pasa hablando de música, recordando música. Tu última carta casi sólo habla de este tema, de canciones que hemos bailado juntos, de discos que necesitas, de discos que llenan tu departamento. Y, viendo dónde vivimos ahora, todas las fotografías de Enrique que tengo también tienen que ver con música. Tengo un pianista suyo y también otra foto de unos bailarines de tango, y un afiche de su última exposición, del cual te estoy enviando un ejemplar, porque pienso que te gustará. Habla mucho de la soledad y la música y se llama "Salón de belleza sentimental", ya que todas las pobres y muy cursis peluqueras aparecen con la cabeza metida en enormes bocinas de victrola, olvidándose por completo de una clientela también adormecida por la música. El afiche pertenece a toda una serie de fotos con victrola, y no sé si viste algunas cuando estuviste aquí, aunque me parece que no nos quedó mucho tiempo que digamos para el arte.

Aquí con los niños nos preparamos para la Navidad. Vamos a ir a ver el *Cascanueces* en la ópera de San Francisco, que es un espectáculo lindísimo. También hay cánticos antiguos españoles en una iglesia, y música navideña medieval en otra. Iremos a ver lo más posible de estas cosas que son todas de aprovechar. La Mariana está muy entusiasmada y Rodrigo también porque ella va a clases de ballet con la compañía de San Francisco, y algunas de sus compañeritas van a figurar en el *Cascanueces*. Rodrigo se pone orgullosísimo con todo lo que concierne a su hermana.

Como ves, ya estamos hablando de música otra vez.

Espero que tus Navidades sean lindas. Y te abrazo y te beso con ese amor medio santo y como bien misticón que a uno le entra por estas épocas del año. Y con música de la que tú quieras, por supuesto,

Tu Fernanda

Berkeley, 19 de diciembre de 1981

Mi adorado Juan Manuel, indiscutiblemente incansable,

¡Cuánto me alegro de que me haya llegado tu nuevo disco y de que nunca te canses de mí!

Te oigo y te oigo y cada canción es más lograda y maravillosa que la anterior y todas y cada una de ellas es y son mis favoritas. Y los niños te escuchan a fuerza de escucharme escuchándote. Diríase que ellos empiezan a entenderte y que empieza también a gustarles tu música, sus melodías, sus palabras, tu voz que reconocen, Juan Manuel Cantautor.

Una cosa va a misa, mi amor, una cosa es verdad como una catedral. Si te sigues estabilizando, producirás lo mejor. Tú vas para arriba, Juan Manuel Carpio, cantautor mío.

Y no te escribo más porque te sigo escuchando y te sigo adorando. No te escribo más porque no se pueden hacer tantas cosas maravillosas al mismo tiempo. Pero una última cosa más sí: gracias por haber titulado el disco *Motel Trinidad*, a sabiendas de que esto del motel apenas existe en la cultura nuestra. Pero es que lo haces sentir con tanta gracia y ternura eso de que el amor lo puede llevar a uno incluso al colmo de la incomodidad y a la más húmeda y fría y feliz sordidez. Eres tan hondo, eres tan triste, eres tan divertido, que, te guste o no te guste, ya no te escribo una línea más.

Musicalmente tuya, eso sí,

Fernanda

La siguiente es una de las contadísimas cartas que Fernanda María copió íntegramente en aquel cuaderno del que me envió fotocopia. Me imagino que lo hizo porque hacía muy poco que le habían robado años de nuestra fiel y entrañable correspondencia y, ante el temor de una nueva pérdida, la reprodujo de principio a fin con esa caligrafía tan suya, entre nítida y ordenada y veloz y catastrófica. En fin, ahí va esa respuesta mía, llena de una alegría tan grande como le produjo a ella la recepción de aquel nuevo fruto de mis andanzas y cantares.

Fernanda María fabulosa y grandaza,

Veo que mi disco te puso la bandera al tope, como te corresponde en tu calidad de amiga que me perdonaría hasta que me casara con otra mujer y te nombrara testigo por lo civil, lo penal, lo militar y lo ocular. En fin, si te despachas con cuchara grande con mi *Motel Trinidad*, peor tantito, por aquello que los gringos llaman higo y que ha hecho de la Argentina un país tan necesariamente grande en su geografía, ya que hay que darle cabida a tan tremendo y freudiano higueral, repleto además de angustia psicoanalítica, sin duda alguna porque más al sur, Patagonia abajo, como quien dice, los espera *le néant* del fin del mundo congelado. En conclusión, mi ego está que sobrepasa los límites de la mayor de las islas Baleares y empieza a proyectarse hacia las Ibizas y las Menorcas, las Cabreras y Formenteras.

Te oprime con un abrazo sostenido, al tiempo que te estruja y apachurra tu ínfimo en Xpo. y capellán.

Juan Manuel

Berkeley, 2 de febrero de 1982

Mi adorado Juan Manuel Carpio,

No sé cuándo te llegará esta carta con tanto ir y venir de Palma a París. Pero me gustaría que te llegara rápido, por dos razones. Una, que pronto tendré que viajar yo también. Parece que la mamá de Enrique sigue grave en Chile y está reclamando a sus nietos. De manera que el viaje se hace ya inevitable. Saldré con los niños a fines de este mes. Con mil temores de que quieran acapararnos allá, pero pensando que es una injusticia saber la gravedad de la pobre señora y tener aquí a sus únicos nietos asoleándose en California. Se supone que estaría en Chile más o menos un mes. Camino al sur, pasaremos dos semanas en San Salvador para ver a mi familia (el peligro directo, para nosotros, ha pasado por completo, y además me interesa ver con mis propios ojos cómo va mi pobre paisito), de manera que estaremos llegando a Chile a mediados de marzo. Me parece bien pronto, y no deja de asustarme. Ojalá sea un buen viaje.

Bueno, no dejes de escribir. Si puedes hacerlo antes de que salga a este horrible viaje, será muy alegre siempre saber de ti. Estaremos aquí todavía todo febrero.

Tu disco sigue y sigue sonando en esta casa de música.

Te quiere cada día más y más,

Tu Fernanda

California, todavía un ratito más. 18.2.82

Mi queridísimo Juan Manuel Carpio,

Tienes razón y así lo he sentido también, que al dejar esta linda, soleada, pacífica tierra, que ha sido buena, tranquila y solitaria para mí, dejo en cierta manera tu casa, tan parecida a la mía, siempre llena de música, de nostalgia y de soledad. No sé cuándo nos encontraremos otra vez. Tampoco sé a lo que voy, ni por qué, para decir la verdad. Pero de alguna manera este reposo tan necesario se ha terminado. Ha sido tan bueno para mí que a veces pienso que esta soledad es mi verdadero aire de vida, y que en este aire estoy bien. Siendo tan torpe con los contactos habituales.

Pero, en fin, a lo habitual volvemos. Cediendo hasta el fin a todas las presiones. Y pienso que por eso no estamos juntos. Los dos lo hemos respetado todo de una manera increíble. Nunca nos hemos permitido presionar al otro. Por temor, por respeto, por amor, por todo lo que tú eres y yo amo en ti, como una presencia tan cercana, como un espejo que sólo conoce mi más bonito yo. Y es por amor también a ese bonito yo que no he hecho presión en tu vida en momentos en que quizás un leve peso hubiera cambiado la balanza a favor nuestro. Ni tú ni yo nos hemos atrevido a ser ese peso.

Sea como sea, te quiero para siempre y eso ya es algo.

No sé si te veré pronto. Créeme, Juan Manuel, que nada en esta vida me gustaría como verte muy pronto, encontrarnos incluso antes de que esta carta llegue a tus manos. Pido imposibles, lo sé, y no voy a insistir para no desesperarme y que los niños lo puedan notar.

Y sin embargo, sigo: creo que por esa cita misteriosa que me gustaría tener contigo sería capaz incluso de retrasar mi llegada a Santiago. ¿Será todo eso pura locura, tú crees? ¿Será posible que los dos nos encontremos siempre con manos más urgidas que las nuestras, más posesivas y más exigentes?

Creo que la vida nos dirá eso. Por suerte, todavía confío en la vida y esa confianza me salva de mucho.

Además, confío en que todo lo que suceda entre nosotros será bueno, y eso me da una gran tranquilidad.

Te abrazo y te beso, buenas noches por hoy y hasta no sé cuándo,

Tu Fernanda María

La suerte nos acompañó y mucho, aquella vez, a Fernanda y a mí, porque justo cuando estaba leyendo su carta sobre el viaje a Chile y la escala en El Salvador, recibí una muy correcta oferta para cantar en un hotel de la ciudad de México. Nada más lógico, pues, que improvisar una pascanita en el Distrito Federal, con niños y todo, para que a Fernanda no se le complicaran aún más las cosas. Linda, Mía creo que lo adivinó todo en el momento mismo en que descolgó el auricular, allá en Berkeley, y escuchó mi voz.

—¡Genial, Juan Manuel! ¡Genial, genial, y genial! ¡Y lo más alegre que he oído en muchas muchas lunas!

—¿Sabes que me gustaría que Enrique lo supiera? Preséntaselo, si quieres, como un picnic de unos cuatro o cinco días, con carpas en el Zócalo, con tamales y tacos y Coca colas y huevos duros. Pero me siento mejor sabiendo que está enterado hasta de que los chicos harán esa escala antes de la escala en El Salvador y que todo ello retrasará la llegada del clan del Monte Montes unos días más.

—La verdad, Juan Manuel, tu idea me gusta. Me parece correcta y limpia. Pero no sé cómo va a reaccionar Enrique, sobre todo por aquello de la gravedad de su madre.

—Te juro, Mía, que con todo el cariño y respeto que siento por él, a mí aquello de la gravedad de su señora madre me suena a tongo, a trampa que les ha tendido a ti y a los niños para arrastrarlos hasta Chile y tenerlos a su lado. En fin, no sé qué decirte, Mía, pero digamos que es la gravedad menos grave que he logrado imaginar en mi vida. Pero bueno, el tiempo lo dirá. Yo, en todo caso, los estaré esperando a partir del primero de marzo, en el Gran Hotel del Centro. Creo que queda en una calle llamada 17 de septiembre, pero en todo caso está a pocos metros del Zócalo y cualquier taxista los llevará. Pero avísaselo a Enrique, por favor.

—¿Tú cómo crees que lo tomará?

—Actuará como los amigos deben actuar con las mujeres que aman o amaron a sus amigos.

—Yo pertenezco a la primera categoría.

—En eso y en todo, Mía. O sea que nos vemos en México lindo y querido antes de que el tren silbe tres veces. Lo tendré todo reservado y listo.

—Y los niños serán felices en el bosque de Chapultepec y en el Museo de Antropología. Y yo escuchándote cantar cada noche.

—Y también yo seré feliz cada noche, pero cuando termine de cantar y los niños ronquen suavecito en la habitación de al lado.

Y así fue todo en la Ciudad de México. Tan perfecto como aquel inolvidable fin de semana con los niños, en Cuernavaca, cantándoles viejas nanas españolas, a veces, volando cometa, otras, hartándonos de tacos y enchiladas, matándonos todos de risa con los payasos de un circo tan pobre que de pronto el prestidigitador negro salía teñido de rubio y era el rey del trapecio alemán, Herr Boetticher, y unos minutos más tarde el domador ruso Vladimir Popov, e incluso al final se dio el lujo de perder raza, sexo y nacionalidad, para convertirse en la abominable mujer con barba del circo y de mentira.

Después, de regreso al Distrito Federal, y camino a otro aeropuerto más, para más adioses, Mía y yo vivimos la única despedida no triste de todas cuantas nos correspondieron en tantos y tantos años de vernos y de tener que dejar de vernos. Y es que los niños estaban encantados conmigo y yo con ellos y ahora el viaje para ellos iba a seguir igual de feliz en El Salvador, donde iban a volver a ver a los abuelos, a los tíos y a las tías, e igual de feliz iba a seguir también cuando llegaran donde papi, a Chile, donde eso sí, desgraciadamente, la abuelita paterna que iban a conocer se hallaba delicada de salud. Todo esto, para qué negarlo, si además es cierto que habla bastante bien de nosotros, hizo que Mía y yo nos despidiéramos, casi diría que encantados de la vida. En fin, el par de imbéciles que fuimos siempre en todo lo de nuestro amor y en lo del debido respeto a los demás, a sus caprichos y sentimientos, a sus virtudes y defectos, a sus exilios y borracheras, a sus porta-

zos y hasta a sus botellazos en la cabeza. Definitivamente, Mister David Herbert Lawrence, los
elefantes, esas gigantescas bestias, esos tremendos
mastodontes, son lentísimos de domesticar.

San Salvador, 15 de marzo de 1982

Juan Manuel Carpio, mi amor,

¡Qué falta me has hecho en estos días!
Fueron tan lindos y llenos de cosas los días
de México. Me han dejado en limpio el recuerdo de ti tan fuerte y grande que me
sonrío sola al sentirte cerca aún.

Aquí mi familia está bien. Los de la casa
siguen tan extrañables y acogedores, el
mar tibio, las ostras ricas, el aire delicioso,
los collares de conchitas enternecedores.
Mis árboles han crecido. Me ofrecen comprar la casa. No sé. En todo caso, nos que-
daremos todo el mes de marzo y se verá.
Me harán falta tus cartas en este tiempo.
Escribe, si puedes, a: 189 Pasaje Romero.
Colonia Flor. San Salvador.

Como siempre, en todo hay algo que se
logra y algo que falla. Mi encuentro con la
familia, excelente, en cambio mi amiga
Charlotte y su marido abandonaron el país
la semana pasada y con ellos Fabio, otro de
mis más extrañables amigos de infancia. De

manera que no veré casi amigos. Además, las bombitas, los disparitos y los muertitos siguen. O sea que salir es difícil. Sin Charlotte, Yves, su marido, Fabio (mi compadre, ¿te acuerdas?) y Clara, mis mejores amigos, salir no tiene gracia.

Pero ha ocurrido algo mucho peor por dentro de mí, al volver aquí, amor mío. Algo que quiero contarte, porque tú siempre me has ayudado a sentirme fuerte como Tarzán, pero de golpe como que se ha producido un descalabro en la selva y Tarzán se encuentra muy solo, totalmente arrinconado, acobardado, no se atreve a colgarse de una liana, ni siquiera a arrojarse al agua del río, por temor a los cocodrilos, que además están en las calles, en las casas, en las miradas de las personas, agazapados en cada esquina de la vida de este país.

Todo pasó así, mi amor, mi Juan Manuel Carpio, mi amado amigo. Llevé a Rodrigo a ver una película de Tarzán, una de las clásicas, de las de Johnny Weissmuller, de las más viejas, de cuando tú y yo éramos niños. Y no sé por qué me dio tanto miedo cuando apagaron la luz. Me dio un miedo muy muy fuerte que parece que no se me va a ir nunca más.

Ni siquiera pude entretenerme con las aventuras para niños de la película. Sólo miedo pude tener, y mucho, demasiado.

Pero lo peor vino a la salida, mi amor. Porque yo estaba tratando de que Rodrigo no se diera cuenta de nada, de que yo temblaba, de que me moría de miedo de estar en mi país, de estar con él en un cine y luego en una calle cualquiera de la ciudad, y en plena luz del día. Sí, yo estaba haciendo un esfuerzo realmente enorme para que Rodrigo no se diera cuenta absolutamente de nada, cuando lo oí preguntarme si Tarzán tenía amígdalas. Y cuanto más no le respondía yo, porque se me habían trabado la lengua y la garganta, porque la vida entera mía luchando por aquí y por allá se me había trabado en la lengua y la garganta, más me preguntaba él si Tarzán tenía amígdalas, por fin sí o no mamá, pero contesta.

Desde entonces me he encerrado en la sala, no como, y sólo oigo tu disco *Motel Trinidad*, que llevo conmigo por donde voy. Y sólo pienso una cosa, mientras lo escucho. Ir a México a encontrarme contigo, por más que se lo avisara a Enrique, ha sido trampear un poquito. ¿Será entonces ésa la magia? ¿Saber trampear un poquito y saberlo hacer a tiempo? En todo caso, hoy, bajo la enramada que cubre íntegro el gran ventanal de la sala, bajo este sol que adivino afuera, frente a aquel mar al que ya no quiero ni puedo ir sin ti, y con este airecito triste y negro que se me ha metido en la sala, te abrazo y te beso y como en la canción mexicana *quisiera ser solecito para entrar por tu ventana.*

Mi país, mi horrible y destrozado país. Tú, en todo caso, nunca más me vuelvas a llamar Tarzán, porque no lo soy. Y si me creí, gracias a un tiempo de californiana serenidad, en el que tu amor jamás me faltó, alumna aventajada de un gimnasio de Tarzanes, hoy, como diría tu venerado poeta y compatriota César Vallejo, refiriéndose a sus huesos húmeros, hoy a mí las amígdalas a la mala se me han puesto. Y ya tú sabes todo lo que una amigdalitis puede ocasionarle a Tarzán en plena selva: desde que se lo trague un león, hasta un honor, un orgullo y unas convicciones muy firmes, todo definitivamente perdido para siempre.

En mi nueva vida de mujer débil, me queda una cosa fuerte e inmensa: Te quiero, Juan Manuel Carpio, cantautor y amigo. Compañero. Gracias por México, y perdóname por abandonar el gimnasio, pero fíjate tú que no me preparó para volver a mi país, ni de visita, siquiera, entre tanta bombita, tanto amigo muerto o desaparecido, por la derecha y por la izquierda, y por delante y por detrás y por el norte, el sur, el este y el oeste de mi fragilísima salvadoreñidad.

Rodrigo, que anduvo con amigdalitis no hace mucho, me ha dado una tremenda lección. Un sólo detalle suyo bastó para que yo aprendiera un millón de cosas acerca de mí. La más nimia e infantil de sus preguntas me colocó tamaño espejo de cuerpo entero y me hizo verme tan flaca y demacrada, pero de golpe, porque en México no estuve ni siquiera delgada o pálida y me sentí bien bonita. En fin, todo esto me hace recordar que ese niñito (¿?) pronto va a cumplir ya los diez años.

En esta carta no me despido de ti, Juan Manuel Carpio.

Me encuentro demasiado débil y te tengo además en tu disco, tan fuertemente cuidándome.

Santiago, 12 de abril de 1982

Mi queridísimo Juan Manuel,

Al fin llegamos a Chile, el pasado martes. A pesar de todo, a pesar de tantos pesares, me costó muchísimo irme de El Salvador. Y aunque aún no lo sé a ciencia cierta, en definitiva puede ser que haya hecho mal en venir. Sólo llevamos una semana aquí y ya tengo una depresión enorme y una tremenda sensación de desperdicio. Haber viajado tanto para no querer estar aquí. Me siento muy imbécil.

Tal como lo sospechaste, la mamá de Enrique no está grave para nada. Más bien se pondrá grave cuando nos vayamos.

Y a todo esto recién ha pasado una semana aquí. De mi amiga Gaby Larsen no he sabido nada. Voy a tratar de llamarla por teléfono. Me muero de ganas de ver a alguien que me dé ánimo. Ahora que te escribo estoy con los niños en la Plaza de Armas, en el centro de Santiago, aterrada de la vida que manejo tan mal.

No veo dónde podrás escribirme, con lo bien que me harían tus palabras.

Por dicha, en El Salvador mi relación con la familia, con la poca que me queda en el país, fue exccelente. Y tú no puedes imaginarte lo maravillosos que fueron cuando me ocurrió lo de la amigdalitis y me encerré en la sala para morirme escuchando tu último disco. Me entendieron a la perfección, y fueron de una discreción poco común en nuestros países. Simple y llanamente adivinaron que ya yo no sería capaz de lanzar un solo alarido más cn la vorágine que es mi vida, que acababa de huir aterrada de la selva y de sus animales, de sus árboles, sus ríos y de sus lianas, y que amaba a ese señor cuya voz salía incesantemente de un disco al que había acudido como un náufrago a una boya.

Y ahora no entiendo por qué demonios tenía la obligación de venir a arreglar no sé qué para lograr una separación decente y amistosa, algo que es tan imposible casi siempre.

Por favor, abrázame en tu pensamiento y ojalá pueda yo sentir tu abrazo, que siempre me hace tanto bien.

En cuanto tenga una dirección posible te escribo las señas. Tal vez Gaby llegue pronto y ella tenga una dirección. En todo caso, a veces creo que soy la mujer más imbécil del mundo.

Te abrazo y te beso,

Fernanda Tuya

PS. ¡Juan Manuel! Me puedes escribir a: Correo Restante. Correo Central. Plaza de Armas. Santiago. Chile.

Estaba parada aquí dclante del edificio y ni cuenta me había dado. ¡Mira qué brillante idea! Ya me alegré bastante con eso.

Santiago, Plaza de Armas,
3 de mayo de 1982

Mi queridísimo Juan Manuel,

Hoy vine al correo central y encontré tu carta cuya sola existencia me alegró mucho. Y al leerla me alegré más todavía de saber que estás bien, luego de tu gira mexicana, recuperando fuerzas y paz.

Sigo escuchando y escuchando tu *Motel Trinidad*. Cada día lo encuentro mejor, hilvanado con hilos de oro. El título de cada canción y la manera en que se integra al texto es genial, como que levanta el relato de cada estrofa con puntuación de magia. Lo encuentro lo mejor tuyo que he oído hasta hoy. Y que Luisa me perdone.

En cuanto a mí, básicamente estoy bien. Los niños por dicha están hechos de un material inquebrable e inoxidable. Es una suerte increíble el que se mantengan limpios y lindos en medio de tanto cambio, y sus ojos siguen llenos de las mismas estrellas que tú viste en México.

Te escribo muy rápido, y es que debo volver a casa de los padres de Enrique. Recibe un millón de besos de tu

Fernanda

Santiago, 10 de junio de 1982

Querido Juan Manuel Carpio,

Te asomas corriendo a la plaza, sin fallar nunca, fuera de aliento.

Yo también recibo furtiva tu beso y a mi vez sigo corriendo. Pronto te escribiré cartas más reposadas desde el calor del jardín de mi mamá.

Esta semana nos vamos. Si te he contado poco, perdóname. Créeme que la prisa ha sido real, como todas tus palabras también son reales. Los niños andan aquí corriendo por los pasillos del correo y debo despedirme.

Gracias por tu prisa y puntualidad en llegar siempre a nuestras citas.

Besos y abrazos,

Fernanda María

San Salvador, 23 de julio de 1982

Queridísimo Juan Manuel, siempre un poco mío, por dicha, por milagro.

El último saludo tuyo lo recibí en Santiago. Te asomaste corriendo a la Plaza de Armas y pude recibir tu abrazo antes de salir corriendo yo en mil prisas, prometiéndote una carta más calmada desde la casa de mi mamá.

Esa calma no se ha dado.

Para comenzar, la casa no está en calma. Mi mamá la alquila desde hace quince años y parecía que iba a poder vivir allí para siempre. Ahora, con las nuevas leyes, crisis económica, etcétera, el dueño quiere venderla y su comprador sería un ingeniero que la botaría para hacer no sé cuántas casas. Vamos a tener que ver cómo se arregla eso. Ojalá, pero no sé cómo.

Luego, yo no estoy en calma. Tú sabes que, en general, no soy dada a las angustias existenciales, y que he andado por este mundo bastante despreocupada, hasta alegre, diría. Pero desde que me fallaron las amígdalas tengo miedo de todo, mi amor. Del futuro, del presente, y del pasado que me parece un suelo fangoso. No sé ni por dónde comenzar. El país está espantoso de triste, feo, pobre, temblores, lluvia, y así me siento yo también. Perdona que te hable de angustias. No me gusta sentirme así. Menos todavía me gusta hablar así. Pero sé que me perdonarás. Por dicha algunas seguridades y convicciones me quedan. Cuánto quisiera sentir un poquito de la alegría que tuvimos en México.

La partida de Chile fue tristísima. Pienso que sólo muriéndome podría enderezar este enredo. Aunque estar en San Salvador, ahora y así, parece ser lo más cerca que hay a morirse y no irse al cielo.

Por tu lado, me alegro mucho de que hayas terminado comprándote la casa en Menorca, para encerrarte y escuchar y componer música, que es lo que a ti te ha gustado y ayudado siempre. Al Perú siempre podrás ir y venir, sobre todo ahora que ya empiezas a ser conocido y reconocido internacionalmente. Si supieras la cantidad de gente que me habla de tu último disco aquí, en este bombardeado rinconcito último del mundo, y sin saber siquiera que nos conocemos. Y a cada rato se escucha una canción tuya por la radio. Yo feliz, por supuesto.

Por lo que te conté al empezar, casi deseo ahora que esta carta se pierda en el correo y te llegue mejor otra carta menos triste. Pero te la mando porque me gusta hablarte y lo necesito. Aunque claro que me gustaría hablarte de cosas más lindas y no fastidiarte así.

Una cosa buena sí te puedo contar. Nadie de nosotros se derrumbó con el terremoto. Yo estoy con los niños en casa de una tía que anda de viaje en Europa y que es grande y sólida como Gibraltar, tanto la casa como la tía, pues sólo se rompieron unos cristales y unos jarros precolombinos, lástima. Pero la casa y nosotros intactos, fuera de mi derrumbe interno que tendré que ver cómo lo compongo.

Los niños ya están en el colegio y supongo que un primer paso de mi parte sería buscar un empleo. Pero no he querido ver a nadie todavía. Tal vez la semana próxima, cuando realmente esté convencida de que me quiero quedar aquí, de que puedo hacerlo, en fin, de que de una manera u otra me voy a quedar con mis hijos en mi país.

Es duro, sabes, comprobar que todas tus hermanas se han ido con ánimo de no volver más que de visita y cada vez menos. Y lo mismo tus amigos más queridos. A veces ni mi mamá ni yo sabemos dónde está cada una de mis hermanas, aunque por si acaso te aviso que la Susy sigue manteniendo el lindo departamento de la rue Colombe.

Bueno, mi amor, qué carta tan rara me salió. Te abrazo mucho, me abrazo de ti, tu recuerdo me abraza con ternura y amor, y te agradezco que me hagas sentir siempre tu grande y dulce amistad y ternura.

Tu Fernanda

Flor a secas, las cartas, y los años

"¿Será entonces ésa la magia? ¿Saber trampear un poquito y saberlo hacer a tiempo?", me preguntaba, como quien se lo pregunta a sí misma, Fernanda María, en la única carta que me escribió después de nuestro maravilloso encuentro en México, ya de paso por El Salvador y rumbo a Chile. Claro que aquélla era la misma carta en que me contaba hasta qué punto Tarzán atravesaba una profunda crisis, una verdadera *amigdalitis*, según su propia expresión, y cómo de golpe y porrazo bastó con que su hijo Rodrigo le hiciera una típica pregunta de niño, sobre el Rey de la Selva y sus amígdalas, para que ella se descubriera totalmente indefensa, psíquica y físicamente abatida y desarmada en medio de una jungla interior y exterior.

Definitivamente, ése era el momento en que yo debía actuar, en que debía sugerirle a Fernanda que alargara su visita a San Salvador, dándome así la oportunidad de realizar algunos cambios en las fechas de mis compromisos laborales y de conseguirme, falsa o verdaderamente, unos cuantos conciertos y grabaciones, allá en tu tierra, mi amor, para que de una vez por todas aprendamos a trampear un poquito más y mejor, para que repitamos el goce y la magia de nuestro encuentro en México, pero ahora más a fondo y más clara y audaz y abiertamente, Mía, o sea ahí en tu propia ciudad y entre aquellos familiares y amigos de los que tanto me has hablado, a lo largo de años. Créeme que todo, absolutamente todo, Mía, queda cien por ciento justificado por el hecho real de que te hayas sentido, de que te sientas tan mal, por tu imperiosa necesidad de reposo y tranquilidad, esto cualquiera en el mundo lo puede entender y estoy seguro de que te bastará con hacerle saber a Enrique que no te queda otra alternativa y que realmente deseas que lo de su mamá no se agrave más, para que a pesar de este tremendo y tan inoportuno percance, los chicos y tú puedan llegar a tiempo y...

Pero bueno, aún no había terminado de imaginar mi estrategia completa, mi trampita mexicana, ampliada y perfeccionada, cuando ya me estaban llegando las primeras noticias que Fernanda me envió de Chile. Maldita sea. Una vez más, nuestro *Estimated time of arrival*, nuestro dichoso E.T.A., nos había jugado una mala pasada, y en esta oportunidad sin que ella se enterara siquiera, pues para qué contarle nada ya si acababa de abandonar El Salvador. O sea que rompí aquella carta inconclusa y, en su lugar, opté seguramente por escribirle una muy distinta. Lo deduzco ahora por las noticias que siguieron; en fin, por las dos o tres cartas que Fernanda María logró escribirme desde Santiago y las que me envió más adelante, de regreso nuevamente a San Salvador, aunque entre éstas hay una, fechada el 23 de julio de 1982, que tiene un parrafito que realmente se las trae:

> La partida de Chile fue tristísima. Pienso que sólo muriéndome podría enderezar este enredo. Aunque estar en San Salvador, ahora y así, parece lo más cercano que hay a morirse y no irse al cielo.

Porque bueno, ¿qué diablos quería decir todo aquello, así, de buenas a primeras?, ¿qué demonios significaba tan repentina confesión, a esas alturas?, ¿a qué santos esa especie de tardío arrepentimiento, de pronto?, ¿me incluían o me excluían por completo, aquellas palabrejas? Pues yo diría que más bien lo segundo. Sin embargo, ahí estaban, de su puño y letra, y nada menos que en la primera carta que Fernanda María me escribió recién llegadita de Santiago. Como para volver loco a cualquiera, la verdad...

... Porque resulta que ahora, y así, de repente, la bendita partida de Chile había sido tristísima. Y estando en el mundo yo, además. ¿Acaso no se había quejado Fernanda de lo mal que la pasó en Santiago, prácticamente desde que bajó del avión? Pues bien que se había quejado, y no sólo eso, sino que desde el primer instante se dio cuenta de haber caído, como una verdadera idiota, en la trampa que Enrique les había tendido a ella y a los niños para tenerlos a su lado, tal como yo sospeché y se lo anticipé también, mucho antes de su partida. La madre del araucanote jamás había estado grave, ni siquiera enferma, más bien todo lo contrario: la doña estaba requetefeliz de haber conocido a sus nietecitos y, como si las cosas fueran así de fáciles y naturales, de buenas a primeras decidió que lo único que deseaba en esta vida es que se quedaran para siempre a vivir con ella en Santiago. Y con o sin el esqueleto centroamericano y pelirrojo y seguro que comunista este de su madre. En fin, que se había armado el enredo del siglo, ahí en Santiago, y ya sólo faltaba que la araucanota madre terminara enfermándose de verdad y hasta de muerte, esta vez sí, debido a la rabia y la tristeza de ver a sus adorados nietecitos arrancándose nuevamente rumbo al Salvador, para luego, desde ahí, sabe Dios adónde ir a parar con la bolchevique esta de mi nuera y otro gallo cantaría si Pinochet se enterara, cómo no, claro que sí.

Sin embargo, Fernanda María se refirió a aquella despedida como algo tristísimo y hasta llegó a pensar en su muerte como única solución a tan maldito e interminable embrollo. Yo, en cambio, había estado pensando sólo unas semanitas antes que había llegado el momento de aprender a trampear de a de veras, lo cual en resumidas cuentas significaba recrear sin remordimiento alguno la magia de nuestro encuentro mexicano, caiga quien caiga y aunque tengamos que mentirle a media humanidad, empezando por Enrique, dicho sea de paso, mi querida Fernanda. ¿O es que a estas alturas del partido aún te sientes incapaz de soltar una que otra mentirita en favor de nuestra causa? Sí, ya lo creo que el pobre sufrirá mucho, y no sólo eso: además estoy convencido de que centuplicará la dosis diaria de vino y whisky. Y es que el alcohol es un amigo muy alegre pero sólo cuando le ganamos la partida, lo cual, seamos sinceros, Mía, no ha sido nunca el caso de Enrique. El trago para él es un monstruo tenebroso y nefasto que hace mucho tiempo le ganó la partida y le mostró su feo rostro. Ésta es la única verdad, mi amor, y créeme que siento en el alma tener que cantártela a ti, y con todas sus patéticas palabras, pero es que me parece que ya es hora de que vayas sacando la cuenta de la tira de años que han pasado desde que Enrique se dejó caer en ese hoyo.

¿Cómo que no fue siempre así, Fernanda?, ¿cómo que tu señor esposo no ha sido desde tiempos inmemoriales un verdadero especialista de la pena embotellada? Por supuesto que lo ha sido. Y tanto que, a fuerza de sufrir y beber, ni come ni deja comer, porque la verdad es que cuanto más se hunde él en su selva oscura, menos gozamos tú y yo de la vida y más nos vamos acostumbrando a las viejas espinas. Y mira, mi tan querida Fernanda, sí, mira y escucha: aprovecho la ocasión para recordarte, con tu venia, que ya ambos bordeamos el célebre *mezzo del cammino di nostra vita*, que fue cuando al propio Dante

Alighieri se le torcieron infernalmente las cosas. O sea que a engañar, a mentir, a trampear, mi querida Fernanda, porque, o reaccionamos y volvemos a encontrar *la diritta via*, o terminaremos metidos de pies a cabeza en *questa selva selvaggia e aspra e forte, che nel pensier rinnova la paura...*

...Sí, en este instante lo recuerdo clarito: fue justo entonces cuando tuve que cerrar mi edición Biblioteca Universal Rizzoli de la *Divina commedia* y entregarme por completo a la nueva y profunda sensación que las palabras de Fernanda acababan de producir en mí, mientras intentaba leer a Dante y al mismo tiempo encontrarle una solución a nuestra honestidad a toda prueba. Un infierno me llevaba al otro, la verdad, pues justo cuando yo intentaba imaginar nuevamente verdaderas estrategias para salvar nuestro amor, Fernanda María me salía desde El Salvador con que abandonar Chile esta vez le resultó tristísimo. En fin, todo un golpe bajo, por decir lo menos...

... Pero bueno... A lo mejor no... A lo mejor se trata de frases que no han sido escritas contra mí, que ni siquiera me excluyen en lo más mínimo de la vida y los sentimientos más reales, más completos y profundos de Fernanda María... Sí, por ahí van los tiros, sin duda: las palabras tan duras y tristes de Mía sólo podían explicarse situándolas dentro de un contexto mucho más amplio y complejo que yo debía ser capaz de imaginar muy fácilmente y que no sólo la incluía a ella. En realidad, Fernanda María casi se había limitado a describir, con muy lógica pena, la enésima separación de los niños y su padre, agregándole, por supuesto, una nueva separación, tal vez definitiva ésta, de sus abuelos paternos, también un nuevo viaje inútil, en lo que a su situación personal se refería, y sabe Dios cuántas cosas más.

En fin, que por más que uno cuente y se cuente, y por más que uno se confiese y hasta se vomite, página tras página y tras página, aún no ha nacido la persona en este mundo capaz de mostrarnos todas sus cartas por carta, ni siquiera en la más extensa e íntima de las correspondencias. Por ello, sin duda alguna, Fernanda María sólo pudo expresarme parcial y circunstancialmente su partida de Chile. En cambio ella y yo éramos totales y esenciales, el uno para el otro, aunque a veces el mismo correo que nos mantenía informados nos impidiese contar íntegramente un momento de nuestras vidas, o dos o tres o mil. Con lo cual ni qué decir del conciso, desteñido y borroso fax —que además se borra del todo con el tiempo— en el cual incluso lo epistolarmente parcial queda suprimido por completo, empezando por el sobre, con lo mucho que ello implica de color, de geografía, de climatología, de filatelia, de horizontes lejanos, de memoria y de olvido, de penas y tristezas, de amistad y de amor, de paso del tiempo y de veinte años no es nada o, en el peor de los casos, es sólo fiel correspondencia.

En fin, qué más se puede decir acerca del fax, guillotina de la carta, silla eléctrica incluso de lo epistolarmente parcial... Bueno, sí, algo me queda por decir —aunque más que nada por asociación de ideas y de progresos sólo técnicos, una pena, claro— y es que, con gran elegancia, y antigüedad es clase, Fernanda María y yo jamás incurrimos en fax, y la única vez que le envié un correo electrónico, sólo por probar mi nueva computadora, ella me repondió furiosa, desde la oficina en que trabajaba, instándome a que colgara en el acto ese teléfono *light*.

Pero bueno, yo, que entonces aún no me había planteado ninguna de estas cosas de la vida y la correspondencia y andaba realmente sorprendido y muy dolido por lo de Fernanda María al abandonar Chile, opté por un mutismo epistolar vengativo y de muchos meses, lo recuerdo, aunque nada le dijera nunca a ella acerca de sus verdaderas razones. Además, le inventé una interminable gira de conciertos por Guinea Ecuatorial, o sea algo realmente imposible, creo yo. De todo esto me acuerdo con toda claridad, pero además tengo aquí sus cartas de aquellos meses, en caso de que me falle la memoria, ya que por esta época hacía un rato que Fernanda había perdido todas mis cartas en aquel asalto del que fue víctima en Oakland, California, y la fotocopia del cuadernillo que me envió se había detenido para siempre en el tiempo, con los trozos de mis respuestas a sus cartas que a ella más le gustaban.

San Salvador, 23 de agosto de 1983

Mi queridísimo Juan Manuel,

Sigo sin noticias tuyas. El correo está lentísimo.

Es como vivir en los tiempos en que las cartas iban por barco, primero, y después por mula. Espero que de alguna manera y en algún lugar te hayan llegado mis cartas, sobre todo ahora en que cada día te me vuelves más internacional y viajero. Tal vez no estés en Menorca estos días, aunque siendo verano en Europa me extraña que no te hayas tomado un descanso de tanto trote en tu nueva y aislada residencia, nunca mejor dicho. Qué ganas de saber de ti.

Hoy tuve una gran alegría al enterarme de que Charlie Boston está aquí de vacaciones. El martes voy a ir a verlo al mar, donde su familia tiene una linda casa de veraneo. Espero que Charlie me cuente algo de ti, pues sin duda anda más al corriente que yo, gracias a nuestra banda internacional de amigotes. Te sigo escribiendo al regresar de Santa Ana.

Ya volví. Charlie tampoco tiene noticias tuyas. Dónde se me metió mi amor. Charlie dice que lo más probable es que andes de gira veraniega por España y el sur de Francia, de sala en sala de fiestas y esas cosas que a mí me matan de celos.

Con los días ya me estoy acostumbrando mejor aquí. En realidad ha sido mejor no encontrar trabajo tan pronto. Así tengo tiempo para ir llegando poco a poco a este ritmo de vida tan alejado de las prisas de otros lugares.

Lo de mi mamá se resolvió muy bien porque se va a ir a pasar un tiempo en California con mi hermana María Cecilia, y a su regreso buscará una nueva casa de alquiler, más acorde con los tiempos que corren. Además, para entonces ya estará aquí la Susy, que en diciembre tendrá un bebe parisino y después se viene a pasar una temporada aquí con compañero incluido. Como ves, la gente no cesa de moverse.

Ojalá pronto recibas ésta. Cuéntame de tu verano.

Te abrazo mucho,

Fernanda

San Salvador, 28 de septiembre de 1983

Muy querido Juan Manuel,

Extrañada estoy, y triste, porque no me has escrito. Espero que no te esté pasando nada malo. ¿Recibiste mi dirección?: 34 Calle San Andrés - 1106. San Salvador.
¿Cómo estás? Por favor.
Tuya,

Fernanda

Sólo una anotación, o mejor dicho una constatación, a la cual ya debo haberme referido anteriormente, estoy seguro, pero es que hasta hoy me resulta sorprendente. Jamás he conocido una persona que se mudara tanto como Fernanda María. Las agendas que he tenido a lo largo de los años dan fe de ello. Y bueno, creo que también debo mencionar la vergüenza y la pena que aún siento por no haberle respondido una vez más a Mía. Me imagino que lo de su tristeza chilena continuaba afectándome, pero en todo caso ahí va esta carta suya:

San Salvador, 30 de octubre de 1983

Mi queridísmo Juan Manuel,

Pasan los días y sigo sin noticias tuyas. A veces me preocupo y pienso que algo te ha pasado. A veces me da cólera y te mando a la mierda. ¿Qué será lo que pasó? No puedo creer que ya no tengo tu amor y tu amistad. Me parece tan horrible. A lo mejor te enamoraste y te casaste, o caíste enfermo, o quizás hasta muerto estás. Sea como sea, tu ausencia me pesa. Ojalá muy pronto sepa de ti.

A mí me va mejor. En enero me han ofrecido clases en la universidad, en el rectorado. Por ahora, clases de inglés y francés en un colegio de monjas.

¿Sabes lo que supe hace dos días por mi mamá? Que al salir del bachillerato en Estados Unidos la directora del colegio la llamó para decirle que tenía beca disponible para mí, para cualquier carrera universitaria en Berkeley, Stanford, la Universidad de California en Los Ángeles y qué sé yo qué larga lista más. Ella ya ni se acuerda, en todo caso. Y además no aceptó ni me dijo nada hasta ahorita.

¡Mierda!

Cuando pienso en eso, y en nuestros casi encuentros, creo que mi vida ha sido una serie de desencuentros que esta vez me han traído aquí, casi a nada. Pero lentamente tendré que salir de alguna manera. Fíjate que cuando mi mamá me contó eso, estuve casi segura de que lo nuestro se fue al diablo. Parece ser que cada vez que me acerco a algo bueno, por algún motivo se malogra.

¡Y mierda y más mierda!

Ya me puse pesimista nuevamente. O sea que mejor te puteo de una buena vez. Eso a lo mejor me da ánimos, ¿no crees? ¡Qué curiosidad tan grande! ¿Qué te puede haber pasado que no escribes?

Te odio,

Fernanda

Y bueno, por fin:

San Salvador, 10 de noviembre de 1983

Mi querido Juan Manuel Carpio,

¡Dios bendiga las botas del cartero que me trajo esta mañana tu tan esperada carta! Si supieras mi amado amigo lo indispensable que resultas, aunque sea con tinta negra. No te imaginas lo que te he extrañado y odiado y vuelto a extrañar y a odiar. Y ahora te ruego disculparme la falta de fe y de confianza, pero la verdad es que sólo a ti se te ocurre irte a dar una serie de conciertos a un paisito africano que a lo mejor ni correo tiene, por lo que me cuentas. Bueno, la vida del artista es así, lo sé y lo entiendo muy bien y hasta te felicito porque cada vez se te conoce y escucha más, pero creo que en adelante deberías ponerme en autos, como quien dice, antes de meterte en uno de esos aviones de la Primera Guerra Mundial y jugarte el pellejo. Francamente creo que una tiene el derecho de ser avisada.

Durante tu ausencia me hizo mucha falta tu cariño, que siempre he sentido rodeándome. Tu desaparición me dejó un gran vacío. Pasan los años, pasan los lustros, pero tu amistad y tu amor significan siempre mucho para mí.

En estos días he empezado a sentirme mucho mejor de todo. En parte por tu reaparición, pero también porque siento que he regresado a mi pueblón, hundiéndome en él como nunca, viéndolo con más claridad ahora que está feo y tan gravemente herido, pueblón de mierda lleno de defectos. Me siento muy bien andando por sus calles, hablando, volviendo a escribir y a dibujar; en fin, no haciendo nada, pero no haciendo nada aquí, sí, aquí donde hasta los muertos me conocen.

Claro que con todo este revoltijo hay mucha gente que falta, que se ha ido, que se ha muerto, y otra gente nueva ha aparecido que no nos quiere mucho. Pero siempre hay algún entendimiento.

Bueno, ya estás de regreso, en estas cartas nuestras que es lo único que poseemos juntos, y que siempre me hacen sentir que mi amistad por ti es sólida como Gibraltar. Úsala siempre para lo que necesites. *Just for the pleasure of your company*, que me llena tanto. No son muchas las gentes que uno encuentra cuya presencia es tan buena, parte de uno, como tú.

Me abrazo a ti mucho, muy fuerte,

Tu Fernanda

PS. Rafael Dulanto se ha venido con su Patricia encantadora. Algo le pasa y me temo que no sea muy bueno que digamos. Dice que ya se hartó de andar de médico gringo en médico gringo, sin que nadie le encuentre nada. Yo lo veo flaco y palidísimo. Y ahora vuelve a ir de médico en médico, sólo que en castellano. Creo que le encantará recibir carta tuya. Debes escribirle. Mejor dicho, escríbele, por favor, que anda sumamente apagado y no cesa de repetir que está jodido y punto y que le traigan otro whisky y otro puro.

Amado y amigo mío,

Hoy tantas cosas me hicieron pensar en ti, que de milagro no te materializaste en la sala, sentado y sonriente en la silla más cómoda.

Uno: que Bing Crosby en Navidad siempre me ha hecho pensar en ti, no sé por qué. Debería ser Frank Sinatra, pero es Bing Crosby, lo siento.

Dos: el triste peregrinaje a la costa, a la casa familiar de los Dulanto, aunque ya no para saludar a Rafael enfermo, sino para acompañar el entierro. Rafael murió hace dos días. Pienso que no recibiste mi carta anterior —o que va con mucho retraso—, pues sé que no lo hubieras dejado sin el placer de tu saludo. En fin, el tiempo es todavía más loco que uno y toma sus propias decisiones.

Tres: esta mañana llegó a mis manos una entrevista tuya publicada en la revista de la Universidad de México, la UNAM, como se la conoce. Igual que siempre, me conmovieron tus palabras, pero debo confesarte que me morí también de celos y de envidia de la chica que salió a tu lado en las fotos.

Pero hoy, aunque te tengo tan presente, la verdad es que de nuevo no sé dónde ni cómo estás, y el globo terrestre parece que se ha inflado de tal manera que ya no te puedo alcanzar. ¿Será eso que llaman proceso inflacionario mundial?

Aunque cada palabra de tu entrevista me ha llegado tan nítida y tan bien.

Cuéntame, por favor, dónde te hicieron esa entrevista. Pura curiosidad femenina, lo confieso. Y muy malsana, además, lo cual ya no sé si es tan femenino o sólo es humano muy humano y común a ambos sexos, mi elemental y querido Watson. Por último qué. Mujer soy y con renovados bríos desde que una feroz amigdalitis me devolvió a mi realidad ultra femenina y me quitó cualquier veleidad de andar lanzándome al río a cada rato, cual Tarzán.

¡Cuéntame, desgraciado! O exige que te entrevisten sin fotos.

Bueno, si esta carta no te llega me sentiré muy sola.

Te abrazo desde la última vez que nos abrazamos. Porque eso sí que nunca se borra.

Tuya,

Fernanda

San Salvador, 16 de diciembre de 1983

Mi tan y tan querido Juan Manuel,

Ayer nomás te despaché carta y, mira tú, hoy me llega una tuya y además me llama Patricia y me comenta que tus entrañables palabras ya no le llegaron a Rafael. Te causará mucha tristeza saber que no las recibió, pero es mejor que estés enterado de todo. Patricia las ha leído y me las ha repetido en el teléfono. Las dos estuvimos muy conmovidas.

Te abrazo con deseos de que mi abrazo te llegue en Navidad y te lleve ternura y alegría. Ya verás, el año nuevo ha de ser bueno. Me lo ha dicho la luna, y eso que ella de costumbre es muy callada y gracias a Dios no cuenta chismes.

Qué pesada soy, ¿no? Pero insisto. Cuéntame quién es la chica de la entrevista, pues hora que pasa hora que la veo más jovencita. Yo diría que hasta demasiado jovencita para ti. Soy una pesada y una entrometida, lo sé. Pero siempre tuya,

Fernanda

La chica de la entrevista se llamaba Flor y estaba sentada a mi lado, no muy contenta que digamos, a pesar de que desde el primer día nos habíamos planteado nuestra relación como algo bastante libre. Nos conocimos a la salida de un concierto que di en Barcelona, y durante la semana que permanecí cantando en esa ciudad continuamos viéndonos cada noche. Yo casi le doblaba la edad, es cierto, pero ninguno de los dos veía aquello como un inconveniente, sobre todo porque nuestros encuentros consistían únicamente en larguísimas caminatas por la ciudad, interrumpidas por una comida en algún buen restaurante, y una copa en cualquier bar o discoteca que nos pescara a mano, antes de irnos a dormir, cada uno por su lado. Gracias a Flor conocí Barcelona y, la noche en que me despedí de ella en la puerta del edificio en que vivía, tomé conciencia de que en cambio a ella apenas la había conocido.

—Pocas veces me he topado con una persona tan callada como tú —le dije.

—Hablo poco, sí, pero esta vez ha sido intencional. Me limitaba a pedirte que cantaras tal o cual de tus canciones. No sé si te has dado cuenta de que siempre me diste gusto. ¿O es que sueles vagabundear y cantar de noche por las ciudades, sin que nadie te lo pida?

—No se me ocurriría, no.

—Entonces un millón de gracias. Es muchísimo lo que me has dado, y realmente la he pasado bien. Por eso he estado tan callada: para escucharte en silencio y ser muy feliz.

—También yo debo agradecerte estas caminatas tan lindas por Barcelona.

—Tú caminas con otra mujer, Juan Manuel. Eso se nota a la legua. Y de ella cantas, además de cantarle sólo a ella.

—¿Y tú cómo sabes tanto?

—Porque muchas más veces me has llamado Fernanda María; en realidad, casi nunca me has llamado Flor.

—Perdóname. Te ruego...

—Olvídalo, que no tiene ninguna importancia. En todo caso, sólo ha sido el precio que he tenido que pagar por asistir a cada concierto privado.

—Tómalo como quieras, pero a mí el papelón no me lo quita nadie.

Pocos días después llamé a Flor desde un bar, pues aún no tenía teléfono en la pequeña finca que había comprado en Menorca, muy cerca del puerto de Mahón, aunque alejada del mar y rodeada de árboles y de una tupida vegetación. La jardinería era la especialidad de Flor y yo hasta el momento ni siquiera me había tomado el trabajo de podar unas cuantas plantas y de cuidar mínimamente lo que bien podría ser un hermoso espacio lleno de flores y enredaderas.

—¿Lo crees posible, Flor? —le pregunté por teléfono.

—La idea me encanta, Juan Manuel. De tiempo en tiempo necesito descansar de la ciudad y Menorca me ha gustado siempre.

—Te llamaré por tu nombre, te lo prometo.

—Un millón de gracias, señor Joan Manuel Serrat.

—¿Cuándo crees que podrás venir?

—Pienso que en dos o tres días podré encontrar alguien que me reemplace en lo de mis plantas. No quiero quedar mal con ninguno de mis clientes. ¿Tienes teléfono?

—No, todavía no, pero puedes dejarme cualquier recado en el Bar Bahía. Ahí me llega el correo y me reciben las llamadas. Anota el número...

—Perfecto. Te llamo, entonces.

Todo floreció a mi alrededor con la llegada de Flor a Secas, un nombre que puede sonar muy literario y hasta de ficción brasileña, como Antonio das Mortes, por ejemplo, el barbudo y sombrerudo sembrador de muertes de la célebre película *cangaceira* de Glauber Rocha, de tamaña violencia y *sertão* miserable, de vidas de perro y degüellos de matadero, de sequía total, sol de justicia y subdesarrollo de hambruna, de trágicas amenazas, venganzas de apocalipsis y demás cosas así por el estilo, pero que en el caso de la preciosa Flor a Secas sólo ocultaba ternura y fragilidad, muy graves traumas infantiles, pánicos nocturnos y amaneceres de animalito herido.

—¿O sea que nunca me dirás tu apellido? —le pregunté, la mañana de verano en que aterrizó en Menorca, mientras nos alejábamos del aeropuerto en mi automóvil, rumbo a aquel predio rústico en el cual la única mejora que hasta entonces había introducido yo, era, por supuesto, todo un homenaje a María Fernanda, tremendo letrerazo en la entrada de la propiedad:

villa trinidad del monte montes

—Aquí se dice *can* y no villa, Joan Manuel Serrat.

—Lo sé, pero bueno, cómo explicarte...

—La carta esta que tienes ahí, sobre el tablero del automóvil, lo explica todo: ¿No te has fijado? Remite: María Fernanda de la Trinidad del Monte Montes.

—Verdad. Ni cuenta me había dado. Y es que acabo de recogerla en el Bar Bahía, antes de ir a buscarte al aeropuerto y...

—¿Y?

—Y bueno... Bueno... Pues digamos que Fernanda Mía, perdón, Fernanda María, que, desde que la conozco, jamás ha estado triste una mañana, le pase lo que le pase, aparte de ser una amiga inmensa, es una mujer tan valiente y osada y saludable como Tarzán, aunque de vez en cuando le dé su amigdalitis, como a todo el mundo, y se quede sin grito ni voz, siquiera, en la jungla de asfalto en que le ha tocado vivir...

—No sigas, Serrat, que me estás partiendo el alma.

—De acuerdo, no sigo, pero te juro que lo del letrero de la entrada es porque una vez, la pobrecita, con un marido y dos hijos que mantener, a pesar de haber nacido para millonaria de alcurnia y esas cosas de telenovela, lo reconozco, terminó pintando letreros de todo tipo en todo tipo de tiendas y hasta en todo tipo de Californias...

—Día y noche y a destajo, ¿no?

—Pues sí: día y noche y a destajo. Nunca mejor dicho...

—Realmente conmovedor, Serrat.

—De acuerdo: me apellido Serrat, pero ¿y tú?, ¿tú cómo diablos te apellidas?

—Dejémoslo en Flor, a secas, en vista de que ni siquiera tengo un apellido que pueda competir con doña Fernanda María de la Trinidad del Monte Montes, alias Mía, o Tuya... En fin, según el cristal con que se mire, me imagino, o según quien cuenta la historia...

—Bueno, como prefieras, Flor a Secas, pero ya hemos llegado a casita.

—*Home sweet home*, ¿no?

—Bienvenida... Bienvenida, realmente, y...

—¿Y de todo corazón?

—Pues sí. Y es verdad aunque no lo parezca.

—Espero que nos llevemos bien, Serrat, porque realmente aquí hay trabajo para rato. Hacía tiempo que no veía jardines tan lastimosamente abandonados como éstos. ¿No te da vergüenza?

—Ya no, porque tú los harás florecer.

—Para eso he venido, ¿no?

—Bueno, sí, pero ahora abre tu maleta, acomódate lo más rápido que puedas, y vámonos derechito al puerto, a tomar una copa y a hartarnos de mariscos, Flor a Secas.

—Bienvenida sea tu propuesta, Juan Manuel Carpio.

—¿Cómo? ¿Y Serrat dónde quedó?

—Pues digamos que quedó atrás y que realmente te agradezco la invitación. Y que te lo digo de verdad, aunque no lo parezca. ¿Te suena bien?

—Me suena perfecto.

Por supuesto que inmediatamente abrí la carta de Mía y la leí cien veces, como siempre, mientras Flor a Secas abría su maleta, guardaba y colgaba sus pertenencias, y se aseaba un poco.

San Salvador, 1 de febrero de 1984

Amado Juan Manuel Carpio,

Este año he tardado más que de costumbre en darte mis abrazos y saludos de fin de año porque aquí toda la familia ha estado encerrada en una gran tristeza con la enfermedad y muerte de mi tío Dick Mansfield, el de la empresa británica en que tanto trabajé, ¿te acuerdas? Más que un tío fue otro papá y un ángel de la guarda para todos nosotros. Murió el 4 de enero y recién hoy encuentro un poco de va-

lor para tomar pluma y papel y saludar el
año nuevo.

Lamento que mi saludo sea medio desabrido, porque poco bueno se me viene a
la mente. Pero aunque mi presencia sea
triste, torpe y fea, hoy, no quiero que te
falte mi cariño y mis mejores deseos para
un año lindo y lleno de buenas cosas.

Muy feliz año y nada más por esta vez,
amado artista.

Tuya,

Fernanda

Momentos después me sorprendía yo esti-
valmente instaladísimo en la terraza de un bar que,
desde lo alto, dominaba íntegro el puerto de Mahón, y pidiendo dos copas de un blanco bien seco y
muy frío, si fuera tan amable, señor, bajo el ala de
un sombrero de tela marinera que coronaba, color
marfil y con cinta negra, el descuidado atuendo
británico de un habitué solar y balear, todo calcado
de Charlie Boston, por supuesto, o sea con grave
riesgo de terminar pareciendo una calcomanía,
más bien. Y también me sorprendía alzando una
copa de vino blanco para brindar por Flor a Secas
y su llegada tan bienvenida. Y, para brindar lo más
seductora, falsa e hijodeputamente que darse pueda —es lo menos que puedo decir, la verdad—, lo
único que se me ocurrió soltar, de paporreta, fue:

—Salud, señorita jardinera. Salud de a de veras. Y lamento que mi brindis sea medio desabrido, porque poco bueno se me viene a la mente. Pero aunque sea mi presencia triste, torpe y fea, hoy, no quiero que te falte mi cariño y mis mejores deseos para un lindo verano en Menorca, repleto de buenas cosas.

Apenas si pudo alzar su copa, la pobre Flor, forzando al mismo tiempo una sonrisa lamentablemente tembleque, que además le contagió el pulso, o sea que hubo derramadita de vino blanco y uno de esos momentos cargados de embargo emotivo y hasta de trastornos del pánico, algo en verdad fulminante y culminante fue lo que hubo, en realidad. Y a su "Sa-sa-salud, Ju-Juanma...", en *off*, cámara lenta y *travelling* interminable, la verdad es que no le faltaron ni los efectos especiales.

—¿Sabes que Mahón es el puerto más profundo del Mediterráneo? —le pregunté, en un desesperado esfuerzo por cambiar de guión, ya que el anterior, o sea el del plagio de la carta de Fernanda que acababa de leer, de golpe se transformó en una serie de frases de las más sinceras y sentidas que hasta el día de hoy he pronunciado en mi vida. Con lo cual, además, mi paporreteo perdía ya por completo su origen y contenido deshonesto y ladrón, a fuerza de *feeling* o *filin*, como dicen en el Caribe salsero y Celia Cruz. Y para muestras basta un botón: Fernanda María había escrito *lleno de buenas co-*

sas, y refiriéndose, además, sólo al año 1984, mientras que yo, en cambio, había dicho *repleto de buenas cosas*, infiriendo notablemente en el guión original y cual pez que por la boca muere, ya que además de todo me había referido al resto de la vida, ya no sólo al año ochenta y cuatro, o sea que, en realidad, me había referido al resto de *mi* vida, en vista de que le doblaba casi la edad a la preciosa Flor, sentadita fragilísima ahí a mi lado, mirando con tembleque y conmovedora lontananza en sus ojazos negros las aguas del puerto más hondo del Mediterráneo, mientras que lo menos que puede concluirse es que los datos estadísticos no me favorecían en nada, ni me favorecerían jamás, ya, lo cual solito se asoció con aquello tan célebre de Jorge Manrique de que nuestras vidas son los ríos que van a dar a Mahón, que es el morir, y ya no fueron sólo los datos estadísticos los que me fallaron, mientras Flor a Secas insistía en su mirar ausente y mudo y a mí me fallaban incluso las constantes vitales.

En fin, fue lo que se llama *uno de esos momentos*, transcurrido el cual nos hartamos de mariscos en el restaurante Marivent y Flor a Secas fue nieta de judíos anarquistas fusilados en Barcelona e hija de padres que huyeron a Francia muy jovencitos, que se conocieron en un campo de concentración, y que regresaron a España cuando la muerte del Caudillo y esas cosas.

—¿Cómo que *esas cosas*, Flor? No seas tan seca, por favor.

—Es que yo era una niña aún y mi vida era los recuerdos de mis padres, día y noche, desayuno, almuerzo y comida, y los recuerdos de mis padres eran también los de mis abuelos y todo el santo día muerte y horror en la guerra civil, acá, y en la resistencia y Vichy, en Francia, con cambios de apellidos, pasaportes e identidades, a cada rato, o sea que a lo mejor es verdad que me apellido Gotman, porque así solía decir mi padre, delirando en su lecho de muerte, y mi madre no sé qué diablos sigue callando.

—Ya me has dicho que es la mujer más callada del mundo.

—Y tanto que ya ni nos saludamos.

—Y tanto que... Sí, entiendo. Pero, bueno, requetesalud por tu primer día en Menorca, Flor.

—A Secas. No lo olvides nunca, porque me encanta apellidarme así para ti. Sólo para ti, Juan Manuel Carpio.

—Se agradece, y mucho...

—Para ti sólo y para nadie más nunca jamás en la vida, ¿me entiendes, Juan Manuel Salud?

—Te entiendo a fondo y te entiendo horrores y te entiendo... Ven, acércate y entenderás hasta qué punto sólo yo te entiendo.

Casi le rompo las costillas de tanto abrazo feroz, mientras Flor apenas lograba decir: "La realidad supera a la ficción, Juan Manuel, porque ahora resulta que, de golpe, llamarme Flor a Secas, contigo, sólo contigo, es verdad aunque parezca mentira. Y es, sobre todo, maravilloso, aunque quieras a quien quieras y esperes a quien esperes, o sea a tu Tarzana, y aunque no veas la hora de que yo acabe con mi trabajo aquí, para poderla invitar y recibirla en mis lindos jardines...".

—Flor...

—Vámonos ya, cantautor.

Pero el diálogo seguía una semana después:

—Muchas flores es lo que te dejaré, porque soy una profesional en temas de jardinería, porque ya amo tus áridos jardines, y porque tienes tanto miedo de que yo despierte dando de alaridos y bañada en pesadillas empapadas, cada noche, que te metes preventivamente a mi cama.

—Flor...

—Un millón de gracias, doctor, por su terapia de choc.

—Flor...

—Lo malo, claro, es que la paciente se enamora siempre hasta del diván...

—Flor...

—Perdona, Juan Manuel, por tanta charla. Creo que en los días que llevo aquí he hablado más que en el resto de mi vida.

—Me alegro tanto, Flor...

—Ya no te hablaré más, mi amor. Háblame tú, mucho, y acaríciame todo lo que puedas. Yo después le transmitiré cada una de tus palabras y mimos a todas y cada una de tus plantas, de tus árboles y enredaderas, también a esa buganvilia, que, no sé si te has fijado, ya empieza a prender.

Flor a Secas hacía un milagro al día, en los jardines que rodeaban la casa, pero hablar, lo que se dice hablar y conversar, nada de nada, salvo que se tratara de algo absolutamente indispensable. Y entonces me decía, por ejemplo, que se había terminado el papel higiénico y yo salía disparado a buscar una botella de vino para brindar por el nuevo rollo.

—¿Estás loco, Juan Manuel? Te dije *papel higiénico*, no vino.

—Y te entendí. Pero que sea pretexto, pues...

—Ni hablar. Mi trabajo antes que nada, con tu perdón...

Y así a cada rato y yo recibe que te recibe cartas de Fernanda María, desesperada, ¿estaba enfermo?, ¿estaba grave?, ¿me había muerto?, ¿me había enamorado de alguien hasta el punto de olvidarme incluso de contestar sus cartas?, ¿era la chica de la foto, la que podía ser mi hija?, ¿me había muerto?, ¿me había matado?, ¿me había vuelto a morir? En fin, que a la legua se notaba que, entre sus diversas opciones, Fernanda María prefería a gritos mi muerte que mi felicidad en brazos de una foto. Y yo sufría también por esto. Y Flor a Secas se quedaba cada día más callada, desde el amanecer hasta el siguiente amanecer. Total que, ya con los chicotes total-

mente cruzados —o sea "presa de mil contradicciones", como suele decirse, curioso contagio,
tanto en las rosadas telenovelas como en las cró-
nicas rojas—, opté por sobornar a un empleado
de la telefónica, en Mahón, y no bien me instala-
ron el aparato lo estrené declamando en larga
distancia una carta especialmente escrita para
ser gritada y escuchada tanto en mi casa como
en la de Fernanda María de la Trinidad del
Monte Montes, cuyo letrero, dicho sea de paso,
había vuelto a pintar yo mismo, reemplazando
lo de Villa Trinidad del Monte Montes y todo
eso por *Can* Flor, y enfureciendo enseguida porque aparecí por los jardines cada día más bonitos
y logrados, sí, pero también cada día más a punto de ya terminé, Juan Manuel, o sea que me debes tanto y chau, fue un gran gusto trabajar para
ti, sí, enfureciendo enseguidita porque yo ahí
parado con el tablón pesadísimo ese y yo ahí ro-
gándole a Flor que se trajera una botellita de
vino para declararnos en huelga por una tarde y
brindar por el tablón y ella muda, muda, muda...

—Muda de mierda, carajo. Y frígida, encima de todo. Y *Flor sin retoño*, como el bolero...

—...

—¿Sabes a cuál bolero me refiero, o ni eso
sabes, muda de eme?

—...

Y continuaba riega que te poda y poda que
te riega y su abonito por aquí y por allá y por
acullá, la tal Flor a Secas, mientras yo desentona-

ba furioso y herido *Flor sin retoño*, haciendo hincapié en la parte en que el pobre diablo de jardinero se lamenta a mares y canta *Mis amigos me dijeron, ya no riegues esa flor, esa flor ya no retoña, tiene muerto el corazón*. Pero Flor a Secas nada de nada y no tuve más remedio que irme con mi bolero y mi tablón a otra parte, o mejor dicho al garaje, porque ahí guardaba yo la pintura y la brocha con las que mi pobre ilusión de casa, presa de mil contradicciones, terminó llamándose "Canseco", que parece muy mala ortografía en catalán, o en mallorquín, o en menorquín, o qué sé yo, pero que en el Perú es el apellido muy distinguido de un gran amigo mío y jódanse...

Todo esto me llevó pues a sobornar al alto empleado de la telefónica, en Mahón, o sea que los gritos con que leí mi carta en larga y muy corta distancia, para que me oyeran muy muy bien Fernanda María, allá en El Salvador, y Flor a Secas, aquí en su absoluto mutismo, tenían de amor y de sombras, de amistad y de compinchazgo, de contradicciones mil y de S.O.S., de ternura y amor doble, aunque totalmente desprovisto de cualquier atisbo de deseo de cama redonda ni moderneces de esas del tercer tipo, y de pica y de rabia y pena contra la de allá y la de acá, porque por culpa de la una, vida de mierda, y por culpa de la otra, una mierda es lo que es la vida, y así, en fin, como diría Eurípides, a las dos tenía ganas de rajarles el culo a patadas y darles la última como para que ambas se murieran de hambre en el aire...

Las dos me colgaron en plena lectura de mi carta, Fernanda María de un telefonazo y Flor a Secas descorchando una botella de vino y dejándola ahí sobre la mesa de la sala, con un solo vaso al lado, por supuesto, y haciendo mutis por el foro, acto seguido. Y de aquel vaso de vino bebí, compuse y canté, hasta componer un cassette entero de noventa minutos llenecitos unos tras otro de tufo y mil contradicciones, lo cual motivó las más elogiosas críticas de los especialistas, cambió totalmente mi estilo triste por uno grave, cargado de humo en la mirada, ronco, bronco y finalmente patético. Y hasta hoy hay críticos que no logran descifrar el sentido de la canción que le dio título a aquel cassette que tanta fama y dinero me dio: "¿"Canseco"? ¿Qué quiso expresar el ya célebre cantautor peruano con la repetición constante de la palabra "Canseco"? Porque lo que es el artista, cuando le preguntan por tan enigmático título, crea aún mayor confusión cuando sonríe aindiadamente y responde:

"—Es el nombre, pues, de un gran amigo. Y un apellido muy conocido allá en el Perú. Y en Lima hay los "Canseco", a secas, y los Diez "Canseco", cuyo escudo de armas, me aseguran, y yo me limito a repetir, porque de eso sí que nada sé, lleva diez canes secos en todo su alrededor."

Y de aquel telefonazo en El Salvador y aquel botellazo de vino con un solo vaso, bebí, compuse y canté, hasta que llegó la tan y tan y tan esperada carta de Mía. Aunque claro, para entonces yo ya no imitaba en nada a Charlie Boston. Yo era yo y vestía íntegramente de negro, diría casi que por dentro y por fuera. Y lloraba muy a menudo mientras alteraba las letras de todas las canciones que empecé a componer el día mismo en que Flor a Secas me anunció, monosilábica, y con ese temblor tan suyo en los labios:

—Tarea cumplida. Y ya te he conseguido también alguien para regar, podar y eso...

—¿Quiere decir que te vas?

—Eso quiere decir, sí.

—¿Cuándo?

—Tengo la maleta lista.

—Flor...

—Hay un vuelo dentro de una hora.

—Flor...

—Llamo un taxi, entonces...

—No, por favor. Te llevo yo.

—Entonces, vámonos ahora mismo.

—Flor, ¿por qué no te sientas un rato y hablamos de todo esto?

—Llamo un taxi, entonces.

—No, por favor, no. Déjame llevarte, al menos. Y además, tengo que pagarte.

—Llamo un taxi, entonces.

—Sólo quiero saber cuánto te debo, Flor a Secas.

—¿Deberme tú a mí? Habráse visto semejante cosa.

—Has trabajado meses, y necesitas el dinero, lo sé. O sea que, como regalo de despedida, te ruego que me digas cuánto...

—Llamo un taxi, entonces.

—¿Te podré llamar? ¿Te podré ver, cuando pase por Barcelona?

—Tienes mi número, ¿no?

—Tengo tu número, Flor, sí...

—Entonces, vamos ya.

En una curva, y muy ostensiblemente, porque antes me miró, me sonrió y me dijo que me adoraba, Flor a Secas abrió la puerta del carro y se arrojó. Perdí el control del volante, por tratar de alcanzarla a tiempo, y el viejo Alfa Romeo verde, una joya de coleccionista ya, fue a dar contra una tapia. Flor a Secas había muerto cuando recuperé el conocimiento. Yo no era pariente, yo no era nada, yo no era nadie, y unos familiares que vinieron me explicaron que tarde o temprano tenía que suceder y que, para su señora madre, esto, en el fondo, iba a ser una liberación.

—Ella ni siquiera usaba el apellido de esa señora. No usaba el de nadie —les dije.

—¿Y entonces con qué nombre la conocía usted?

—Yo la llamaba Amor, y nada más. Sí, Amor. Así, a secas, tal como se los cuento.

—Ustedes los artistas, desde luego...

—Me duele mucho el brazo. ¿Podrían, por favor...?

—Pero parece que usted no le había pagado. El cadáver, en todo caso, no llevaba dinero. Sólo su ropa y un billete de avión.

—¿Cuánto les debo, señores?

—Sin ofender, oiga...

—Es que me duele mucho el brazo.

—Bueno, usted sabrá cuánto le debía a la muchacha.

—Billete tras billete, como de aquí a Lima, más o menos...

—Descanse, señor, que ya nuestro abogado se pondrá en contacto con usted y con el señor comisario...

—Eso.

—No, oiga, no nos entienda mal. Culpa sabemos que usted no tuvo ninguna.

—Eso nunca se sabe...

—¿Cómo que nunca se sabe? ¿Y el brazo roto y todo lo demás?

La vida tiene estas cosas. Quiero decir que, no bien regresé a casa, mi amigo el del Bar Bahía, me esperaba con esta carta:

San Salvador, 5 de abril de 1984

Adorado Juan Manuel Carpio,

Como *La Valentina*, "Rendida estoy a tus pies", y, "Si me han de matar mañana, que me maten de una vez". Y, ódiame, por favor, yo te lo pido, pues odio quiero más que indiferencia, ya que sólo se odia lo que se ha querido. O ruégale a Dios que yo sufra mucho pero que nunca muera. En fin, deséame y haz conmigo todo lo que sugieren las letras de aquellos increíbles valses peruanos que alguna vez me regalaste, por sus letras inefables, y que seguro estoy citando muy mal.

En fin, conmigo haz lo que te dé tu real gana, pero primero concédeme el indulto, aunque sea momentáneo, de leer los dos breves párrafos que siguen.

Cómo he podido reprocharte por haber encontrado lo que todos hemos buscado: un amor, un poco de felicidad, y paz. Es más, conozco mejor que nadie cómo ha sido de honrada tu búsqueda. Nunca has jugado el papel de seductor. Más bien has sido siempre seducido por el amor, que tan bien refleja tu corazón incansable, como una vez me dijiste.

Somos, mi amor, como perritos. Necesitamos caricias. Y como perrito fiel te agradezco las que me diste un día. Hoy, te deseo una maravillosa primavera, la mejor de todas, y que tu amor sea lindo como eres tú. Si lo es y si te ama, siempre la querré también.

Te doy el más tierno abrazo de toda mi vida.

Tu Fernanda

PS. Yo también tengo una buena noticia que darte. Es bien probable que me publiquen, nada menos que en México, dos de mis libros de cuentos infantiles. Y, con suerte, aceptan también mis ilustraciones. O sea que estoy muy trabajadora y afanosa.

Mi respuesta fue una llamada. Una llamada tan cariñosa, tan tan sincera, tan todo. Claro que incorporaba en mis palabras, en cada una de ellas, la muerte de Flor a Secas. Y creo que estuve como tres o cuatro horas hablando con Mía. Hasta me hubiera podido pagar un billete de ida y vuelta al Salvador con lo que pagué por esa llamada. Pero eso no era lo importante. Oír la voz de Fernanda María, que sonaba tan a vida, tan a salud, que, al cabo de un buen tiempo, volvía a transmitir la sensación de alguien que se siente como Tarzán en el momento de arrojarse al agua, eso era lo importante. Fernanda María me estaba sacando de la mismísima mierda con el metal de su voz, con la forma en que cubría de palabras, casi hasta hacerla desaparecer, la desesperación que me llevó a marcar su número.

Y las cosas que me decía, la muy bárbara, sin duda alguna sólo para hacerme sentir a fondo, para siempre, que la vida sigue, Juan Manuel Carpio. Inolvidables por atrevidas las cosas que me dijiste esa noche, Fernanda Mía.

—Y es que escúchame, Juan Manuel Carpio. Y claro, bueno, perdona, pero la verdad es que, como por correspondencia, uno vive, como quien dice, "en el término de la enorme distancia", yo recién te estoy pidiendo disculpas, y aún muerta de celos —lo que resulta ya increíble—, por un amor que ya murió... Bueno, no, *murió* no es exactamente la palabra apropiada. Pues digamos, entonces, que yo recién te estoy pidiendo disculpas por un amor que ya se mató. Suena horrible, lo sé, pero tú me entiendes. Y si no me entiendes, te ruego que hagas el esfuerzo de atenerte al E.T.A. de la correspondencia, o sea ponerte en mi pellejo, en este caso. Una vive acostumbrada a determinados E.T.A. y el teléfono le resulta un verdadero salto cualitativo y cuantitativo en el tiempo y hasta en sus usos y costumbres, y hasta en la forma en que una fue educada, si me fuerzas un poquito. En fin, mi amor, mi amigo, que si el E.T.A. de la vida y las cartas nos ha sido siempre atroz, el del teléfono parece destinado a volvernos completamente locos, cuando menos. Y si a eso le agregas tragedia de por medio y una verdadera mezcolanza de E.T.AS por correo y E.T.AS por teléfono, ya me dirás tú qué culpa tengo yo, incluso de haberte colgado cuando probablemente si no lo hubiera hecho aquella noche, aún seguiríamos puteándonos y a lo mejor Flor a Secas viviría aún. Pero diablos, yo pensaba en tu bolsillo también. No sólo en mi rabia y en mis celos. Llamarme a mí... Con la tipa esa ahí, disfrutándolo todo...

—Falso, Mía. Todo te acepto menos que calumnies...

—Perdón, mi amor. Creí que había logrado hacerte reír un poquito, aunque sea. Y recurrí a cualquier cosa. Y metí la pata y te ruego que me perdones...

—Sigue, sigue hablando, Mía, por favor...

—Pero me preocupa tu bolsillo, Juan Manuel Carpio. Ya sé que hace rato que estás ganando bastante dinero, pero tampoco te pases...

—Entonces dime algo que me mande a la cama a dormir, con este brazo roto de mierda.

—Debe doler, sí.

—Y pica debajo del yeso, además. O sea que dime algo, por favor. Dime que nunca en la vida hemos discutido tú y yo. Y haz que me lo crea.

—Encantada de la vida, mi amor. O sea que ahora escúchame bien, muy bien, por favor: Los elefantes, esos mastodontes, son lentísimos valores seguros que D. H. Lawrence domesticó especialmente para nosotros. O sea que llegará el día...

—¿Qué día, Fernanda?... ¿Qué?...

—Vaya con el bostezo que acaba de pegar el señor Juan Manuel Carpio... O sea que ya te lo contaré y te lo explicaré todo mejor, otro día, porque sería el colmo que te me quedaras dormido mientras razono y te voy explicando... ¿Aló?... ¿Juan Manuel?... Amor, ¿estás ahí?... ¿Me estás oyendo, amor?

—¿Flor Mía?...

—Eso, Juan Manuel de mi alma... Eso mismo... Y muy buenas noches, adorado elefante mío...

Como si realmente me hubiese quedado dormido durante más de un año, la correspondencia con Mía no se restableció hasta julio de 1985. Nos merecíamos un reencuentro. Al menos así lo había decidido ella, y yo era, como suele decirse, materia dispuesta.

Nueva York, 14 de julio de 1985

Querido Juan Manuel,

Tu carta me alcanzó hoy en Nueva York. En medio de tanto desplazamiento, de tanta gira tuya, sepa Dios cómo y cuándo podrá tener lugar ese encuentro solitario que yo tanto deseo y que creo que ambos nos merecemos. ¿Será parados cada uno sobre el ala de un avión? En todo caso te diré dónde estaré yo, con la esperanza de que logres hacer escala antes de ir al Perú.

Salgo de Nueva York a Londres el 18 de julio y allí estaré algún tiempo, pues Rodrigo anda con un problema de parásitos, intratable en este momento en El Salvador, y me temo que tengo para rato de médicos en Inglaterra. O sea que me puedes llamar, me puedes escribir, me puedes ir a ver, a:

198 Old Bromston Road. London SW5
Tel (01) 430 2825

En paquete aparte te estoy enviando mis dos libros de cuentos infantiles recién publicados en México. Te ruego tu más sincera opinión.

Grande, inmensa, es la alegría de saberte bien y contento. Espero verte pronto. Guárdame un espacio especial y bien amplio y bien lindo en tu ocupadísima agenda. Recibe el amor de tu

Fernanda

Mis comentarios no se hicieron esperar. Y guardo copia de ellos, como de muchas de las cartas que le envié a Mía, después de aquel robo postal de 1981, o dos, tal vez, en Oakland.

Queridísima Fernanda,

¡Tus cuentos, qué maravilla! Y mil gracias por haber pensado en mí para leerlos y, lo que es más, para darte una opinión acerca de ellos. Te resumo esa opinión así: En cada frase aumenta la gracia y la flexibilidad de unos cuentos salidos uno tras otro de tus entrañas, con ese eterno triunfo que siempre hubo en ti de la alegría sobre el dolor. De esto sí que tienes el secreto (o el secreto te tiene a ti).

Lástima que no te permiticran ilustrar tus propios cuentos, pues los dibujitos no le llegan ni al tobillo a tus historias. Pero bueno, pedir que todo sea do de pecho es como pedir ronquera para Pavarotti.

Nuevamente te felicito. Y esto se hace letanía, pero créeme que tiene música de buena orquesta.

Cuídate. Y muchos besitos y mayores *ésitos*. A chorros. De arriba para abajo y de abajo para arriba.

Te atolondra a abrazos,

Juan Manuel

PS. Iré a Lima unas semanitas, pero a fines de agosto estaré de regreso y todo para ti, Menorca y sus alrededores incluidos, con humilde servidor.

Londres, 27 de julio de 1985

Juan Manuel querido,

¡Qué alegre fue leer tu carta esta mañana! Ojalá pronto llames para contarme cómo van tus planes de verano. Capaz ahora estás ya en Lima. Tu idea de reunirnos en Menorca me parece buenísima. Creo que podríamos ir como a fines de agosto, principios de septiembre. La primera mitad de agosto vamos a estar aquí, luego en París, en el departamento que conoces, y también iremos a Suiza unos días. Donde yo esté siempre habrá lugar para ti.

¡Que ilusión verte! Raro este amor acróbata, saltando a través de los años y de los lugares. Me gustó sentirte tan bien en tu última carta y que me la entregaran justo al entrar. Súper control remoto.

Los niños aquí felices de ver a su primo y yo bien alegre de platicar con mis hermanas. La nueva casa de la Andrea es bonita. Hasta me han dado ganas de quedarme y estudiar algo.

Espero noticias de Lima, si es que ya andas por allá y el correo te sigue.

Te abrazo mucho,

Fernanda Tuya

¿Por qué escribí yo estas cosas, acerca de mi viaje a Lima?

¿Abrigaba la esperanza de alejar a Mía y a sus chicos de la casa de Menorca? ¿De los jardines de Flor a Secas? Conociéndome, es lo más probable, pero conociendo el entusiasmo de Mía qué duda cabe de que no me hizo el menor caso. Y aún hoy me avergüenzo, realmente me arrepiento y avergüenzo sobremanera, de haberle escrito cosas como éstas, pocos días después de regresar de Lima a Menorca, para esperarla ahí con su Rodrigo enfermito y su Mariana siempre linda y sonriente.

Menorca, agosto de 1985

Mía Mía, aunque esto ya casi suene a gato.

En Lima he pasado casi todo el tiempo metido en casa de mi amiga La Leona, ahora en San Diego con su mamá, hermanos, hijita, y cuñado. Como los perros limeños muerden, me atacó, pero gracias a Dios no hubo tarascada sino moretón. Parecía yo lesionado del tercer huevo (alguien me atribuyó enfermedad ignota).

Efusiones como chorros de ballena. Te extraña,

Juan Manuel

Casi me mata con su elegante indiferencia y su cariñosa alegría, Fernanda María de la Trinidad del Monte Montes. Todo le hacía ilusión, a pesar de la pestilencia de mi carta anterior:

Londres, 15 de agosto de 1985

Queridísimo Juan Manuel Carpio,

Qué bueno que ya llegaste a Menorca y que ya terminó toda esa terrible viajadera y además tienes unos días despejados por delante. Tu telegrama con fechas y direcciones llegó muy bien y por dicha todo coincide de maravilla. Yo tampoco puedo ir allá antes de septiembre, porque vamos a ir a Francia y a Suiza con mi tía y no puedo dejarla sola. Ella volverá a Londres el 2 de septiembre y entonces partiremos a Barcelona. De manera que llegamos a tu casa como el 3 o 4 de septiembre.

El camino a "Canseco" me parece estupendo. Como un mapa de piratas. No vayas a darme ni una pista más, salvo que tu amigo el del Bar Bahía se escape a Río o algo así.

Estoy muy emocionada de verte pronto.

El verano aquí está horrible de frío y lluvioso, pero desde luego nadie viene a Londres por el clima.

Te abrazo, *with my deepest love,*

Fernanda

Crans-Sur-Sierre, 27 de agosto de 1985

Queridísimo Juan Manuel Carpio,

Perdona el silencio, pero he estado histérica con la enfermedad de Rodrigo que se va haciendo interminable. Al fin, después de cuatro días de hospital y miles de exámenes, decidieron que se trataba de una profunda alergia a la picadura de una araña maligna, que nadie, ni él mismo, recuerda que lo picara nunca. Ya le dieron un millón de remedios y aquí estamos cruzando los dedos para que se componga rápido. Logramos salir de Londres el viernes y ahora estamos en Suiza, como ves, contando con el milagroso efecto del aire de montaña. Aquí estaremos unos diez días. El clima no está bueno, pero, en fin, el aire es el aire.

De aquí volvemos a París por unos días, lo cual nos ocupará hasta el 8 o 10 de septiembre. Pero no te asustes. No vamos a regresar con la tía. Ella se va según su agenda, pero nosotros nos quedamos hasta diciembre y tal vez más, ya que este cambio se ha hecho indispensable para poder componer del todo a Rodrigo, y ése es más o menos el plazo que dan los médicos londinenses. Parece que el pobrecito tuvo un envenenamiento feroz.

Te ruego que me disculpes por tanto cambio de planes y tanto atraso, pero te prometo que no bien pueda te llamaré para darte una fecha exacta de llegada.

Te quiere mucho,

Fernanda Tuya

El de los más grandes cambios fui yo, finalmente, pero, bueno, creo que cualquiera comprenderá las dobles y hasta triples razones que me llevaron a efectuarlos. No tienen un orden lógico de prioridades, estos cambios, como todo aquello que se hace movido por muy diversas y hasta enfrentadas razones del corazón que la razón no entiende, o sea, diablos, otra vez Andrés, "presa de mil contradicciones". Pero una razón sana, sanísima y muy bien intencionada, sí que la había. Mi casa y los jardines de Flor a Secas quedaban no muy lejos del puerto de Mahón, pero sí bastante alejados de una buena playa donde el pobrecito tarantulado de Rodrigo y *la* Mariana, como la llamó siempre Mía, pudieran realmente disfrutar del sol y del mar y, además, evitarme yo el diario ir y venir "Canseco"-playa, pasando a cada rato por el *lugar de los hechos* más tristes que me han ocurrido y me ocurrirán jamás, mientras mi adorada invitada, sentadita ahí a mi lado, en el Opel blanco por el que había descartado para siempre nuestro Alfa Romeo verde, coleccionable, pero ahora también doblemente histórico, por decir lo menos, notaba que tanto ir y venir "Canseco"-playa, para la felicidad de todos y la salud del pobrecito de Rodrigo y lo flaquito y frágil que está, y Dios mío este niño no para de rascarse, mi amor, te juro que si pudiera yo rascarme siquiera un poco en su nombre y picazón, Juan Manuel Carpio, en fin, que tanto "Canseco"-playa como que me lo ponen cada día más mustio y ensimismado, a mi cantautor amado, con la ilusión con que vinimos todos, aquí, la ilusión con que vine sobre todo yo, aquí, y con la cara de felicidad mezclada con otra razón del corazón con que nos recibió como desorbitado de ojos y a lo mejor hasta de *goce-triste de hacer las cosas que con ella hacía*, como escribió el poeta, más o menos, aunque también conmigo las ha hecho, estoy requeteconvencida, pero bueno, basta ya y *No me platiques ya, déjame imaginar, que no existe el pasado*, que cantó Lucho Gatica, por los mismos años en que el poeta, me parece, incluso, pero bueno, qué importa... Y sí, basta ya, de una vez por todas, Fernanda María de la Trinidad del Monte Montes, que tú tienes

269

dos hijos y hasta un esposo en Chile, aunque la verdad es que cada vez como que se nos va esfumando más, el tal Enrique, los niños casi ni lo mencionan ya, y hasta pena da que los seres se nos apaguen así, solitos, pobrecitos, pero bien merecido que se lo tiene, por supuesto que sí, y aunque bueno, claro, él siga casadísimo conmigo y yo como si nada, ni siquiera una demanda de divorcio, o sea que basta ya, ahora sí que sí, Fernanda María de la Trinidad del Monte Montes, ya que por qué entonces no va a poder tener ni siquiera un amor muerto el pobre Juan Manuel Carpio, por más celos que me dé y por más que realmente lo mataría, sí, lo mataría...

La verdad, es increíble lo bien que logra uno ponerse en el pellejo del ser amado, desde y para siempre, y lo demócrata y tolerante y comprensivo y buen anfitrión que es uno también con las razones del corazón de su huésped tan esperado, aunque Mía nuevamente esté llegando con un pésimo *Estimated time of arrival* y aunque ello lo obligue a uno a sobreponerse al Hamlet que todos llevamos dentro, es decir a un *To be or not to be, but at the airport*, en este caso preciso, o sea un poderosísimo y hasta muy comprensible *Ir o no ir, pero a recibir a Fernanda al aeropuerto*, ¿y si tomara las de Villadiego?, ¿y si me las picara?, en habla nacional, imposible, imposible porque en este instante te adoro, Mía, en este instante, y aunque sea sólo por un instante, todas mis razones del corazón han confluido en que realmente te quiero, mi amor, y en que el pobrecito tarantulado qué culpa tiene y tampoco la linda Mariana, en este instante que se alarga los astros se han puesto toditos de tu parte, Mía, o sea que *Espérame en el cielo, Flor a Secas-corazón*, Lucho Gatica bis, y tú y tu prole en el aeropuerto, Fernanda Mía, espérenme que voy muy rápido, que llego fierro a fondo, volando, antes de que otras razones y tentaciones del corazón, que, estoy más que seguro, tu razón sí entiende, salvadoreña pelirroja de mi alma...

La decisión estaba tomada, como comprenderán, sobre todo ahora que huésped y anfitrión habían logrado, en bifurcados monólogos interiores, ponerse tan razonablemente en el corazón del otro, aunque muy a regañadientes y hasta te mataría, a veces. La decisión estaba tomada, también, porque mientras yo viva ninguna mujer amada pisará los jardines donde Flor a Secas, día a día, fue dejando su amor por mí en cada planta, en cada colorida enredadera, en la limeña buganvilia que le pedí plantar para mí, y aquí también me encantarían unos jazmines, muda de mierda, flor sin retoño...

Y la decisión estaba tomada, y cómo, porque el asco aquel de la familia de Flor a Secas se negó rotundamente a regalarme o siquiera venderme la pequeña urna con su cuerpo incinerado, y eso que les rogué y les rogué, que me maté insistiendo y rogándoles, pero no hubo modo, la querían tan poco, la despreciaban tanto a esa muchacha cuyo padre era tan callado y cuya madre era tan triste, como escribió algún día mi compatriota Abraham Valdelomar, que la alegría nadie se la supo enseñar, y así, ni siquiera le permitieron que descansara por fin en florida paz en el "Canseco" donde la amé y donde el olvido se había hecho imposible, por largo, y por lo traumado que quedé con su muerte absurda y atroz.

Y la decisión última, el fallo inapelable, la sentencia de aquel concienzudo jurado sentimental y tolerante fue que alquilaría un departamento bastante grande y cómodo en Cala Galdana, primera línea de mar y todo, en fin lo justo, y lo más equitable y equilibrado, también, para que ahí nadie se ensimismara o se pusiera mustio, ni quisiera matar a nadie, tampoco, en las felices y ansiadas aunque delicadas semanas que íbamos a estar juntos, y para que la linda Mariana se pasara íntegro el tiempo sonriente y cariñosísima, como era ella, y para que tanta vacación ante tanta agua del mar Mediterráneo, o sea todo lo contrario de las feroces costas pacíficas de sus océanos natales y habituales, obrara el milagro de que el pobrecito tarantulado parara de una vez de rascarse y dejara vivir en paz a su madre en mis brazos.

Porque valgan verdades, no bien Mía me llamó para decirme qué día, a qué hora, y en qué vuelo aterrizaban en Mahón, y no bien le hube contado lo de un departamento frente al mar y con muchas habitaciones con vistas para que el pobrecito de Rodrigo y los pobrecitos de nosotros, etcétera, ya no pude dormir más en "Canseco", por culpa de Flor a Secas, ni tampoco en el hotel en que alquilé un cuarto para dormir algo, siquiera, aunque esta vez por culpa de que se me hacían eternos los días que faltaban para volver a abrazar a Mía, así como después fueron eternas las horas y sucesivamente fueron eternos los minutos y los segundos, y eterno el aterrizaje del avión, y la recogida de equipajes, más la aduana, eternas ambas porque finalmente llegaban en un vuelo internacional, y así, tras haber vivido una suerte de *De aquí a la eternidad*, y, en absoluto "presa de mil contradicciones", por primera vez en mucho mucho tiempo, no bien vi aparecer a mi flaca pelirroja esbelta pecosita y elegantísimamente narigudita Fernanda María de la Trinidad del Monte Montes, no bien la vi mirar buscándome ansiosa, verme y sonreírme exacta a ella misma desde siempre, la convertí en la pelirroja Deborah Kerr del beso más largo de la historia del cine y el borde del mar, en *De aquí a la eternidad*, y empecé a besarla eternamente al borde del mar en Cala Galdana, y la besé y la besé tal como la besé también los días y sus noches siguientes, o sea hasta convertirme yo en el Burt Lancaster de aquella película que marcó mi adolescencia, con lo cual ya se pueden imaginar ustedes cómo y cuánto nos besamos Mía y yo, al borde del mar y no, porque ella de blanquiñosa y bonita y pelirroja y distinguida, pues tanto y hasta mucho más que Deborah Kerr, pensándolo bien, pero lo que es yo, de Burt, esto sí que ya es bastante más difícil, debido a que mis

273

abuelos paternos inmigraron a Lima de Anda-
huaylas y hablando aún más quechua que castellano, y también mis abuelos maternos inmigraron
así, pero de Puno, y de ahí el tipo tan aindiado que
me caracteriza en la funda de mis discos y la tapa
de mis cassettes, sobre todo de perfil, que es el
lado que más explota mi agente. O sea, pues, que
lo de ser Burt Lancaster y además espigadísimo y
además atlético y en truza, al borde de un mar
norteamericano, incluso, di-fi-ci-lí-si-mo, si no
im-po-si-ble. Y, sin embargo, nuestros besos *lo*
lograron. Al borde del mar, y no, con olas, y no, en
la playa, y no, en la arena, y no, de aquí a la eternidad, y no, y en nuestras tiernas noches de amor y
de búsqueda del tiempo perdido, y sí.

Y qué alegre, qué alegre, qué alegre y qué
alegre, fue el comentario que más le escuché decir a Mía, en público y en privado, mientras Mariana y Rodrigo se perdían por unas alejadas ro-
cas, rascándose cada vez menos, él, disfrutando
cada vez más de aquel verano, ella, y sólo reapa-
recían a las horas de las comidas, disfrutando
como nunca de una vacación, Mariana, con sus
nueve añitos ya, y rascándose cada vez menos él,
con sus ya, pues sí, ya tiene sus doce añitos, caray, parece mentira, Juan Manuel...

—¿Qué parece mentira, Mía? ¿Que haya
cumplido los doce años o que se rasque cada vez
menos por minuto?

—Las dos cosas, Juan Manuel Carpio, qué
alegre.

Nos traían erizos para el almuerzo y la comida, los hermanitos, y los preparaban a la chilena, o así decían ellos, celebrando, probablemente sin darse cuenta, siquiera, par de angelitos, la única contribución que hizo jamás su padre a su educación y cultura. Y alegremente los comíamos y alegremente los digeríamos y alegremente el postre y la sobremesa con mi guitarra arrulladora, también, pero un día amaneció en que, excepcionalmente, aunque debo confesar que la vida es así porque aquella excepción se repitió luego más de una vez, Fernanda no dijo qué alegre al despertar la mañana conmigo a su lado, aunque sí me sonrió y me deseó amable los buenos días con beso en la frente, y me agradeció por enésima vez la invitación a primera línea de mar con tal cantidad de vistas, en fin, lo nunca visto, Juan Manuel Carpio.

Pero la muy desgraciada y siempre adorada, hasta hoy no me ha contado por qué varias veces no dijo, matinal, desnudita y soñadora, qué alegre es abrir los ojos a tu lado con vista al mar, mi amor, aunque yo siempre he sospechado que fue porque, de golpe y porrazo, debí dejar de parecerme eternamente a Burt Lancaster, y, tras haber soñado con Flor a Secas, en voz alta, recuperé íntegro lo aindiado y poco esbelto de frente y de perfil que le debo a los seres que me trajeron al mundo, en Lima, ya en segunda generación urbana, por más que luego lograran darme íntegra una educación blanca y costeña, y tan occidental y cristiana como la que ya había recibido mi padre, que hasta vocal de la Corte Superior de Justicia llegó a ser, cuando en el Perú esto significaba algo, además. Y, como mi padre en el campo de las leyes, también yo destaqué muchísimo, pero en la facultad de Letras, especialidad de literatura, en la Universidad Nacional Mayor de San Marcos, la más antigua de América y mi eterna alma máter, y hasta gané dos juegos florales seguidos, siendo además declarado poeta joven del año, por unanimidad, poco antes de zarpar rumbo a Europa, aunque el poeta y alumno Carpio más bien canta y no declama, un poco como Brassens en Francia, aunque, valgan verdades, Carpio toca todavía mejor la guitarra, y la música que compone, señores miembros del jurado, autodidactamente, además, tiene..., tiene..., sí, tiene algo de Atahualpa Yupanqui y hasta de Edith Piaf, me atrevería a decir, si me fuerzan un poquito...

—Lo que tiene, con su permiso, señor decano, es un gran porvenir por delante. Y debería viajar, por ejemplo, a París, porque yo creo que lo único que le falta es un poquito más de hambre, como a nuestro inmortal César Vallejo con aguacero en la Ciudad Luz...

—Usted limítese a sus actas, señor secretario...

En fin, *As time goes by*, que se dice.

Pero debo decir, también, en honor a la verdad, que qué no hice desde aquella primera mañana en que Mía no me dijo qué alegre, antes y después de darme sus *Gracias a la vida, que me ha dado tanto*. Empecé, por ejemplo, a encontrarlo yo todo qué alegre, incluso fingiendo que aún dormía y soñaba en voz alta con ella y Burt Lancaster a su lado, o sea el mío y yo, pero, o Fernanda era la mujer más inteligente e intuitiva del mundo, o yo soñaba pésimo en voz alta, porque lo cierto es que cuanto más soñaba y soñaba, incluso con la voz de mis mejores conciertos, arrullándole además inéditas canciones de amor, sin lugar a dudas fruto de un soñar largo y profundamente enamorado, más aindiados amanecíamos el día, yo, y hasta la vista al mar. Y terminé, también, por ejemplo, porque ya ni me acuerdo de la cantidad de trucos ni del orden en que los utilicé, para que, a diario, Fernanda volviera a decirme qué alegre, al despertar la mañana, literalmente terminé intentando violarla dormido como un tronco, aunque siempre imitando en mis sueños al más fino, elegante y refinado Burt Lancaster del *Gatopardo*, pero lo menos que puedo decir es que, ya no sólo sus muslos, como en el poema de García Lorca, sino Fernanda enterita se me escapaba como el más sorprendido de los peces. Y así hasta que una mañana, ya no sólo me harté de despertar tan aindiado como siempre, sino que, cual Burt Lancaster furioso en película de serie negra, se me salió el indio, como decimos en el Perú, y:

—¡Carajo! —le grité—. ¡Flaca de mierda! ¡No me he gastado un platal en alquilar este departamento para que te me pongas a extrañar al alcohólico de Enrique!

El resto, cualquiera se lo puede imaginar. *De aquí a la eternidad* se convirtió *ipso facto* en la versión invertida de *Gilda*, o sea Mía en Glenn Ford y yo en Rita Hayworth, y la bofetada de la película me sonó tan fuerte en la mejilla que, en la cama camarote de su dormitorio, despertaron, sobresaltados y nerviosos, Mariana y Rodrigo, más un día nubladísimo, al abrir las vistas, y ya desde el desayuno de fingidas sonrisas, fracasados abrazos, y besitos-umhuufff, te como, Rodrigo, picadito de mi corazón, sin resultado alguno, el tarantulado empezó a rascársenos casi tanto como el día en que aterrizó en Menorca y, esa misma noche, a la hora de la comida, ya se nos estaba rascando casi tanto como el día en que lo vio el médico en Londres, por primera vez, lo cual me dio tanta pena que estuve horas rascándome la cabeza y piensa y piensa en una salida negociada a una crisis tan grave como estremecedora. Debo confesar, eso sí, que Mía también se rascó muchísimo la cabeza y que a cada rato los dos nos mirábamos nuevamente con amor y compinchazgo, y que, por momentos, hasta estuvimos a punto de convertirnos en pensantes estatuas de Rodin, a fuerza de rascarnos.

Y tengo el inmenso honor y placer de haber sido yo quien vio tierra primero, aunque bueno, esto ya medio mundo lo sabe, como también sabe, porque Fernanda y yo lo hemos contado en mil y una entrevistas, al menos por el *urbi et orbi* hispanohablante, cómo empezó todo aquel día feliz de Cala Galdana, en que yo grité: "¡Tierra! ¡Tierra! ¡Se me acaba de ocurrir una idea genial, Mía!", poniendo en marcha todo un proyecto literario y musical, que no sólo le resolvió para siempre todos los problemas económicos a Mía, con el paso de los años, sino que ha logrado que hoy ya haga rato que Rodrigo y Mariana sean dos *cum laude* de Harvard y hasta posean sendas fincas de vacación veraniega en la costa salvadoreña. Él es especialista en seguir ganando dinero en la bolsa de Nueva York, y ella en adorar a un hijito que tiene por nombre de pila mi nombre y apellido, o sea que se llama Juan Manuel Carpio y se apellida primero Monte Montes y después, la verdad, nadie se acuerda muy bien cómo se apellida la criatura, araucanotamente, eso sí.

Pero bueno, tras haberme lanzado, como un Jonathan Swift cualquiera, "por tan vastos y retorcidos desvíos, retomo el camino —y, como quien dice, el hilo de mi narración—, con la firme intención de seguirlo hasta el final de mi viaje, salvo, claro está, que alguna perspectiva más agradable vuelva a presentárseme ante los ojos", como se me presentó hace un momento el recuerdo del exitosísimo porvenir del tarantulado y del cariño tan maternal que llegaría a sentir por mi nombre completo la siempre linda y sonriente Mariana, por más que en alguna futura carta Mía me escribiera: "El Rodrigo y la Mariana crecen cada día más excéntricos".

Pero bueno, andábamos en que yo grité: "¡Tierra! ¡Tierra!", y: "¡Se me acaba de ocurrir una idea genial, Mía!".

—Muero por saberla, hermano mío. ¡Cuéntame! ¡Cuéntame!

—Ven, Mía. Vámonos a la playa y te lo cuento todo.

—Juan Manuel Carpio, como me salgas con bordes de mar en un momento como éste...

—Vamos, Tarzán, una zambullidita en el mar, una nadadita *cheek to cheek*, y yo te lo voy contando todo...

—Ni bañito ni nada, Juan Manuel, que hoy la sartén no está para bollos, lo cual, en resumidas cuentas, te lo advierto, quiere decir que hoy tengo amigdalitis aguda.

—Diablos, me la traje hasta Cala Galdana, pero resultó que tenía marido. Perdón: García Lorca hubiera *dixit*, Mía.

—Gra-cio-sí-si-mo, so cojudo.

—Y am-né-si-co, so coju...

—¿Me puedes explicar qué quieres decir con eso?

—Que ya se me está olvidando la idea genial.

—De acuerdo. No soy una puta, que quede bien claro, pero me acuesto ahorita mismo contigo con tal de que recuperes la memoria.

Dicen que la venganza es un plato que se come frío, y debe ser verdad, porque Mía y yo nos acostamos como toda la vida, pero por primera vez, al menos con ella, el momentáneo hijo de puta en que me había convertido estuvo un mes sin fumar, como en el tango, o sea cero, cero y nada, y eso que los psiquiatras llaman fiasco.

Y, o sea, también —porque Mía y yo siempre tuvimos un lado francamente positivo y optimista, aun en los peores momentos desconocidos—, que pasamos a la sala como si nada hubiera sucedido, y pusimos manos a la obra, desde el instante mismo en que Mía dijo que eso era lo más alegre que le habían propuesto en su vida, y que no sólo podía resultar una idea genial, si ella no me fallaba, claro, porque, a nivel artístico, aunque con dos libros de relatos infantiles publicados, y en México, nada menos, eso sí, y siete inéditos, esto también, claro, pero porque me debe faltar un agente o algo, y porque en El Salvador las editoriales ni existen, y en California sólo traducen lo que ya se publicó, y en Londres con lo de Rodrigo no he tenido tiempo ni para averiguar qué editoriales existen que publiquen libros para niños...

—Te estás yendo por las ramas, Mía.

—Será el miedo. Y es que, a nivel artístico, aunque con dos libros publicados, y en México, nada menos, eso sí...

—El árbol te está impidiendo ver el bosque, Mía...

—¡Carajo!, con tu perdón, Juan Manuel Carpio, esto es lo más alegre que me han propuesto en mi vida, pero, a nivel artístico, me siento una enana a tu lado y me *muero* de miedo de fallarnos a ti y a mí.

—Mía...

—Pero ¡carajo!, Juan Manuel Carpio, qué alegre y qué alegre, y qué alegre y qué alegre... Y realmente es una idea genial.

—Manos a la obra, entonces. Y empecemos con las letras de esta canción, mira, léelas. Compuesta por mí, es y será, por más que me esfuerce, todo menos una canción que pueda interesarle a un niño.

—Yo te infantilizo esto, mi amor.

—De eso se trata. Me muero de ganas de tener entre mis discos, siquiera uno, para niños. Pero jamás me saldría. Entonces te voy a dar temas, esbozos, versos y estrofas enteros, y ya tú verás si, en vez de un dictador, me pones en acción a un lobo feroz, por ejemplo, si en vez de una madre Teresa de Calcuta, me pones en acción a una Caperucita Roja, y así... Pero ¿de qué te ríes, me puedes explicar?

—De que, en efecto, mi querido Juan Manuel Carpio, en tu vida lograrías componer una canción para niños. Tú los has creído idiotas, o qué.

—Lo sé, y, una vez más, de eso se trata. Yo te doy cualquier tema, esbozo, idea, poema, y, como bien dices, tú me lo infantilizas y yo le pongo la música.

—Trato hecho, mi adorado socio.

—Ojo. Una advertencia, para que las cosas queden claras desde el primer momento.

—Soy toda oídos...

—Que más de una vez tendrá que haber una niña llamada Luisa, todavía, y otra llamada Flor a Secas, y hasta algún Enrique...

—Trato hecho, adorado hijo de puta.

Triunfamos. Nos costó bastante trabajo y nos tomó algunos años, pero triunfamos. Y, en el *urbi et orbi* hispanohablante, al menos, medio mundo sabe hasta qué punto son conocidos los compactos que llevan nuestra foto, y debajo dicen: Idea, música, e interpretación de Juan Manuel Carpio y su guitarra. Letra: Fernanda María de la Trinidad del Monte Montes.

Claro que no ha habido productor ni diseñador de portadas de disco que no le haya explicado una y mil veces a Mía que mucho nombre para tan poco espacio, y que hasta anticomercial puede resultar su capricho, señora, yo le rogaría abreviar tanto nombre y tamaño apellido, doña Fernanda, y por qué no lo dejamos, por ejemplo, en un muy artístico María Trinidad, y, claro, más de una bronca hemos tenido ella y yo al respecto, también, pero digamos que Mía es totalmente incapaz de no honrar hasta la muerte el nombre de su fallecido padre, y de amar sobre todas las cosas de este mundo a su adorable madre, o sea que la letra será siempre de María de la Trinidad y etcétera, como la conocen hasta sus propias hermanas, comercial y bromistamente hablando, y aunque alguna bronca sí que han tenido por el asunto, pero como la propia

Mía me escribe hasta hoy, en sus cada vez más escasas y adorables cartas: "Mis hermanas a veces bien y a veces peleadas conmigo como Dios manda, y yo en medio trato por lo menos de guardar alguna compostura. A veces lo logro". Y bueno, como siempre fuimos mejores por carta —en todo caso yo sí que lo fui—, Mía también me escribe, ya casi treinta años después de adorarnos por primera vez para siempre, cosas como ésta: "Tal vez vaya a San Salvador en julio o agosto. Me cuesta trabajo ir desde que murió mi mamá, sin duda la persona en el mundo que más gozaba con mis cartas. Sin duda también por eso he dejado de escribir últimamente. O sea que perdóname, mi adorado socio, mi adorado amigo, mi adorado tú, Juan Manuel Carpio, realmente te pido mil perdones por este silencio de segunda mano que te ha tocado".

En Cala Galdana, aquel verano, Mía y yo terminamos trabajando día y noche en nuestro primer proyecto. Y por supuesto que nos reíamos a mares, un día, y al siguiente peleábamos a muerte, por un quítame allá estas pajas, o porque ella intentaba parar, al menos unas horas, nuestra sesión de trabajo, y yo la acusaba de falta de seriedad y ella a mí me soltaba que yo era un esclavista, a lo cual yo le respondía que yo lo que sabía era ganarme la vida con el sudor de mi frente, mientras que tú, oligarca de mierda, hasta cuando andas medio muerta de hambre sigues nacida para millonaria y terrateniente podrida, todo lo cual nos hacía recordar nuestra juventud parisina, allá en su departamento de la rue Colombe, cuando todo era para mí mucho frío en invierno y hasta hambre, en verano, pobre cantautor de izquierda y estación de metro, café y restaurante, más la eterna gorra, y el Dios se lo pague, *monsieur*, y todo era para ella *le tout Paris* y la Unesco con un Alfa Romeo verde, último modelo y chillandé, y yo amaba a la desaparecida Luisa, oh abandonado, con mi complejo de limeño medio andahuaylino y medio puneño y mi altivez Che Guevara y medio, que fue también cuando Mía me acogió en su seno, limpia, sana, maravillosa, y después sucedió lo que tuvo que suceder, pero aquí estamos para celebrarlo, socios, vejancones amantes de Verona, amigos antes que nada, en la cama riquísimo, y cuates, mi cuate, que sólo la muerte separará, aunque claro, tal como llevamos lo de nuestro *Estimated time of arrival,* o sea pésimo, a lo mejor lo que necesitamos es estar muertos para terminar de juntarnos del todo, por fin, y que la loca y malvada realidad nos deje en paz, ¿o no, mi adorado Juan Manuel Carpio?, tú qué piensas, a lo mejor sólo así, pero déjame darte un beso y abrazarte como te abrazaba inútilmente en la rue Colombe, y sin embargo qué lindo fue todo aquello, hasta haberse peleado así ahora da gusto, mi amor, pero bueno, volvamos al trabajo y no nos peleemos más, porque ya he notado que, un rato un pleito y otro una amistada, deliciosa, por cierto, pero el pobre Rodrigo anda que se rasca un día sí y otro no.

Y mucho trabajo nos costó triunfar, eso sí, porque hasta hubo quien dijo que Juan Manuel Carpio se había secado para siempre, que desde cuándo y para qué canciones para niños, que si el artista peruano andaba medio reblandecido, que de cuándo aquí tanta canción de cuna y tanto arrorró, mi niño, y también, por supuesto, como nadie es profeta en su tierra, mi primer concierto para niños, en Lima, hizo que alguno de esos perversos y envidiosos críticos, que nunca faltan, se mandara todo un texto titulado nada menos que "Juan Manuel Carpio o el nuevo Demonio de los Andes", en el que me comparaba con Francisco de Carvajal, aquel bárbaro conquistador español que, a los ochenta y tres años, aún le daba mucha guerra a media conquista del Perú, y que atravesaba, como si nada, codicioso siempre de más gloria y de todo el oro del Perú, si es posible, pendenciero y octogenario, una y otra vez atravesaba a caballo las heladas cumbres de los Andes. Claro: hasta que por fin lo chaparon, pistola en mano le cayeron de a montón, como a Juan Charrasqueado en la ranchera que lleva su nombre, y lo redujeron a bulto, a fuerza de atarlo y atarlo y doblarlo todito, para que cupiera en una canasta, y ahí metidito despeñarlo de una vez por todas al otro mundo. Pues con él me comparaba aquel pérfido crítico, ya que las últimas palabras del Demonio de los Andes, doblado para siempre jamás en el fondo de su canastita, fueron, feroz y altanero, aun en su calidad de bulto:

"Niño en cuna, viejo en cuna, qué fortuna". "Pues algo semejante le ocurre actualmente a Juan Manuel Carpio", concluía aquel maldito escribidor, sin duda llevado por el odio y la envidia que le provocó que, a pesar de estar yo reblandecido y hasta acabado, la inmensa carpa en que canté estuviese repleta de niños.

Nunca olvidaré aquella gira, pues de Lima volé directamente a Santiago, primera etapa de una larga *tournée* chilena, doblemente intencionada. Quería, por un lado, insistir en la promoción del último compacto hecho "a cuatro manos" con Mía. Pero quería, también, dar con las huellas que me llevaran a donde el gran Enrique, ya que la rápida transformación operada en la vida afectiva de Mía y sus hijos, no dejaba de producirme una gran pena, probándome una vez más lo complejos que pueden ser los sentimentos humanos. Ahora que allá, en El Salvador, de regreso de Menorca y de Londres, desde hacía algún tiempo, a Mía simple y llanamente ya no le importaba nada que Enrique no diera señales de vida, nunca, y ahora que Mariana y Rodrigo ni siquiera lo mencionaban, ya, el hombre que durante tantos años nos alejó, una y otra vez, el que pudo haber sido mi gran rival, el hombre que pude odiar, se iba convirtiendo en mi recuerdo en un amigo entrañable, inolvidable. La vida, sin duda, nos había puesto a cada uno en el lugar del otro, pero resultaba, en el fondo, que la vida nunca nos había opuesto. Todo lo contrario, más bien, y, durante mi gira chilena, la primera en que tuve algún éxito como cantautor "a cuatro manos" de canciones para niños, poco a poco se fue convirtiendo en la búsqueda intensa y perseverante de un ser querido. Y fue en Valdivia donde por fin me informaron que Enrique vivía en Fuerte Castro, Chiloé, algo que en Santiago ni siquiera su madre quiso o supo decirme.

A Fuerte Castro llegué congelado, en un transbordador, y con un verdadero cargamento de música de Frank Sinatra. Pregunté por Enrique en una pequeña librería en la que, me habían asegurado, siempre se sabía de él. Y ahora recuerdo que, de camino del hotel a aquel pequeño establecimiento, tuve la fuerte impresión de andar buscando a un amigo por el polo, a veces, y por alguna de las mil islas que son Suecia, otras, aunque también de vez en cuando uno creía hallarse en Noruega. En todo caso, ahí a cada rato uno se cruzaba con un tipo con aires e indumentaria de lobo de mar polar y un rostro a veces escandinavo y otras medio esquimal.

Entré a la pequeña librería y fui recibido y atendido a cuerpo de rey, porque al amigo peruano del gran Enrique todo el mundo lo conocía como si fuera de toda la vida. Como cantautor apenas sabían de mí, pero como amigo de Enrique, sírvase otra copa de vino, Juan Manuel, que el Enrique no tarda en llegar y la sorpresa que le va a dar usted, ahora que baje del siguiente transbordador y se dé con que usted se ha venido a buscarlo hasta aquí. ¿Que de dónde venía Enrique? Pues del norte, Juan Manuel, tuvo un accidente y se rompió el brazo y viene de que lo operen y lo enyesen.

Por fin llegó un Enrique al que, por poco, no me pongo a cantarle canciones para niños. Porque se había reducido a su mínima expresión, el araucanote, o es que los celos hacen que uno a sus rivales los vea e imagine siempre gigantescos, o es que tengo la peor memoria visual del mundo, o es que, en efecto, el cantautor peruano Juan Manuel Carpio anda medio reblandecido. En todo caso, Enrique se había encogido, había perdido muchísima crin araucana y ya no era un poco cetrino de piel, como antaño, cuando le partía la cabeza a Mía y la adoraba al mismo tiempo. No, ahora se había anoruegado o ensuecado, o algo así, pues llevaba una barba patriarcal y fumaba una pipa de pastor protestante. En fin, todo rarísimo, menos la sonrisa y el abrazote, aunque este último ya sin fuerza, para siempre, por su parte, y además con la gran dificultad que da abrazar cuando se anda enyesado desde el hombro hasta el meñique.

—¿Qué te pasó, hermano?

—Me caí de una nube, hermanito.

Y, en efecto, ahora Enrique era tan sereno y angelical que cuando se emborrachaba no le pegaba a Socorro, ni nada de esos horrores, sino que intentaba ascender al cielo, casi siempre sin mucho éxito que digamos. Socorro era la chica con que vivía.

—Mi compañerita, hermano.

—Para servirlo, señor.

Esto fue lo primero y lo último que le oí decir a la humilde y santa Socorro en los dos días y sus noches que Enrique, ella, y yo, permanecimos juntos, mirándonos y sonriéndonos, más que nada, y además yo teniendo que acercármele al máximo a él, con la mano encornetada en una oreja, a ver si por fin lograba escuchar algo de lo que me decía en voz bajísima, y además con sordina. Le entendí, entre muy pocas frases, que Mía y los niños siempre iban a estar bien, si es que no estaban ya en el cielo, angelitos los tres. Y muy poco más le entendí, aunque el entorno, digamos, me hizo comprender que Enrique era simple y llanamente adorado en aquel lugar, que había encontrado la paz, que Socorro era y sería su eterna tabla de salvación, y que en ella y sus amigos de la librería el ex araucanote había encontrado un colchón de amor y de afecto donde aterrizar cada vez que se caía de una nube.

No quise incitarlo al trago, o sea que me guardé para el último momento el regalo de los compactos de Sinatra, y, tampoco, sin duda alguna porque aún le dolía su último aterrizaje forzoso, él no quiso incitarse a nada que no fuera el goce de la amistad, ya que también se guardó para la despedida el obsequio de varios cassettes del pianista Roberto Bravo, uno de esos maestros de la música que, como Sinatra, sencillamente dan mucha sed.

No he vuelto a ver a Enrique, aunque alguna vez me ha mandado una foto de regalo, con algunas poéticas palabras escritas por detrás, con alguna nueva dirección, y siempre mencionando a Socorro con amor y gratitud. Definitivamente, mal del todo no le fue, gracias al extraordinario fotógrafo que todos reconocieron siempre en él. Hace dos o tres años, por ejemplo, vi en la revista *Ronda Iberia*, la de la compañía española de aviación, un precioso reportaje sobre Chiloé y sus alrededores. Y todas las maravillosas fotografías que ilustraban el texto eran de Enrique.

La verdad, me he adelantado mucho a los acontecimientos, porque ni siquiera he mencionado aún la partida de Mía de Menorca, primero, y luego de Londres, a fines de 1985, con su adorable y adorado Rodrigo totalmente destarantulado. Como siempre, las cartas de Mía son las que mejor resumen y transmiten lo que fue ese veraneo en Menorca, y su posterior balance. A ellas me atengo, pues, sobre todo porque pertenecen a la época en que aún me escribía muy a menudo. Época epistolar de oro, aquélla, y que según Mía llega casi a su fin con la muerte de su madre, en El Salvador, en 1992, que la dejó "como despalabrada", según su propia expresión, aunque ni ella ni yo somos tan tontos como para echarle toda la culpa de nuestros largos silencios a la muerte natural de una señora ya bastante mayor. Hay, pues, digamos, "otros factores". Pero bueno, no voy a pegarme otro tremendo salto al futuro como el de Enrique y Chiloé, aunque en ese futuro, a veces, "algunas perspectivas bastante agradables vuelvan a presentárseme ante los ojos", como escribió Swift, a quien cito nuevamente, por ser verdadera autoridad en materia de digresiones. Una sola cosa queda clara, tras la lectura de las cartas de Mía por aquellos años epistolarmente dorados. Yo viajaba mucho, ella seguía luchando día a día, aunque ya a veces daba la impresión de que su amigdalitis empezaba a hacerse crónica, y nuestro éxito tardó bastante en llegar.

Londres, 9 de noviembre de 1985

Mi querido socio,

Las primeras semanas en Londres han sido agitadísimas.

Aparte de llevar a Rodrigo al hospital casi todos los días, pasamos mucho tiempo viendo si había posibilidades de vida, o sea algún trabajo, colegios, casa, etcétera. Pero todo resultó bastante difícil y ya decidimos que no nos queda otra que regresar al Salvador. Ojalá sea una decisión acertada. Aquí los niños como siempre felices con su primo, y en casa de la Andrea María hay bastante espacio. También te cuento que en un par de editoriales también hay un cierto interés por mis libritos. Ojalá que salga adelante la cosa.

Hoy es el primer día que paso en casa, con los niños y las cosas ya organizadas. Por eso sólo hoy te escribo. Además, francamente, le tenía un poco de miedo a esta carta. No sé si al fin lo pasamos bien o mal, si nos peleamos o no, si hubo la alegría que yo soñé o no. Tal vez un poco de todo, aunque el resto de mi vida te agradeceré lo que hiciste por los niños y la idea tan generosa de convertirme en tu socia.

Mañana me he programado salir en busca de unos cursos en una escuela de arte. Si todo sale tan bien como hasta ahora, estaré feliz. Quisiera sacarle el jugo a este tiempo. Tal vez al fin me educo un poco.

¿Cómo fue tu viaje a Madrid? Pensar que ya pronto tendrás que salir a París. Ojalá encontraras un tiempito para venir. A mí Londres me gusta muchísimo. Creo que nunca me ha gustado tanto un lugar. Pero tú sabes lo desmemoriado que es el amor. Es una verdadera goma de borrar. Hoy por hoy, nunca he visto ciudad más atinada que Londres.

Pensando bien lo que dije del amor y el borrador, no rige esta regla en el caso tuyo, pues tienes el corazón más acumulativo de la tierra. Lo sentí mucho en Menorca, donde tienes como un siglo de amor y de ternura almacenados. Los niños también lo sintieron y gozamos mucho tu música y tu amor a flor de piel por todo rincón. Ahora mismo estoy recordando tu departamentito de París. No había un sólo objeto que no hubiese llegado por amor a tu casa.

Nos costó vernos. A mí me costó, por lo menos. Me dolió no sentir en ti una real alegría por mi llegada (al menos ésta es la impresión que sigo teniendo, por más demostrativo y sonriente y cariñoso que estuvieras), y que nunca quisieras llevarme a conocer "Canseco". Pero espero que nuestra amistad y ese inmenso cariño que nunca muere sean fuertes y valientes como siempre han sido, porque en el fondo de todo, como en cada gesto y en cada una de las guitarras que te rodean, hay mucho amor.

Cuídate mucho. Tè mantendré puntualmente informado de mi trabajo para tu música. Por ahora, al menos, parece que va bien.

Te abrazo mucho,

Fernanda María

PS. Bueno, Mía o Tuya, como quieras.

San Salvador, 28 de febrero de 1986

Queridísimo socio,

Tu carta llegó ayer, abierta, sin sobre, rota, en manos de un niño. De puro milagro no se perdió. La llevó el cartero a una casa equivocada, y de allí al fin me la mandaron en esas tristes condiciones.

Mi regreso me costó. Primero, el susto inicial y el ajuste de ojos ante un país tan deteriorado o más que el tuyo. Fuera de que lo deteriorable ya comenzó medio feo desde el principio, luego, acostumbrarse a la impotencia ante los acontecimientos. Con este gobierno ya no hay ni la ilusión de tener voz ni voto. Pero sé que por lo menos este año debemos quedarnos aquí. Intentaré aprovechar el tiempo, que es la única riqueza del subdesarrollo, trabajando mucho con tus esbozos y poemas. También he estado pintando, y espero seguir. Al fin veo ciertos avances.

La posibilidad de un disco "a cuatro manos" me entusiasma muchísimo. Hoy mismo comenzaré a trabajar, pero temo que tú no sabrás nada hasta fines de marzo, a tu regreso. Pienso que esta misma carta quizás la recibas sólo entonces. Ya ves que la selva tropical se hace cada día más espesa. Ya casi impenetrable. Tal vez tome un apartado postal.

Te dejo para enviar hoy mismo esta carta, y así ojalá viajes el 7 con la tranquilidad de saber que sigo en vida (aunque un poco apagada, una vidita como a media luz), y que sigo con muchos ánimos de trabajar nuestras cosas, eso sí. Los pequeños progresos me han levantado y espero que esa energía sea fructífera.

Tus noticias y tu confianza en mí me han dado la primera alegría desde que regresé.

Que sea muy bueno tu viaje.

Te quiere y agradece muchísimo,

Fernanda, Tuya o Mía

San Salvador, 30 de marzo de 1986

Queridísimo Juan Manuel Carpio,

Ya estamos en marzo y me pregunto cómo estará caminando tu vida, cómo estarán sonando tus guitarras que me pusieron tan nerviosa, y cómo irán tus planes o preparativos con miras al Perú, y qué tan inclemente estará siendo el invierno menorquín para ti.

Aquí en San Salvador la primavera funciona casi todo el año y una parvada de pericos verdes ha decidido tomar un árbol de mi jardín como hotel de paso. Es una escandalera tremenda como a las seis de la tarde. El trópico tiene sus encantos. También tiene otras cosas.

Me he tardado bastante en acomodar mi viaje a Menorca en mi cabeza, porque con la enfermedad de Rodrigo encima de todo, fui en circunstancias emocionales diríamos extremas, y es una combinación difícil juntar las ganas de un viaje tan esperado con la impresión, a veces, sólo a veces, de un distanciamiento sumamente inesperado. Han pasado meses y quisiera decir que ya estoy repuesta. Quisiera.

Trabajar para ti, aunque sea al otro lado del mar, me hace muy feliz. Bien que lo sabes, sinvergüenza.

Ahoritita se siente toda tuya,

Mía

San Salvador, 19 de abril de 1986

Queridísimo socio mío,

Al fin tengo cómo enviarte mis palabras para tus canciones. No todas, claro, pero varias. Un amigo parte este fin de semana a Alemania y despachará mi sobre desde allá. Francamente el correo de aquí está lentísimo y temo que no llegaría ni para la Pascua ni para la Trinidad.

Realmente espero que te gusten mis palabras. Disfruté tantísimo escribiéndolas. Si hay algo que no te gusta, no temas meterle mano y agregar tu pizca de sal. No vayas a creer que me ofenderías.

No he recibido respuesta tuya a mi carta enviada desde Estados Unidos por otro viajero. No dejes de escribir, por favor. Aunque lentas y bastante paseadas por los caminos, las cartas acaban por llegar, aun a estos retirados lugares. En todo caso, llegan mucho menos cuando no se mandan, ya ni hablar cuando no se escriben como es el caso de mis hermanas mudas.

Sería para mí una gran cosa que puedas usar mis textos, y espero que puedas convencer a tu agente de mencionarme como tu coautora. Sería un primer paso bien lindo en la buena dirección. Ya me contarás qué hubo de todo esto.

¿Qué tal tu viaje? Cuando pienso que en estos momentos seguramente te encuentras bastante cerca de aquí. Quizás se te ocurra llamar por teléfono. Lástima que se te hizo imposible salirte un poquito de tu camino. Y ahora estarás tan poco tiempo en tu casa antes de salir para Lima. La verdad, no paras. Con razón en los textos que te mando no falta ni un Ulises, entre otros tantos viajeros y viajados. Me muero de ganas de saber tus reacciones. Y tengo mucha curiosidad del título que le pondrás al disco.

Te abrazo mucho,

Fernanda María

PS. En el liceo he tomado unas pocas clases. Ya no me gusta la enseñanza. Estoy viendo de quizás hacerme de una finquita. Así tendremos a donde ir a caminar cuando vengas. Si algún día vienes, claro.

San Salvador, 27 de mayo de 1986

Gracias por haber contestado a vuelta de correo al recibir mis letras. Te imaginas la curiosidad que tenía de conocer tu opinión y ver qué harías con mi trabajo. Me alegra muchísimo que te haya gustado. Considero tu criterio como la Corte Suprema.

Quise escribirte a Lima, pero una huelga de correos nos mantuvo incomunicados del mundo. Esta semana recién vuelven a trabajar, o sea que te mando este sobre a Menorca.

He cambiado de trabajo. La enseñanza me aburrió rotunda y definitivamente. O sea que muy pronto estaré de vuelta a las oficinas. En cuanto al proyecto de una finquita que te conté, resultó imposible. No consigo nada con el poco dinero que tengo, a no ser un pequeño páramo.

Me alegra que hayas cantado tan exitosamente en Cuba y que vuelvas invitado y con calma el próximo año. Ésa es nada menos que la tierra de un Pablo Milanés y de un Silvio Rodríguez. O sea que me alegra mucho también que vuelvas invitado con calma el próximo año, y no como esta vez en que seguro que estabas regresando muy cansado del Perú.

¿Cómo estuvo Lima? No te acompañé ni con una carta. ¿Cómo sigue tu mamá? Espero que se hayan resuelto los problemas. He visto por los periódicos que estamos de lo más cuates con tu presidente. Entre nuestro Napoleón Duarte y tu Alan García, sepa Judas qué locuras pueden inventar.

Tus noticias fueron realmente una alegría inmensa que te agradeceré siempre.

Te abrazo mucho,

Fernanda Tuya

PS. ¿O sólo Mía?

San Salvador, 18 de junio de 1986

Queridísimo socio,

Recibí la carta en que me cuentas que estarás fuera de agosto a noviembre o diciembre. Espero que ese tiempo te sea provechoso.

Yo no estoy nada bien, Juan Manuel. Quizás es la primera vez que me oyes hablar así, o a lo mejor ya he olvidado que antes te he escrito en este mismo sentido, lo cual agravaría la cosa pues quiere decir que el mal empieza a hacerse crónico. Todo, todo me ha fallado desde que regresé. Ya no sé qué se puede hacer. Por más optimismo que me invente, la cosa está jodida aquí. Desde que dejé la enseñanza no encuentro empleo, y ya comienza a apretarme el zapato sin ver ninguna forma de desajustarlo. Si alguna ganancia saliera de nuestro primer disco, sería una salvada para mí. Cuento contigo para hacer todo lo posible, y más.

De Inglaterra no recibo ninguna noticia. Ni de las hermanas (porque ahora la Ana Dolores también anda por allá), ni de las editoriales que visité, ni nada. ¡Qué carajada! Hasta mal hablada me estoy volviendo en esta cuesta resbaladiza en que me encuentro.

Tus cartas y tu cariño son una dicha. Así como son dicha las limpias almas de Mariana y Rodrigo que me quieren. Además, él regresó sanísimo y engordadito de Europa, y en eso, bien lo sabes, tú tuviste mucho que ver. Ahora están de vacación.

Si lograras algún dinero para mí, por favor mándamelo inmediatamente. En un papelito aparte te pongo todos los datos de mi cuenta bancaria.

Estoy segura de que tiene que haber una salida y quizás, por afligida, estoy torpe y no la veo. Siento todos los caminos inseguros.

Te abrazo como siempre, sólo que hoy yo estoy tembleque. Sé que me comprenderás. No puedo ni quiero que me veas así. Por eso tampoco puedo escribir más.

Te abrazo. Más bien me abrazo a ti.

Fernanda Tuya o Mía. Hoy qué sé yo.

Mi agente seguía sin entusiasmarse con nuestras canciones "a cuatro manos", también el productor y la firma que lanzaba y promocionaba mis discos y cassettes. Enviarle dinero a Mía era crearle una falsa ilusión, y además cómo engañarla con un giro salido de mi cuenta bancaria, puesto que inmediatamente me reclamaría copias del disco para regalárselas a todos sus familiares y amigos, aparte de la suya. O sea que yo seguía escribiéndole y machucándola con más y más abrazos. Y cuando logré dar algunos recitales para niños en Barcelona, Madrid y Sevilla, la reacción de la crítica fue tan negativa que poco a poco se me empezaron a vaciar las salas y los teatros en los que solía cantar. Con lo cual, mi agente, mis productores y mis promotores desconfiaron más que nunca de mi proyecto. ¿De cuándo aquí canciones para niños? ¿De cuándo aquí dejar de escribir tus propias canciones? Yo les respondía siempre citando las palabras de algún intelectual o periodista, que había leído hace poco en un diario madrileño:

—"Prefiero los duos a las arias, y la amistad a las relaciones públicas."

Y no bien regresaba a "Canseco" corría a mi escritorio para volver a machucar a Fernanda María de la Trinidad del Monte Montes. Lástima que sólo fuera por escrito, aunque últimamente yo tenía la sensación de que ella empezaba a preferir que fuera así.

Bob y yo, bien

"Los recuerdos bonitos, mezclados con tristeza, saben mucho mejor. Así que, en realidad, no estoy triste, sino que soy un sibarita."

FRANZ KAFKA

Todo me hace falta estos días, y creo que es este extraño y largo invierno el que me tiene así.

Quisiera tener cerca a todos. O sea cerca de verdad, en persona, porque en mi mente siempre están. El tío Dick tocando el arpa, mi papá con su sonriente bigote y su gran corazón, mis cinco hermanas, tú y tú y tú, Charlie Boston, recién desembarcado de Roma, Rafael Dulanto, de vuelta del cielo, su Patricia USA, que tanto lo amó, mis amigas de toda la vida y sus esposos, mis cuates, o sea Charlotte y Jean Charles, Silvia y su Richard, la Susana y su Juan Carlos, y desde luego mi mamá, que logró hasta morirse haciendo bromas con mi papá por eso de "Veinte años no es nada". La muy coqueta se murió veinte años cabales después que mi papá. "La exportación de los hijos queridos", como tú lo llamas en tu último disco en solitario, nos ha dejado bien tristes estos días a los chicos y a mí.

Por eso te dejo por hoy. Ya basta de tristezas nocturnas. El sol se volverá a instalar en su sitio y nos encontrará *"Come piante novelle, rinovellate di novella fronda"*, o por lo menos más acostumbrados a las viejas espinas.

Otro año está corriendo como loco en la recta final, y pienso en lo poco que hemos correspondido en los últimos tiempos. Dos o tres cartas tal vez han logrado salir de mi pluma, a pesar de que todo el tiempo pienso que te estoy escribiendo. Será una de las más grandes alucinaciones, pero además también pienso que constantemente recibes mi carta, hasta la contestas, y leo tu carta de respuesta cada día. Así siempre nuestro viejo e inmenso cariño y nuestra eterna amistad siguen viento en popa, y eso es eternamente maravilloso. Siempre es una de las más grandes sorpresas del día.

O sea que todo está perfectamente bien, y tal vez no es necesario llenar los buzones de papel que va y que viene. Si las cartas te logran llegar tan bien de esta manera y tus respuestas también me llegan, mejor evitar todo ese lío de estampillas y de molestar a los carteros en todos los continentes. Aunque, desde luego, todo esto es pura mentira podrida porque es alegrísimo recibir una verdadera carta tuya, y seguramente será igual para ti.

Extractos de dos cartas de Mía,
de 1995 y 1998.

Sausalito, 4 de octubre de 1988

Mi siempre querido Juan Manuel Carpio,

Cómo pasa el tiempo de repente. Después de los meses de angustia para establecerme una vez más, ya por dicha me siento mejor y más ambientada. Una hazaña, créeme. Básicamente se debe a que al fin estoy trabajando en algo más estable, y que además me gusta. El asunto de las traducciones e interpretaciones es demasiado inestable para mí en mi situación. Paga bastante bien, pero sin un respaldo seguro me siento bastante inquieta al no saber si voy a trabajar al día siguiente. Pasé todo este tiempo a puros sustos. Ahora estoy trabajando con un escritor que publica un noticiero quincenal sobre finanzas. El tema no es mi pista habitual, pero, en fin, se trata de entender algo y ponerlo en palabras, por lo menos el trabajo del editor. El mío es pulir idiomas, hacer el montaje, ayudar en la producción. No deja de ser alegre. Además, me queda bien cerca de la casa, en un pueblo vecino.

Pienso que algún día te animarás a venir de nuevo a este continente. Realmente no he tenido suerte con tus visitas, ya que siempre han sido en casa ajena, y eso es difícil para ti y para mí. Me encantaría tener el placer de recibirte en terreno propio. No pierdo la esperanza de volver a recorrer contigo esta zona, como hicimos el año pasado, disfrutando de los viñedos y las montañas que realmente son espectaculares.

¿Cómo te va por tu lado? Recibí tu carta de Menorca, contándome de tus proyectos de regreso al Perú, aunque siempre conservando tu casa isleña para pasar ahí los meses en que en Lima es invierno y allá pleno verano. Gracias por escribirme, como siempre. Los niños nunca olvidan el verano que pasamos allá. Fue una temporada linda para ellos porque ni en USA ni en El Salvador habían estado al lado del mar por tan largo tiempo. Aquí, vivimos cerca del mar, o sea de la bahía, y nuestra vista es bien linda. Pero imposible poner ni un dedo en esa agua. Para comenzar la bahía no es de lo más limpia, y además hace un frío espantoso. En cambio en Menorca se puede uno bañar todo el día. Espero que la temporada te haya hecho bien.

Yo no veo manera de pensar en visitar por tu lado por quién sabe cuánto tiempo.

Aunque el viaje es mucho más barato desde aquí que desde El Salvador. Además, la moneda no nos desfavorece tantísimo. Desde San Salvador uno piensa que comprar un sorbete en el extranjero es una fortuna. Como en el Perú.

Te mando todo mi cariño. Te mando muchos abrazos. Quisiera pasar una tarde platicando contigo. Por favor, mándame recortes, ideas, trabajos que te interesen, y sobre todo tus nuevas canciones. Me hace falta platicar. Te recordamos siempre y tu puesto te espera en la mesa día tras día, por más que la vez pasada tuviste que alojarte en un hotel. Qué vergüenza, Dios mío, pero sencillamente no cabíamos en la casa de la buena amiga que nos alojaba entonces.

Te besa y te abraza,

Fernanda María

Sausalito, 26 de octubre de 1989

Queridísimo Juan Manuel Carpio,

Qué alegría fue recibir tu carta después de tanto tiempo, llena de nuevas noticias y entusiasmo en tu nueva vida en Lima, nueva casa, viejos amigos y tus lugares predilectos de siempre. Qué duda cabe, las mudanzas nunca son definitivas, y me hace feliz que pienses que ésta tampoco ha sido la última.

Mi traslado a estas costas no ha sido fácil, como recordarás por tu visita de la vez pasada, en que ni cama propia tenía aún. Pero estoy convencida de que fue necesario. La vida en El Salvador, rodeados de injusticia y de miseria que no podemos remediar, no podía ser buena ni para los niños ni para mí. Paraíso no hay, y si lo hubiera quizás no sería aquí, pero en todo caso hay más alternativas de vida que en El Salvador. Y en lo que concierne a la Mariana y Rodrigo, están felices. Yo también empiezo a estar más contenta, tras largos meses cual vela sin viento. Creo que ya te he contado que estoy trabajando en una publicación financiera, de asistente del editor.

Me gustaría tanto que volvieras, tenerte cerca. Mis amigos me hacen mucha falta. Si vienes por estos lados será un alegrón para mí. Miro y miro tu carta y sólo ver tu letra me hace feliz.

Hablé esta semana con tu amigo Raúl Hernández, el profe de Stanford. Quiero usar su nombre en una solicitud de empleo de editora de publicaciones destinadas a la enseñanza del español, que me parece mucho mejor para mí que el asunto financiero. Si sale, me haría feliz.

Raúl me contó que te vio en Lima, aunque no tuvo la posibilidad de parrandearse un poco contigo por estar él bastante enfermo. Está recluido en Stanford con sus dos hijas, pero sigue con su cátedra, aunque no a diario.

Qué ganas de platicar contigo. Realmente te agradezco tu carta, pues me sacó del silencio y además coincidió con mi solicitud para este empleo que me encantaría. Lo bueno aquí es que si no sale eso, habrá otras cosas. Como las mudanzas, siempre es bueno saber que no es la última.

No desaparezcas, por favor, porque siempre te quiero muchísimo y a cada rato te necesito aquí.

Mía y Tuya,

Fernanda María

California, 13 de mayo de 1990

Queridísimo Juan Manuel Carpio,

Ahora nos toca a nosotros avisarte que nos hemos mudado. Estamos viviendo en Berkeley, y realmente espero que me visites algún día, pronto, muy pronto.

Nueva dirección: 1492 Sundance Drive. Berkeley, CA. 94701. Tel. (415) 867 57 43.

Tenemos árboles y vista alrededor y más espacio, aunque también es verdad que tenemos muchas y muy importantes obras por hacer. Todo esto te lo debo a ti, mi tan y tan querido socio. La buena venta de nuestros dos primeros discos y ese 50% que nuestro agente me ha hecho llegar, los he gastado íntegros en pagar esta casa bastante achacosa, es verdad, pero al fin y al cabo mía y de mis hijos. Un millón de gracias por todo. Por el agente, por el dinero, por la promoción que has hecho de los discos. Los chicos, inmensos, bien sanotes y felices.

Te adjunto el texto que le he enviado a nuestro agente, una suerte de currículum-prólogo que él quiere para los nuevos catálogos y los relanzamientos que, me dice, no tardan en llegar, y a lo mejor son tan generosos que el pago me permite emprender esas aterradoras pero indispensables obras. Bueno, aquí va mi texto, a ver qué te parece a ti. Me encantaría que te gustara:

"Me han pedido que te cuente algo sobre mí. Lo primero que debo decirte es que siempre me han gustado los cuentos, los poemas, las canciones y los niños.

"Ya sé que resulta bastante largo y hasta inverosímil, pero realmente me llamo Fernanda María de la Trinidad del Monte Montes. Nací en San Salvador, el 27 de septiembre de 1944, en el pequeño barrio

312

que rodea la Primera Calle Levante, cerca de la Ermita y detrás del Acueducto. Digo "pequeño", porque el vecindario entero consta sólo de tres manzanas, las cuales recorríamos a diario todos los niños que vivíamos allí. Pero igual podría decirte "inmenso", ya que los vecinos de aquel barrio seguimos siendo amigos hasta el día de hoy, sea cual sea la distancia que nos separa.

"Muchas de las canciones de estos discos y cassettes las he trabajado "a cuatro manos" con el extraordinario cantautor que es Juan Manuel Carpio, y tienen que ver con el tema del barrio de infancia al que siempre se vuelve, barrio donde jugamos, reímos, corrimos y cantamos de niños con nuestros amigos, barrio que en el fondo nunca abandonamos, por más que viajemos y por más que nos alejemos mucho de él. Y Dios sabe las correrías por el mundo a las que la vida nos ha empujado, a veces de mala gana, a Juan Manuel Carpio y a mí.

"Por eso me alegro mucho de que estas canciones sean compuestas "a cuatro manos", junto con uno de mis mejores amigos del mundo, Juan Manuel Carpio. Como un juego de niños, Juan Manuel y yo tejimos estas canciones, hasta que su música y mis palabras encontraron un lenguaje común para cantarles las historias de nuestros países, ciudades, barrios, amigos y viajes, que en el fondo es la historia de una maravillosa amistad."

Estaba conteniendo las lágrimas, porque el texto de Mía realmente me había emocionado por su ingenuo realismo, y porque yo acababa de decidir que había llegado el momento de decirle: "Ya mi amor, vente a Lima con tus hijos, y nos casamos a como dé lugar. Y a los ochenta años todavía seguiremos felices de haberlo logrado, finalmente", cuando se me resbalaron los ojos hasta la frase siguiente y la despedida:

Bob y yo, bien. Recibe todo mi cariño, mi amistad, y mi eterna gratitud, en un millón de besos y abrazos.

Fernanda María de la Trinidad Etcétera

¡Bob! ¡Quién diablos era Bob! *¡Ese* Bob! De dónde sale un hombre, un Bob, con el que sólo se está: "Bien". ¿En qué momento se volvió realismo puro y duro el ingenuo realismo de Mía? Con un hombre se es feliz, o nada. Y ese hombre, feliz con esa mujer, o nada. Por consiguiente: ¿Me mataba yo, o iba a matarlos a él y a ella, tras haber despachado a los niños a un buen internado, hasta que llegara el momento, no tan lejano ya, en que querrían y tendrían que ir a la universidad? Todo esto es real, y realmente pasó dentro de mí, más que por mi mente, digamos. Sí, pasó con toda su brutal fuerza, muy hondo por la integridad de mi cuerpo y alma, por todo mi sistema nervioso. Y, claro que sí, lógico, también por todo mi sistema sentimental. Y perdí el sendero, perdí la calma. Pero, cuando transcurrido un buen momento y por sí solas, volvieron las aguas a su cauce, recordé que también mi organismo entero y, cómo decirlo, mi organización completa, el hombre en su salsa y en su circunstancia que soy yo, ya había vivido una terrible situación y una terrible sensación, muy pero muy similares, cuando Mía me contó que había partido de Chile tristísima, en vez de feliz, que era lo que yo me esperaba, porque dos y dos son cuatro, tras despedirse de Enrique y de sus suegros. Pero como que fueron cinco, dos y dos, y yo la pasé pésimo, aquella vez, aunque también fui yo quien después la volvió a pasar realmente fatal, pero por Flor a Secas, en el tremendo movimiento perpetuo que es la vida, una vorágine tan atragantadora que, en verdad, hay que vivir aferrado a algo en el presente, algo que cuando menos represente también al pasado, para perpetuarnos de esta manera y ser tolerantes y fieles y pacientes y perdurables, o, dicho en buen latín, para que no nos olviden ni cuando nosotros nos olvidamos. O sea que, no bien terminé de releer la carta de mi adorada Fernanda María de la Trinidad del Monte Montes, tranquilamente me dirigí al teléfono, marqué el número de American Airlines, e hice mi reserva hasta el aeropuerto de San Francisco. Después la llamé a ella, por supuesto, y le dije que me esperara ahí el jueves, mi amor, en el vuelo de American Airlines, sí, ése, el que llega a las ocho en punto de la noche, *Estimated time of arrival*. Y ni siquiera tuve que decirle nada de Bob, ya, pues el pobre hombre, lo más probable es que se hubiera esfumado para siempre, gracias a mi realismo puro y duro.

Pero, a pesar de su aspecto de invitado grandulón y bastante lacónico, el que se acostó en la cama de Mía todos los días que permanecí en Berkeley fue Bob, y no me quedó más remedio que hacerme a la idea de que el invitado era yo, y que probablemente lo sería para siempre ya. Por lo demás, Bob, el hombre con el que se estaba bien y punto, resultó ser una persona sumamente pacífica y penetrante, y sin lugar a dudas con nervios a prueba de Fernanda María de la Trinidad del Monte Montes y su Juan Manuel Carpio, que no cesaron de adorarse desde el desayuno hasta la sobremesa nocturna y musical posterior a la comida, a veces en esa casa que no tardaba en venirse abajo, a veces en un restaurante de Berkeley o San Francisco. Además, Bob tenía la especialidad de desaparecer un buen rato, cada noche, para que ella y yo pudiésemos asomarnos a una ventana, tomarnos de la mano, y hablar, por ejemplo, de la forma tan increíble en que nos seguíamos queriendo y nos íbamos a querer siempre.

—Y entonces, ¿Bob?... ¿Qué pinta Bob aquí, mi amor?

—Es el compañero ideal, por un montón de razones. Para empezar, sabe todo lo que nos queremos tú y yo, y lo respeta inmensamente, pero además como que contagia la paz esa inmensa que lo caracteriza, y adora a los chicos, que también lo adoran a él, y a cada rato se va de viaje porque la empresa con que trabaja es capaz de mandármelo un mes al Paraguay y el siguiente a Senegal.

—Perdona que meta la nariz donde tal vez no deba, Mía, pero realmente tengo la impresión de que Bob es lo que más se parece a una cura de reposo para alguien que no está en absoluto cansada.

—Yo no lo veo así, Juan Manuel. Bob me quiere mucho, yo también a él, y como que me acompaña a no vivir contigo. Y, modestia aparte, también yo sé que soy excelente compañía para él.

Me quedé diez días, que evidentemente transcurrieron en santa y contagiada paz, y como la mañana de mi partida la casa todavía no se había venido abajo y no tardaba en salir otro disco nuestro, Mía aceptó que le adelantara algún dinero para, al menos, apuntalar la fachada, las paredes laterales y posterior de aquella vetusta vivienda en que había descubierto, sin duda gracias a su Bob a secas (hasta hoy no sé su apellido, lo juro, aunque a mí me encanta llamarlo Bob Bien o Bob

Paz, según el momento, y ni a Mía ni a él les molesta mi hallazgo, la verdad), una tranquilidad que realmente hacía mucho tiempo que le estaba haciendo falta. Y ése fue el comienzo de unas cuantas visitas mías a Berkeley, que se hicieron más frecuentes desde que Rodrigo, primero, y Mariana, tres años después, ingresaron a la Universidad de Harvard, y sobre todo desde que nuestra música "a cuatro manos" nos permitió una serie de lujos y gastos, entre los cuales el más importante, para Mía, fue la adquisición de una muy buena casa en Telegraph Avenue, siempre en Berkeley. Cuando Bob está, Mía y yo siempre nos asomamos a una ventana, como si a Bob y a Dios realmente les importara un comino el asunto, y ahí nos pasamos horas entregados a la importancia ya histórica de nuestro amor, bien agarraditos de la mano bajo la luz de la luna o de lo que sea. Y yo después regreso contagiadísimo de paz a Lima o a Menorca. Cuando Bob no está, es como si Dios tampoco estuviera, o sea que no nos asomamos a ventana alguna, por si acaso a Bob o a Dios sí les importe el asunto, esta vez, en cuyo caso a nosotros por supuesto que también nos importa, porque ni tú ni yo, Juan Manuel Carpio, en la vida hemos sido capaces de hacerle daño a nadie.

—Exacto, mi amor.

—Capaz, ése fue nuestro más grande error, fíjate tú.

—Desde luego que fue un error muy grande, Mía, pero la verdad es que nada fue tan importante como los continuos fallos de nuestro dichoso E.T.A.

—Pasemos al comedor, Juan Manuel, que la Mariana y el Rodrigo están que se me mueren de hambre.

—*Ladies first, madame.*

Berkeley, 16 de octubre de 1991

Mi queridísimo Juan Manuel Carpio,

Incluso tu carta tristona me ha traído alegría. Gracias por calcular el tiempo para recibirme con tu presencia a mi regreso. La vida desde luego no es chiche, y uno no es ninguna pascua tampoco, y por dicha. Qué aburridas nos daríamos si fuéramos pascuas.

Mi viaje a San Salvador fue lindo, pues coincidí allá con tres de mis hermanas que también andaban de visita, y además recuperé el espíritu al sentir el verdadero cariño de los amigos. Mi mamá estaba muy bien de salud, aunque bastante distraída. La Ana Dolores y la Andrea cada día más jóvenes. Ahora parecen adolescentes. Disfrutamos el tiempo juntas. La Susy también estuvo, por supuesto, pero ahora anda con un nuevo novio pintor que no hace más que pintarla todo el día. Ya llevaba como siete retratos cuando me vine. Cuando pienso que a Enrique no le pude inspirar ni siquiera una foto para pasaporte. ¿Será que no tengo vocación de musa? Musaraña, tal vez.

Qué ganas de verte. Pero parece que va a tardar un tiempo. Por lo menos escribámonos mucho.

Bob y yo siempre estamos bien, y sepa usted, caballero, que esto no es ninguna broma.

Te quiero cantidades enormes. Tuya,

Fernanda

Berkeley, 23 de diciembre de 1991

Mi tan y tan querido Juan Manuel,

Ya sin posibilidad de que ésta te llegue a tiempo antes de Navidad, fincaré mis esperanzas en que mis palabras logren comunicarte mi cariño y mi agradecimiento por tu amistad, que ha sido un regalo atesorado a través de los años. En todos los recodos del camino, y ahora en este carajo *mezzo* camino del a veces oscurísimo bosque, la calidad de tu amistad ha sido una luz.

Últimamente me han hecho falta tus cartas, y me preocupa tu ausencia. Me preocupa por ti, porque pienso que tal vez no estás bien. Y me preocupa por mí, porque tu presencia en mi vida es desde hace ya más de veinte años un pilar indispensable. He tratado una y otra vez de conseguir tu teléfono de Lima, pero sin éxito. Mándamelo al escribir, por favor, para que no ande diciéndome, una y otra vez: ¡Estos amigos de porra! ¡Se me vuelven famosos y ya ni encontrarlos puedo! Además, tenemos un agente tan común como implacable, pues hasta a mí, que ya en cuatro discos soy tu socia, se niega a darme tu maldito número de Lima. ¿Le puedes decir, por favor, que soy bastante más que una fan cualquiera, aparte de sumamente discreta?

Últimamente, ya sólo te he encontrado en tu música. La que escribes tú solo, la que por ser ya bastante mayorcita me gusta más. Algo semejante me dijiste tú una vez de algo que te envié. Pero lo que asombra de tus canciones, año tras año, es la gracia y la flexibilidad de unas melodías y unas letras realmente salidas de tus entrañas, con ese dolorido goce del que realmente tienes el secreto. O a lo mejor es el secreto el que te tiene a ti.

Mis noticias son pocas. Tras unos meses de tanta obra en casa y de mufa y desánimo por tanto camino loco que he tomado mientras corría como despavorida por el bosque, y también por verme bastante sola esta Navidad en que tú andas desaparecido y la empresa literalmente me ha robado a Bob Bien en el otro extremo del planeta, de golpe como que me he reconciliado con la perra soledad y me siento por consiguiente mejor.

Vivo dedicada en cuerpo y alma a mi trabajo, que no siempre son letras para nuestras canciones, o sea que no siempre es halagador, ahora que la casa tan venida a menos que logré conseguir —y que bien conoces— está totalmente recuperada.

No veo muchas posibilidades de viaje hacia tu barrio este año que viene, pero ganas no faltan.

Escribe, por favor.

Te deseo todo lo bueno para el año nuevo.

Con muchísimo amor,

Fernanda

Berkeley, 11 de julio de 1994

Juan Manuel Carpio, mi querido hermano,

Con lo ciegos que somos, parece que nos cuesta aun más ser vistos que ver. A veces pensamos que alguien nos vio y nos quiso como somos —lindos y queriéndonos en la más estricta realidad—. Pero de

322

pronto resulta que no. Para peor, la presencia de uno como que no ayuda. Por lo menos a mí siempre me han querido más a distancia. ¿Será que somos torpes de solemnidad?

Porque fíjate tú. Tú siempre me has escrito bellas cartas de amor y alegría, pero después nuestro impuntualísimo *Estimated time of arrival* ha hecho el resto. Bob Bien no cesa de enviarme faxes llenos del más puro y sincero cariño. Y no te rías, por favor. Él es lacónico y su estilo es el fax. Aun cuando nos alumbra la misma velita de amor casero y bajo el mismo techo, o sea muy de vez en cuando, porque su empresa siempre lo manda a quererme desde la Patagonia o Australia.

Tendré que viajar a San Salvador de nuevo a fin de mes, y me quedaré varias semanas. Con la muerte de mi mamá, ya no tiene mucho sentido mantener mi casita de allá y voy a tratar de venderla. Con esta casa como nueva, la de San Salvador, y los "fuertes ingresos" de que habla nuestro agente, ¿por qué no soñar con una mudanza más y un lugar al que la Mariana y Rodrigo vuelvan felices cada vez que tienen un buen asueto en la universidad?

¿Cómo se te ocurre que podría ofenderme con tu ya legendaria visita a Enrique, en Chiloé? Me alegra siempre que los tres nos sigamos queriendo. Ojalá los tres tristes tigres salgamos triunfantes del tremendo trigal. Si mis cartas se hicieron escasas, es porque casi no le escribí a nadie durante dos años, cosa que realmente no puedo explicarme, y que me da cólera conmigo misma. Pero espero haber recuperado mis sentidos y volver al ruedo.

Ya recibí mi parte de la venta de nuestros discos en México. Qué buena cosa que se vendan tan bien allá.

Escríbeme aquí o a San Salvador.

Te abrazo mucho y con todo mi inmenso cariño,

Fernanda María

A veces siento la fuerza con que el tiempo pasa y lo desparrama todo. Y también el maldito viento de la distancia termina por desparramarlo todo, poco a poco pero firmemente y con una cierta tristeza que solitos los años van acumulando y que uno ni siquiera sabe en qué lugar anida. Tal vez en un gesto, al sonreír, a lo mejor en una mueca que, a fuerza de afeitarnos siempre ante un espejo en el que ni siquiera nos observamos ya, jamás notaremos. ¿Cómo será todo esto cuando sean treinta los años transcurridos? ¿Y después, cuando sean cuarenta, ahora que Mía ha encontrado la calma, un cariño verdadero y perdurable, mucho respeto en un hombre de bien, llamado asimismo Bob Paz? A mí, por supuesto, puede seguirme queriendo, adorando, pero releo sus cartas y compruebo cómo poco a poco me voy quedando sembrado por mil caminos, en una y otra misiva, siempre cariñosa y amablemente, sí, pero a veces como una planta llamada *Amor*, otras llamada *Hermano*, las más veces llamada *Amigo*. Por supuesto que nada de esto está mal y que, visto así, hasta lógico resulta. Aunque debo confesar que no siempre resulta lógico y que a veces es tan absurdo como llorar una noche por Flor a Secas, en Menorca, y, luego, en algún hotel de París o de Madrid, de la Ciudad de México o de Buenos Aires, en el que uno apaga la luz, muerto de sueño y cansancio después de un concierto y la consiguiente comilona, y, en la oscuridad de la habitación, reaparece un muchacho paralizado ante un semáforo parisino y un antiguo Alfa Romeo verde. ¿Veinticinco años? En el volante de ese carro parece haberse quedado, detenida y ciega para siempre, una preciosa narigudita de pelo rojo, pecas eternas.

—A ti te parecerá ya increíble, Mía —le dice uno a nadie, en la oscuridad de ese cuarto de hotel—, pero acabo de tener la profunda alegría, la emoción, el honor de soltar unos lagrimones por ti. Me pasa a menudo, pelirroja.

Berkeley, 9 de septiembre de 1996

Querido Juan Manuel,

Parece que hubieran pasado décadas sin saber de ti y sin escribirte. Me sucede que siempre pienso que estás cerca y no tengo más que atravesar el río. ¿Qué río? Pues no lo sé, porque aquí en Berkeley más bien serían la bahía y alguno de sus puentes. Sin embargo, ya muchas lunas han pasado sin atravesar ese río y poder visitarte. También a mí me hacen falta tus cartas y tus noticias, aunque es cierto que te debo al menos dos llamadas y tres cartas.

Lo sabes. Ahora tengo una casa muy buena y un cuarto de lujo para cuando vengas a visitarnos.

Yo sigo igualita a mí misma, quizás más igual últimamente, cosa que te alegrará. A mí por lo menos me alegra.

¿Qué te puedo contar de mí? Que ya voy a cumplir bastantes años, el 27 de septiembre, y que me gustaría tener una linda fiesta con tantos amigos, pero todos andan por todos lados.

Escribo poco, pero no por eso dejo de tenerte presente.

Me imagino que tú igual, aunque es verdad que tú escribes bastante más.

¿No te apena y avergüenza que nos comuniquemos más a través del agente que de tu pluma a la mía, y al revés?

Life, the main event, que decía Frank Sinatra, tan viejito ya, el pobre. ¿Te acuerdas?

Te abrazo,

Fernanda María

¿Ya ves, Juan Manuel, ex Carpio? En esta ocasión te has quedado sembrado, diríase que en un desierto, y tu nuevo nombre se ha acortado hasta quedar en *Querido*. Pareces un Juan Manuel a secas, ahora tú también. No es así, sin embargo. Una carta de *Mía* recibida en Menorca, casi un año más tarde, lo resolvió prácticamente todo. En la medida de lo posible, por supuesto.

Berkeley, 7 de septiembre de 1997

Juan Manuel Carpio queridísimo siempre,

No te preocupes. No me pierdo. Y, como tú, siempre te tengo presente. Sin olvidar jamás.

Bob y yo vamos camino a Londres, a fin de mes. Llegaremos el 26 de septiembre donde la Andrea María, justo para celebrar mi cumpleaños al día siguiente. Las

327

señas y el teléfono son los de siempre, o sea que te ruego salir de tu isla, donde espero que hayas pasado una linda temporada de descanso.

Te ruego estar en Londres el 27, para brindar por mis primeras canas (bastante abundantes, las muy canallas), y porque realmente creo que me merezco unos tangos o unos mariachis.

Después Bob Bien y yo seguimos rumbo a Irlanda, aunque bien convencido lo tengo ya de que no abandonaremos Londres mientras no te dejes ver.

Recibe el amor de siempre y el inmenso entusiasmo con que estoy preparando este viaje tan y tan esperado a mi siempre favorita *London town*.

Y como en Londres también hay ventanas para asomarse a una noche de luna, o de lo que sea, y Bob les destiló también toda su paz, su sonriente laconismo y su tranquilidad a la Andrea María, a su esposo e hijo, aquel cumpleaños de Mía fue un verdadero exitazo en santa paz, por más mariachis y gardeles que sonaran y por más rato agarraditos de la mano que Mía y yo nos pasarámos horas, como quien se desquita, o como quien regresa al mundo y al amor después de un merecido descanso. Cantaron incluso el *Happy birthday, dear Mía*, con nosotros tan asomados como abstraídos, y lo más que alguien dijo allá adentro, en el departamento, aunque vaya usted a saber si fue en la sala o en el comedor, fue:

—Par de locos estos.

—Es que no se han visto desde hace tiempo —moderó Bob Paz, realmente muy muy bien, profesional casi.

Y desde entonces, gracias a Bob, eso sí, jamás nos ha vuelto a fallar el *Estimated time of arrival* a Mía y a mí. Es como si ese excelente amigo lo combinara todo e impidiera que ella o yo metiéramos jamás nuestras narizotas en el asunto. Mientras haya noches y ventanas y mientras lo de la luna o lo que sea nos importe un comino, siempre hay y siempre habrá puntuales encuentros. Y muy alegres y hasta felices, diría yo. Además, como aquel encuentro en la ventana nocturna de Londres, el 27 de septiembre de 1997, cuando en algún lugar del departamento un pequeño coro entonó un largo *Happy birthday*, también podrá haber encuentros que, además de alegres, exitosos, pacíficos y tranquilos, sean como aquél, también tremendamente aclaradores, hasta explicativos de tantas y tantas cosas, Fernanda Mía.

—A veces, en algún hotel, después de un concierto en cualquier parte, te juro que todavía suelto unos lagrimones por ti, y ya al borde de mis sesenta, Mía. Pero me alegra mucho hacerlo, porque en el fondo de aquella callada tristeza, también aquellos lagrimones contienen su dosis de alegría profunda. Y la dosis sin duda será mayor desde esta noche en que bendigo el momento en que decidí venir a verte en Londres, por primera vez desde que nos conocimos. Y realmente me alegra comprobar, una vez más, hasta qué punto has encontrado la paz, Fernanda Mía...

—Créeme que la paz no es más que una manifestación muy profunda de la nostalgia, Juan Manuel Carpio. La paz, en el fondo, es una nostalgia, mi viejo y querido...

Montpellier, Madrid, Las Palmas de Gran Canaria, enero de 1997 / abril de 1998.

Otros títulos de la colección

Chamán
Noah Gordon

Riesgo calculado
Katherine Neville

La torre oscura I
Stephen King

El socio
John Grisham

La doctora Cole
Noah Gordon

El Círculo Mágico
Katherine Neville

Lestat el vampiro
Anne Rice

Tormenta de verano
Juan García Hortelano

Memorias íntimas
Georges Simenon

Dios nació mujer
Pepe Rodríguez

Los siete pilares de la sabiduría
T. E. Lawrence

Libro de las Maravillas
Marco Polo

El tambor de hojalata
Günter Grass

La sirena viuda
Mario Benedetti

Barras y estrellas
William Boyd

Cuentos del desierto
Paul Bowles

Éxito
Martin Amis

Su nueva amiga
Ruth Rendell

Peón de Rey
P.J. Fernández

Cinco moscas azules
Carmen Posadas

Así en La Habana como en el cielo
J. J. Armas Marcelo

Bella en las tinieblas
Manuel de Lope

Las voces del desierto
Marlo Morgan

Contra el pensamiento único
Joaquín Estefanía

Viajes por Marruecos
Alí Bey

Los pecados del lobo
Anne Perry

El secreto del faraón
V. Vanoyeke

Marcas de fuego
Sara Paretsky

Pastoral americana
Philip Roth

Quentin Tarantino
Wensley Clarkson

La cacería
Alejandro Paternain

Diarios de las estrellas I. Viajes
Stanislaw Lem

Mal de amores
Ángeles Mastretta

El rabino
Noah Gordon

Muchas vidas, muchos maestros
Brian Weiss